La Griffe
de
L'Hydre

Mildred Vanhulle

La Griffe
de
L'Hydre

DÉDICACE

Mentions légales

Texte intégral
Mildred Vanhulle
ISBN : 9798865323273

---=0=---

Les articles L335-2 et suivants du Code de la propriété intellectuelle interdisent toute reproduction ou représentation intégrale ou partielle, à usage collectif ou non, faite par quelque procédé que ce soit de la présente œuvre sans l'accord de l'auteur ou de ses ayants droit. Toute violation de ces articles constitue un acte de contrefaçon considéré comme un délit et sanctionné comme tel.

© Conception graphique de la couverture : Béranger Bremeersch

Copyright © 2024 Mildred Vanhulle

Tous droits réservés
ISBN : 9798865323273
©Dépôt légal BNF : 1er trimestre 2024

Le 2 Février 1970

Les enfants de salauds ! Voilà comment les adultes nous nommaient quand ils évoquaient notre sort. Ils murmuraient ces mots, mais nous n'ignorions pas qu'ils visaient notre groupe. Nous formions une petite communauté d'une vingtaine d'élèves qui avaient tous atterri au même endroit, dans ce domaine baptisé le domaine de l'espoir. Une propriété qui accueillait les enfants profondément meurtris, tant dans leur chair que dans leur âme, par les terribles épreuves qu'ils avaient subies à un âge trop innocent. Un établissement hors du commun, très particulier même, situé dans le nord de la France. Cette école possédait un élevage de volaille pour rentabiliser cette institution, dont les bêtes à plumes, à peine sorties de l'œuf, étaient tuées et vendues avec une appellation d'origine aussi contrôlée que celle des vins nobles. Quelques poules, sauvées du carnage, étaient destinées à pondre. Cet endroit imposait aux enfants de se lever tôt pour nettoyer les poulaillers et collecter les œufs. Qu'il fasse chaud ou froid, aucune révolte de bon sens ne pouvait mettre fin à cette routine quotidienne. Je me rappelle que tous les jours, nous nous levions à six heures du matin et nous nous couchions à dix-neuf heures. C'était réglé comme du papier à musique et, hormis deux pauses de quinze minutes dans la journée, le programme restait inchangé : des devoirs scolaires, de la lecture, de la gymnastique et des corvées. Cette dernière occupait une grande partie de notre temps.

Quant à moi, je n'éprouvais aucun enthousiasme à être là, j'avais déjà trop souffert dans mon enfance. D'autant plus que cet endroit abritait la plus grande clinique psychiatrique. Toute la ville grouillait de fous et de psy et il nous arrivait souvent d'y être transportés pour des consultations externes, prétendument privilégiées, avec le docteur Faucheux. C'était génial. On fouillait sans arrêt le passé. Je me souviens très bien de cet homme : un personnage énigmatique, grand, mince, les cheveux poivre et sel, des cernes sous les yeux. Je ne savais rien de son existence.

Lui, en revanche, connaissait tout mon parcours. Le seul soupçon que j'avais à son sujet était qu'il devait être chrétien. Il avait cette fâcheuse certitude de la persévérance et de l'optimisme propres à quelqu'un qui croit que Jésus n'est jamais loin. C'était la seule personne à qui j'avais confié pour la première fois la nuit où j'avais vu mon père assassiner ma sœur et ma mère. J'avais huit ans le jour du drame. Techniquement, oui, je dois l'admettre, je n'avais rien vu, mais j'avais clairement entendu la conversation animée entre trois voix familières. Ce jour-là, j'étais dans ma chambre et je me suis réveillé en sursaut dans l'obscurité quand j'ai entendu mon père hurler comme un sourd sur ma mère.

Ma famille ne m'inspirait aucune fierté. Les Vermeulen étaient détestés de tous. Mon père, Lucien Vermeulen, un homme de taille moyenne, aux doigts brunis par la nicotine, était fou. Il buvait comme un trou et se montrait violent. Il s'en prenait toujours à maman quand il avait trop bu. Ma mère, abandonnée à son sort, peinait à nous élever. Elle était incapable de s'occuper convenablement de ses enfants. Les gens, quand ils nous apercevaient, s'exclamaient : ah ! voici les gamins Vermeulen, ces fourbes, qui se pointent toujours à l'école dans le besoin ! Affamés, les vêtements crasseux, le nez qui coule et la voix rauque. Ma sœur et moi avions provoqué plusieurs fois des épidémies de poux pendant notre passage à l'école primaire. *Quelle saleté* ! Arrête d'y penser, me répétais-je parfois à voix haute. C'est ainsi que je me parlais quand j'avais la rage. Mais cette nuit-là, rien n'y faisait. Je fermais les yeux, je me bouchais les oreilles pour échapper à cette dure réalité de mon existence, mais en vain. Je restais pétrifié, debout, sans pouvoir faire un pas dans ma chambre, quand j'entendis maman hurler d'une voix angoissée à ma sœur :

— « Ne reste pas là, sauve-toi ma chérie, va-t'en ! ».

Elle pleurait, puis il y eut le bruit sourd d'un corps qui s'effondre et tombe par terre, suivi d'un fracas épouvantable. Ma mère criait encore, mais elle n'était plus en mesure de prononcer le moindre mot, elle émettait juste un gémissement comme un animal qu'on vient d'égorger dans un abattoir. Recroquevillé dans un coin de ma chambre, je me balançais d'avant en arrière, je n'arrivais pas à y croire, pourtant, je savais qu'elle était morte. Ma sœur sanglotait, criait :

— « M'maman'maman ».

Puis, j'entendis des plaintes, des pleurs et encore des pleurs, des pas lourds suivis de pas plus légers qui couraient dans tous les sens, des portes qui claquaient violemment et la voix de mon père qui vociférait sur ma sœur :

— « Tu vois ce que tu m'as fait faire, salope ! » puis le silence total.

De sang-froid, mon père avait tué ma sœur et ma mère de plusieurs coups de couteau.

Aujourd'hui avec le docteur Faucheux, nous évoquions mes cauchemars récurrents, mes angoisses, mes paniques, mes colères incontrôlables et ma propension à l'agression physique. Tous les enfants ici avaient connu l'horreur. Je ne sais pas ce qui se tramait dans la tête des autres, mais moi, il m'arrivait souvent de penser à en finir avec la vie, une de mes passions favorites vers l'âge de quinze ans. Rêverie salvatrice quand j'étais, je suppose, déprimé : un révolver pointé sur la tempe, un « pan » et ma tête qui explose. Du sang qui jaillit partout laissant de grandes traces rougeâtres jusqu'au plafond. Pauvre jeune homme, diront les gens qui assisteront à la cérémonie. Ils se demanderont ce qui a bien pu se passer dans la tête de cet adolescent pour franchir le pas vers un tel acte, mais personne ne saura. Puis ils se contenteront de regarder leurs chaussures, jusqu'à ce que le silence s'installe, avant de repartir chez eux et oublier ce qu'il s'était passé. Des pensées horribles, je sais ! Mais au moins, j'en ai conscience.

Trente-cinq ans plus tard.
Lundi 8 Mars 2010 à 12h00

— Cette pluie, cette pluie glaciale.

L'homme ronchonna en marchant d'un pas précipité, le cou rentré dans les épaules et un paquet pressé contre lui. Le commandant Gérard Wallaert de la P.J. de Bailleul était un homme d'âge mûr, d'un abord distant et d'un tempérament taciturne. Il se rendait à la laverie automatique de la rue de Lille de cette ville. Il avait une routine bien établie. Il travaillait 50 heures par semaine, il avait environ trente ans d'expérience dans le domaine judiciaire, mais il était très pointilleux sur la propreté et s'accordait trois longues pauses déjeuner par semaine pour les tâches ménagères. Le lundi, c'était la journée lavandière. À l'instant même, il s'apprêtait à ouvrir la porte de la blanchisserie lorsqu'il fut interrompu par la sonnerie de son portable. Il se hâta d'entrer à l'intérieur d'un pas vif et alerte, jeta un coup d'œil rapide sur l'écran : Vallin, le commissaire divisionnaire. Il laissa le téléphone sonner quelques secondes, pensa à décrocher, mais opta pour rejeter l'appel. Il appuya sur le bouton rouge et remit l'appareil dans la poche de sa veste *« fais chier, putain ! »* murmura-t-il entre ses dents en poussant un profond soupir *« pourquoi faut-il toujours qu'il me casse les pieds pendant mes rares moments de pause ? »* Quelques sourcils se sont dressés. Trois femmes assises attendaient impatiemment la fin du cycle de leur machine à laver en le surveillant du coin de l'œil. L'une d'elles aux cheveux frisés buvait un café fumant dans un petit récipient isotherme. Les deux autres détournèrent le regard. Vu leurs attitudes, elles semblaient bien se connaître, en discutant passionnément à voix basse. Quant au policier, il s'était contenté de grommeler un bonjour sur un ton maussade avant de se diriger vers une des machines à laver où il introduisit avec soin à l'intérieur du tambour son linge sale. Puis il programma un cycle court de 20 minutes. L'homme, qui n'avait pas envie de s'attarder dans ce lieu emblématique du célibat, peuplé de spécimens de sexe féminin, regarda sa montre et sortit à la hâte comme s'il avait un rendez-vous urgent. Wallaert n'a jamais ressenti le besoin de fonder une famille. Non pas qu'il n'en ait pas eu l'occasion : beaucoup de femmes lançaient des regards éloquents sur son passage. Mais, on avait l'impression que dans son regard il dévoilait des souvenirs anciens, dont l'origine paraissait nébuleuse et qu'il préférait garder secrets. Quoi qu'il en soit, en sortant, il se dirigea d'un pas décidé vers l'épicier du coin, avant de refaire surface dans ce lieu réservé à la gent féminine une vingtaine de minutes plus tard. Au moment où il s'apprêtait à récupérer son linge, son portable se remit à sonner. Vallin tentait à nouveau de le joindre. Il refusa l'appel. Il faillit en revanche décrocher quand, au troisième coup de fil, il vit le nom de Justine Martens apparaître sur l'écran. Un sourire tendre, presque paternel flottait sur ses lèvres. Il prit la décision de la recontacter plus tard, au retour à son domicile. Cela faisait déjà un moment qu'il n'avait pas eu de ses nouvelles. Wallaert éprouvait de l'estime pour tous ses collaborateurs au sein de l'unité spéciale qu'il supervisait. N'empêche, Justine était à part. Elle n'avait qu'une vingtaine d'années, quand il avait accepté de l'intégrer dans son équipe. Il avait reçu un appel téléphonique de son vieil ami Bernard Notebaert qui était devenu directeur d'un établissement spécialisé pour adolescents frustrés et perdus, se heurtant à l'indifférence, parfois à la colère, en lui suggérant de la rencontrer. *« C'est une fille qui en a bavé Gérard, tu comprends ».*

Wallaert avait accepté de lui laisser sa chance. Il lui avait donné rendez-vous dans un café près du commissariat. En se dirigeant vers son appartement, il se souvint de cette rencontre.

Justine, une jeune femme aux cheveux roux légèrement bouclés et aux yeux verts, venait de terminer ses études à l'école de police en sortant major de sa promotion. Avant de la rencontrer, Wallaert avait lu un article à son sujet dans une coupure de presse que son ami lui avait faxé.

Son père, Jean-François Martens, qui était un homme d'affaires riche et influent avait commis à plusieurs reprises viol et attentat à la pudeur sur sa fille, mais il n'avait jamais été jugé, jusqu'au moment où la rumeur s'était ébruitée. Alors, il préféra le suicide au déshonneur et à l'opprobre.

Justine avait vécu à l'époque un enfer quotidien. Son cauchemar avait commencé quand elle avait cinq ans, et avait duré jusqu'à ses quatorze ans.

Au début, elle ne saisissait pas ce qu'il lui faisait. C'est bien plus tard qu'elle ressentit la honte quand il lui imposait d'exécuter dans le lit parental des positions sexuelles. Parfois, il lui faisait visionner des films pornographiques en guise de guide pratique, et parfois il la filmait, pendant qu'elle exécutait ses demandes. Elle avait une angoisse continuelle en rentrant de l'école, elle savait ce qui l'attendait, il disait : *« ce soir, tu vas me faire plaisir ».* Souvent, elle avait des pensées suicidaires, comme tous les enfants qui ont subi des malheurs, c'était un réconfort puissant, qui l'aidait à passer maintes mauvaises nuits. Par contre, elle n'aurait jamais été jusqu'à se tuer réellement, elle ne voulait pas que les gens aient pitié d'elle en pleurant aux infos, alors qu'ils ne l'avaient jamais épaulée de son vivant. Non ! cela lui semblait encore plus pathétique que sa vie ne l'était déjà comme ça.

Mais la nuit, quand les choses allaient vraiment mal et qu'elle se sentait plus malheureuse et plus vulnérable que jamais. C'était rassurant de s'imaginer ceci : aller dans l'armoire de son père, décrocher son fusil de chasse, saisir dans ses mains comme un élan de toute passion ce stimulant métallique en glissant deux cartouches dans les chambres *« une action, qui lui paraissait aussi facile qu'engloutir dans son ventre six chocolats m & m's d'une seule bouchée »* avant d'appuyer le canon contre sa tempe et tirer immédiatement. Immédiatement oui ! sinon elle risquait de s'en dissuader. Tout devait se passer d'un seul geste pour y parvenir, en s'écroulant sur le sol comme un château de cartes qui s'en va en silence. Elle n'avait pas l'intention de passer à l'acte, mais quand elle avait besoin d'une soupape, c'est en général à ça qu'elle pensait.

La rubrique de presse consacrée à la famille Martens avait fait la une des journaux à l'époque et avait suscité beaucoup de commentaires sur les sites internet, occasionnant des échanges d'opinions.

La une du journal annonçait :

Croix, qui se trouve au centre de la région du Nord, proche de la frontière belge est une petite ville paisible et aisée où tout le monde se connaît, fréquente les mêmes endroits, va à l'église ensemble, mais elle n'est pas à l'abri des violences, des maltraitances et des atrocités du monde extérieur perpétrées par certains hommes de pouvoir. Un fait divers qui semble réel, même dans les lieux les plus sécurisés et les plus protégés. Il concerne en effet Jean-François Martens, l'homme le plus estimé de la ville qui s'est ôté la vie suite aux accusations d'inceste portées contre lui par sa fille unique : Justine Martens âgée de quatorze ans qu'il élevait seul. Cette famille avait déjà connu un drame lors de la mort de madame Béatrice Martens dans un accident de la route il y a 10 ans.

Justine Martens n'ayant pas de famille, un juge des tutelles devrait désigner dans la journée, le service d'aide sociale à l'enfance du département pour prendre en charge cette adolescente encore mineure. Mais pour l'instant, aucune information fiable à ce sujet ni concernant la responsabilité de la gestion foncière du patrimoine qui est considérable dans la région n'a filtré.

Les habitants de la commune sont sous le choc, personne n'aurait pu envisager cette situation dans leur cité si calme…

Wallaert se souvenait vaguement des discussions des habitués des comptoirs sur ce fait divers. Par contre, il se souvenait parfaitement de cette première rencontre avec Justine. La jeune femme, vêtue sobrement, mais magnifiquement ornée de sa rousse chevelure soigneusement coiffée et de sa blanche beauté était apparue comme dans un rêve. Au premier regard, il ne parvenait pas à discerner le vrai du faux, la confiance ou la défiance, dans ses yeux. Mais, après quelques échanges verbaux, elle lui avait plu d'emblée. Sa détermination, son calme, son intelligence avait dissipé son scepticisme sur ses aptitudes pour obtenir le poste. Elle semblait en outre avoir pleinement conscience qu'il la testait, même si elle lui avait répondu courtoisement... mais avec un léger sourire aux coins des lèvres qui paraissait dire : « *me prends-tu pour une idiote ?* »

Justine se consacra corps et âme à son avenir en tournant le dos à son sombre passé, pour se dévouer entièrement à son métier. Un peu trop sans doute, surtout à un moment donné. Car ce jour-là ! Au lieu d'attendre du renfort lors d'un flagrant délit de féminicide, elle avait entraîné son coéquipier bon gré mal gré dans une course poursuite, qui s'était achevée dans un engrenage fatal. Lors de l'échange de tirs, son collègue avait été mortellement atteint de deux coups de pistolet dans la poitrine. Justine avait été blessée à l'épaule, mais elle avait aussi envoyé le criminel dans l'au-delà. Cet empressement avait valu à l'issue de l'enquête de la police des polices une sanction. Et dans la presse, le mot bavure avait été mentionné. La jeune femme avait été reléguée sur un poste administratif avec un suivi comportemental jusqu'à nouvel ordre.

En arrivant à son domicile, Wallaert reçut un troisième coup de fil. De nouveau, son chef Vallin cherchait à le joindre. L'appel n'était plus dans les moments inopportuns, il répondit :

— Oui ?

— Tu ne décroches plus, ou quoi ? grommela une voix agacée à l'autre bout du fil.

— J'étais occupé.

— Désolé de t'interrompre dans tes occupations mondaines ! rétorqua Vallin sur un ton sarcastique. Mais j'ai besoin de toi tout de suite.

— Qu'est-ce qui se passe ? s'enquit Wallaert, intrigué.

— Un jeune homme.

— Où ça ?

— Au calvaire dans le cimetière.

— Dans le cimetière de Bailleul ?

— Oui. Une femme l'a découvert il y a quelques heures en allant sur la tombe de son mari. Elle était complètement paniquée au moment de composer le numéro des urgences. C'est Martin, qui était de garde qui a pris l'appel. Il paraît que c'est horrible à voir.

— Et on est sûrs qu'il s'agit d'un meurtre ?

— Oui, continua Vallin beaucoup plus posé qu'au début. Une partie de ton équipe est déjà sur place, ils t'attendent.

— D'accord, j'arrive.

Il raccrocha, sortit en trombe de son appartement en claquant la porte et descendit l'escalier étroit et usé à grandes enjambées.

— Tout va bien, monsieur Wallaert, fit sa voisine de palier, intriguée par ce qui se passait.

— Comment ? Ah ! Oui, oui, juste le boulot, madame Frappart.

Il courut vers sa Peugeot 308 blanche garée dans la rue, alluma une cigarette et démarra.

À l'entrée du cimetière, les gyrophares donnaient une teinte bleutée à l'atmosphère.

Le commandant arriva rapidement en passant sous le cordon mis en place par ses collègues. Il se dirigea vers une zone éclairée par des flashes lumineux et des ombres mouvantes.

La scientifique était déjà au travail. Il reconnut une vieille connaissance de la maison :

Marcel Duchamp, un homme de 48 ans aux valeurs typiquement masculines. Ils avaient fait le début de leur carrière dans la même promotion à l'école de police. En le voyant, il se garda bien de sourire en se souvenant de son surnom « la pissotière ». Par contre, il fut surpris en remarquant son visage contrarié. Ce spécialiste en crimes sordides était un homme aguerri et réussissait toujours à garder une distance professionnelle, devant les spectacles auxquels il était confronté. Mais là ! visiblement mal à l'aise, il ne reconnaissait plus l'homme à l'immense carcasse. Wallaert redoutait le pire.

Il se dirigea vers l'équipe qui était en train d'examiner attentivement le calvaire au pied duquel une housse mortuaire entrouverte laissait apparaître un visage blême.

— Tu arrives peinard comme Batiste, le railla Duchamp d'un air moqueur qui avait retrouvé du mordant en apercevant son collègue. Ils ont fini et commencent à s'impatienter, mais un gars de ton équipe, un nommé François Pichon nous a demandé de te garder la victime pour que tu puisses la voir. J'espère que t'as le ventre et les intestins bien solides, mieux que Pichon. Ce qui s'est passé ici est carrément indescriptible. Celui qui a fait ça, c'est un vrai malade mental.

— Tu dois être blindé au bout de presque 30 ans de service quand même s'étonna Wallaert.

— Je le croyais aussi ! Mais putain, là c'est du pur délire. Je n'ai jamais vu ça de ma vie. Quand on est arrivé, la victime était pendue par les pieds à une des branches de cette croix, dit-il d'un mouvement de la tête en désignant l'endroit. Mais le pire, c'est qu'il a le sexe amputé, une entaille sur le front et un message scarifié sur sa poitrine. Un vrai massacre un truc de fou !

Wallaert s'avança, se baissa en faisant glisser le zip de la fermeture éclair, et découvrit un jeune homme d'une trentaine d'années, émasculé, avec une incision bizarre sur le front, et un message en lettres capitales sur son torse :

MORT AUX REPRODUCTEURS

POUR

UN MONDE MEILLEUR

— C'est quoi ce délire ? s'exclama-t-il.

— Oui, comme tu dis ! Mais tu es un chibani dans la profession et je te fais confiance. Moi, je vais te faire comme d'habitude le dossier en trois exemplaires avec les photos, l'autopsie, et mes conclusions. Selon moi, au vu du sang qui reste sur le socle et dans les fleurs piétinées, il a été tué ici, ajouta l'expert.

— De chibani à chibani, je te remercie pour tes conseils. Bon, au travail dit-il d'un ton bref en s'adressant cette fois-ci à Pichon. Il faut au plus vite éclaircir ce mystère. On a quelque chose, une piste, ou un indice ? lui demanda-t-il.

Jeune lieutenant d'une trentaine d'années, François Pichon était le dernier arrivé dans son équipe. De corpulence plutôt trapue il faisait preuve d'une ténacité redoutable, mais pour l'instant, son inlassable assiduité à toute épreuve avait l'air d'être entamée.

— Pas à ma connaissance, répondit-il encore sous le choc d'une voix blanche et en secouant la tête nerveusement comme un parkinsonien. Le gars était nu, on n'a trouvé aucun vêtement ni pièce d'identité. Par contre, je pense que son, ou ses assassins ont pris leur temps. Il me semble que le corps a été scarifié ici, à l'endroit même en étant pendu par les pieds, car le message se lit à l'envers : du pubis au thorax. Autrement dit, on n'a aucune certitude sur l'heure et les circonstances de sa mort. Les experts ont fait des moulages des traces de pas, ainsi qu'une recherche d'empreintes. Et notre seul témoin, c'est madame

Baert Jeanne qui a découvert le corps vers 10 h 30 en se rendant sur la tombe de son mari.

— Bon, fit Wallaert, je retourne au bureau pour rassembler le reste de l'équipe et faire mon compte-rendu au patron. Toi tu vas prendre un café, puis commencer le porte-à-porte, on aura peut-être d'autres témoins.

Arrivé au commissariat le planton à l'entrée le prévient que le commissaire divisionnaire Vallin désirait le voir de toute urgence. Wallaert se dirigea d'un pas régulier et rigoureusement mesuré vers son bureau. Par la porte qui était entre-ouverte, il entendait distinctement une conversation téléphonique.

L'expression, monsieur le maire, fut prononcée plusieurs fois. Entendant que la conversation se termine il entra dans la pièce. Vallin visiblement agacé se leva avec un vif empressement de sa chaise et tapa du doigt sur un dossier fermé qui était posé devant lui :

— Bon sang ! Mais qu'est-ce qui s'est passé exactement ? L'un des conseillers municipaux a informé le maire sur cette affaire et il me casse les pieds depuis une heure.

— Nous ne savons pas grand-chose pour

l'instant, la scientifique est sur l'affaire et Pichon commence à prospecter dans le voisinage. Je ne sais pas comment il a su, mais j'espère que les recherches sur les bases de données vont aboutir pour identifier la victime. À mon avis, les tueurs devaient être plusieurs… Hisser et attacher un poids de plus de 70kgs, seul, cela me paraît impossible. Je vais mettre Martin et Ligier sur ce puzzle pour qu'ils puissent s'occuper du milieu interlope de la région et prendre contact avec la Belgique.

— Ne prends pas le lieutenant Martin, sa femme vient d'accoucher.

— Donc, pas de Martin, dans ces conditions, je récupère Martens. Elle est au placard depuis un certain temps et la laisser à un poste de scribouillard c'est du pur gâchis. C'était un de mes meilleurs éléments.

— Bon, de toute façon on n'a pas le choix. Tu me laisses 24 heures pour que je puisse régler les formalités pour sa réintégration dans le service opérationnel, mais, je compte sur toi, pour la calmer et qu'elle ne joue plus le cow-boy.

— Pas de souci, je me porte garant. Je pense que pour demain les premiers éléments de la scientifique vont arriver et je pourrais lancer avec l'équipe un plan d'action. En attendant, je vais rejoindre Pichon avec Ligier pour l'aider à récolter les témoignages.

Mardi 9 Mars 2010 à 08h30

Le lendemain matin, son équipe l'attendait dans son bureau. Dans un coin de la pièce, la chevelure flamboyante de Justine égayait l'espace. Pichon et Ligier l'observaient avec méfiance, mais l'entrée de Wallaert détourna leurs regards.

— Je vois que tout le monde est là. Je vous présente Justine Martens, dit-il en s'adressant à Pichon et Ligier. Vu que Martin grâce à son épouse a augmenté la population française et que ses nuits risquent d'être compliquées, Martens va le remplacer. Pas d'objection ?

— Non ! fit Ligier. Pichon et moi sommes d'accord, car Martin, Martens, c'est blanc bonnet, bonnet blanc ! répliqua-t-il en plaisantant.

— Bon, on n'est pas là pour rigoler. On s'active au boulot les gars ! Vous deux, vous allez à la morgue pour recueillir des infos et secouer Duchamp pour qu'il se dépêche dans ses recherches. De mon côté, je vais faire un topo à Martens sur le peu d'informations qu'on a récolté hier.

Après le départ du binôme, Justine Martens sans un mot se leva en se dirigeant vers le centre de la pièce, puis elle regarda Wallaert interrogativement.

— Je suis content de te récupérer dans mon service, déclara-t-il d'un ton de voix étouffée et respectueuse. Nous aurons grand besoin de tes qualités d'enquêtrice dans cette affaire. Je pense que tu as lu les journaux ce matin et tu as remarqué que l'histoire n'est pas banale. Je n'ai pas eu le loisir de te rappeler hier, avec l'équipe nous avons essayé de récolter des témoignages jusqu'à 22 h 30. Sans succès.

— Justement, je t'avais appelé à ce sujet. Quand cette affaire a fuité dans le commissariat, en particulier sur le texte, je me suis souvenue d'une histoire de tags avec les mêmes inscriptions dans la banlieue de Lille. Les collègues municipaux avaient fait un rapport en classant cette affaire et en concluant que les végans étaient à l'origine de cette dégradation.

— Ils sont plutôt sanguins, tes végans répondit-il en blaguant. Mais pour revenir à l'enquête, en attendant le retour de Paul Ligier et

François Pichon, il faudra que tu ailles à la pêche aux archives pour retrouver des éléments se rapportant à cette poésie. Moi, je dois recevoir madame Baert, notre témoin que j'ai convoqué à 10 h. Elle va arriver d'un instant à l'autre. On se donne rendez-vous à 14 h dans mon bureau.

— O. k ! Ça marche. Au fait, merci pour tout Gérard.

À 14 h, l'équipe était au complet, une grosse enveloppe kraft entrouverte dominait le bureau et comme à son habitude Wallaert avait punaisé sur les murs les photos et les rapports d'expertises. Sur un paperboard, trois colonnes étaient tracées et dans chaque espace un titre apparaissait : Victimes, Éléments, Contacts.

Son équipe connaissait parfaitement ses petites manies, et attendait avec impatience sa phrase fétiche *« On ouvre le bal »*. Cela n'a pas tardé, à peine deux secondes plus tard, d'une voix forte il annonça :

— Bon, allez les jeunes, en place, on ouvre le bal. Commençons avec la victime, poursuivit Wallaert avec ardeur. Grâce aux empreintes, nous connaissons son nom. Il s'agit de Jean-Claude Tulou, âgé de 25 ans avec aucun antécédent judiciaire, à part 50 h de T.I.G. suite à une rixe lors d'un match de foot quand il avait 16 ans. Il habite encore chez ses parents et travaille dans une petite entreprise comme soudeur. Dans un premier temps, nous allons nous concentrer sur les éléments en notre possession. On sait d'après les moulages qu'il y avait au moins cinq personnes présentes près du calvaire, dont deux séries d'empreintes plus petites, apparemment attribuées à des femmes.

Toutes les semelles sont fortement crantées du style rangers. Il faut en déduire qu'ils portaient tous le même type de chaussure. Et contrairement aux premières conclusions, la victime a été tuée dans un autre lieu. Le marquage sur le front et son émasculation ont été faits de son vivant, et le texte sur son torse a été fait post-mortem.

Le sang qui est au pied du calvaire bien qu'il s'agisse de sang humain, mais pas celui de la victime. La scientifique pense qu'il provient de deux autres individus. L'organe génital de Jean-Claude Tulou n'a pas été retrouvé et la marque sur le front ressemble à la lettre H avec le jambage du côté droit plus long, couronnée de 9 points qui auraient été faits, semblerait-il, au poinçon ! Voilà, j'ai fait le tour du propriétaire. À vous de me dire ce que vous avez constaté à la morgue et ensuite les résultats de la recherche dans les archives. Je voulais vous dire aussi que j'ai rencontré ce matin madame Baert qui était, comme vous pouvez l'imaginer, encore sous le choc. Entre parenthèses, c'est elle qui a prévenu le maire. Madame, messieurs, la parole est à vous !

Pichon qui avait apparemment beaucoup de choses à révéler se précipita pour prendre la parole.

— Si vous le permettez dit-il à l'assemblée, j'aimerais commencer.

— Je n'y vois pas d'inconvénient fait remarquer Justine.

— Accouche, tu meurs d'envie, renchérit Ligier.

— Bon, ben voilà ! fit Pichon en observant Ligier du coin de l'œil. Nous avons appris que la scientifique a décelé des traces infimes de la drogue du violeur dans son organisme. On sait qu'elle commence à disparaître au bout d'une douzaine d'heures dans les urines et quelques heures dans le sang. Vu la mince teneur de GHB, les docs soupçonnent qu'il a été drogué une trentaine d'heures avant la découverte de son corps, soit dans la nuit de samedi à dimanche. Pour le légiste, il a été tué le dimanche vers vingt-deux heures, environ douze heures avant sa rencontre avec madame Baert. Donc, il est à envisager qu'entre le moment de l'absorption de la drogue qui est estimé entre minuit et une heure du matin dimanche et l'heure de son décès, il a sûrement été séquestré par ses ravisseurs. Pour l'instant, le labo étudie les cordes pour essayer de définir l'heure de sa pendaison dans le cimetière. Quant aux deux échantillons de sang trouvé sur la stèle, aucun produit chimique n'a été décelé. Actuellement, ils sont sur la recherche d'ADN. Suite à tes consignes, nous avons contacté nos indics pour avoir des renseignements sur le milieu malfamé, mais pour eux ce meurtre n'a aucun rapport avec des rivalités dans le trafic de drogue de la région. Sinon à propos de nos collègues belges, nous n'avons pour l'instant aucune réponse.

— Merci pour cet exposé dit Wallaert. Ce qui m'inquiète c'est qu'on risque de se retrouver avec deux autres victimes sur les bras. Je donne la parole à Justine qui travaillait à la documentation et qui s'est souvenue d'avoir déjà eu un rapport mentionnant un graffiti correspondant à la scarification de notre bonhomme. À toi, Justine.

— Tout d'abord, dit-elle en s'adressant à l'ensemble des agents, je vous remercie de m'avoir acceptée dans votre équipe ! Concernant les graffitis, j'ai fait des recherches dans les archives et un rapport évoque ce texte. Il a été peint sur les murs de la maternité d'Armentières. J'ai fait une copie des photos et l'on distingue aussi une marque rappelant fortement à celle du front de la victime : la lettre H avec neuf points, dont celui du milieu plus important. J'ai pris l'initiative de lancer un message à l'ensemble des commissariats et gendarmeries pour nous rapporter des faits identiques. Mais pour l'instant, c'est tout ce que j'ai pu récolter.

— O.K. Vous avez tous fait du bon boulot ! Par contre, nous n'avons aucun indice sur la personnalité de notre victime. Paul et François, vous allez vous rendre sur son lieu du travail. Je vais de mon côté aller voir Vallin, pour l'informer et lancer une procédure au niveau du fichier des personnes disparues, pour rechercher les deux éventuelles autres victimes. Ensuite, Justine et moi nous allons rendre visite aux parents de ce jeune homme. J'ai besoin que ce soir j'aie de quoi remplir les colonnes de mon paperboard, surtout la colonne : contacts. Un gars de cet âge doit avoir des amis ou une copine.

Mardi 9 Mars 2010 à 15h00

Après un court trajet, les lieutenants Pichon et Ligier sont arrivés dans une zone industrielle où se trouvait la société employant la victime. Pichon avait l'air d'apprécier cette atmosphère avec ces bruits et cette odeur de métal chaud mêlé à l'huile de coupe.

— C'est mon ancien boulot, dit-il, avec enthousiasme en s'adressant à Ligier. Je connais bien le contremaître. Aller vient ! N'éprouvant pas la même passion pour ce métier, Ligier le suivit sans commentaire. Devant le bâtiment, le responsable d'atelier prévenu de leur venue les attendait.

— Messieurs, bonjour. Je suppose que vous êtes-là, pour ce pauvre Jean-Claude. Je n'en reviens toujours pas de ce qu'il lui est arrivé, quelle tragédie !

Tu ne peux pas imaginer François, à quel point il va nous manquer, précisa-t-il sur un ton monocorde et calme en s'adressant à Pichon. C'est une vraie perte pour nous, c'était un excellent soudeur TIG et MIG, spécialiste sur l'inox avec des certifications pour le nucléaire. Je connais cet employé depuis un certain temps, il était parfait, sans ennemis, bon, il faut dire aussi qu'il avait beaucoup d'amies féminines, ce qui aurait pu provoquer de la jalousie. C'était un cavaleur par excellence, néanmoins en dehors des heures de boulot, car ici il était correct.

François Pichon observa silencieusement le lieu avant de prendre la parole :

— Merci pour tes renseignements et désolé des circonstances Raoul, mais, nous sommes tenus d'inspecter son poste de travail et son vestiaire. Par ailleurs, nous allons être obligés d'interroger les choumacs.

Ligier observa Pichon d'une drôle de façon.

— Les choumacs ! fit-il ?

— Oui, c'était un terme des anciens pour désigner les chaudronniers.

— Ah bon !

Sur cette dernière parole, ils se dirigèrent vers l'atelier.

La visite ne permit pas de faire avancer l'enquête et dans une pièce mise à disposition commença après la prise d'identité, l'interrogatoire des employés. Les premières auditions se révélèrent décevantes. Mais une lueur d'espoir s'alluma, lorsqu'un des employés signala que dans la nuit de samedi à dimanche la victime avait eu une violente altercation dans une boîte de nuit de la région avec une fille. Cette version fut confirmée un quart d'heure plus tard par la fiancée de ce dernier, qui était secrétaire dans la société et qui expliqua les faits :

— Mon fiancé et moi étions samedi soir tous les deux au Macumba, et Jean-Claude était là ! C'était le genre de mec qui ne pouvait pas s'empêcher de draguer, stipula-t-elle avec conviction. Nous avons vu cette violente dispute. Elle a été brève. Pendant la discussion, la nana a quitté le dancing précipitamment. Jean-Claude par contre, était resté au bar pendant un certain temps. Il a parlé à un moment donné avec une fille que nous n'avions jamais vue auparavant, puis on les a perdus de vue. Quand nous avons quitté l'établissement le dimanche vers 0 h 45, son véhicule était toujours garé sur le parking, mais plus de traces de lui.

— Et cela ne vous a pas paru bizarre, répliqua Ligier ?

— Quoi ?

— Le fait que le véhicule soit toujours stationné et que Tulou ait peut-être quitté les lieux.

— Vous savez, c'est un personnage assez fantasque, pas dans le travail, mais sa vie privée était décousue. Donc nous n'étions pas surpris.

— À quelle heure êtes-vous arrivés ?

— Nous sommes arrivés vers 22 h 15.

— Et vous êtes partis aussi rapidement.

— Oui ! j'avais mal à la tête et Xavier a préféré rentrer pour que je puisse me reposer.

— Vous avez dit que Jean-Claude était un dragueur. Avez-vous eu une liaison avec lui ?

— Il a essayé, mais sans succès !

— Vous en avez parlé à votre ami ?

— Non, il n'y a pas de raison de le faire. Jean-Claude ne m'a jamais forcé la main et puis je sais me défendre. D'un ton de voix constant, Ligier mit fin à l'interrogatoire.

— Je n'ai plus de questions à vous poser, mais dans le cadre de l'enquête je vous demanderais de venir avec votre fiancé Xavier Vanhoutte demain à 9 h au commissariat pour enregistrer votre déposition et nous aider à réaliser un portrait-robot de la fille avec qui il s'est disputé.

Mon collègue va se charger de signifier la convocation de votre ami. Rendez-vous donc à 9 h dans le bureau du commandant Wallaert. Merci, mademoiselle Camille Backeland, vous pouvez disposer.

Après le départ de la témoin, nos deux lieutenants téléphonèrent à Wallaert pour lui expliquer la situation.

— Parfait. Répondit Wallaert à l'autre bout du fil. Essayez de contacter le barman du Macumba, avec un peu de chance, il pourra peut-être nous donner plus de renseignements. Après ce bref échange, il raccrocha.

À peine que la communication fût terminée, Justine et Wallaert sont arrivés devant le domicile des parents de la victime. Wallaert resta un certain temps les yeux dans le vague, puis respira profondément. Il éprouvait toujours une sincère sympathie pour la famille des victimes, les personnes ayant perdu un proche dans des conditions dramatiques, et il détestait les déranger dans leur deuil. Très souvent, les sentiments étaient exacerbés, il savait qu'à tout moment la situation pouvait dégénérer.

Une histoire ancienne était restée gravée dans sa mémoire, mais personne ne connaissait le passé de Wallaert. Justine en était la première surprise de sa façon d'être, mais sentant son désarroi, elle prit la parole :

— Commandant, si vous voulez dit-elle en insistant fortement sur le grade et en le vouvoyant pour le secouer, je peux m'en occuper.

Wallaert comme un automate acquiesça de la tête. Il avait l'air perturbé, il n'arrivait pas à dissimuler son bouleversement. Plongé dans sa torpeur, il ne se ressaisit qu'en entendant le bruit de la sonnette de la porte d'entrée, ainsi que la voix de sa coéquipière se présentant :

— Bonjour, madame. Je suis le lieutenant Martens, et voici le commandant Wallaert. Pouvons-nous entrer ?

— Je vous attendais, dit la personne avec un regard dans le vague et d'un ton évasif. Puis elle se ressaisit, et avec un geste un peu las, mais courtois, elle les invita à rentrer.

Les parents malgré leur douleur se montrèrent coopératifs. Pendant que Justine les accompagnait dans la cuisine, Wallaert qui avait retrouvé son assurance entreprit une fouille méthodique ne négligeant aucun recoin.

Il pénétra dans la chambre. La pièce ressemblait à une chambre d'ado avec des posters aux murs. Le lit fit sourire le commandant, c'était un lit-cosy typique des années 60. Contre le mur trônait une vieille armoire à miroir et dans l'alignement, un petit bureau, une corbeille et un tabouret. Connaissant les différentes cachettes dans ce type d'ameublement, il s'orienta directement vers l'armoire et trouva derrière le fronton, du cannabis enveloppé dans un sachet poussiéreux qui devait être là depuis des années. *« Un oubli, une erreur d'adolescent, »* s'imagina Wallaert. Dans la corbeille à papier, il récupéra une feuille froissée. C'était le brouillon d'une lettre adressée à une Marie-Ange, pour lui fixer un rendez-vous au Macumba le soir de sa disparition. *« Tiens, tiens... étrange coïncidence »*. Après cette pensée, la fouille terminée, il se dirigea vers la cuisine. Sans vraiment savoir pourquoi, il avait mis le sachet poussiéreux dans sa poche. C'était certainement dans le but d'éviter aux parents une douleur supplémentaire, car le commandant était persuadé qu'il s'agissait d'une histoire ancienne.

En arrivant sur place, le trio était attablé en buvant du café. Grâce à Justine qui mêlait interrogations et anecdotes sur leur fils, l'atmosphère était apaisée. De temps en temps, un souvenir assombrissait la pièce et des larmes s'échappaient des yeux de la mère. Puis, soudain, elle laissa éclater sa douleur :

— C'est à cause de cette fille, elle harcelait mon fiston.

— Vous parlez de Marie-Ange ? intervint Wallaert, qui s'était joint à la conversation.

— Oui, Marie-Ange confirma Justine qui avait saisi l'occasion. Bien qu'elle ne sache pas de qui il s'agissait, elle poursuivit en interrogeant la maîtresse de maison. Vous la connaissez bien, cette Marie-Ange ?

— Oh que oui ! Pour Jean-Claude, c'était une aventure, rien de sérieux. L'année dernière, elle nous a fait vivre un enfer pendant 6 mois, affirmant que notre fils l'avait mise enceinte. Pendant cette période, elle nous appelait pratiquement tous les jours pour nous menacer. Et lorsque nous avons changé de numéro, nous trouvions des messages dans notre boîte à lettres.

— Vous avez gardé ces lettres ?

— Non, c'était trop odieux, j'ai préféré m'en débarrasser en les jetant.

— Pourrais-je avoir votre ancien numéro, ainsi que le nom de cette personne demanda Wallaert.

— Oui, répondit le père comme soulagé. Il s'agit de Marie-Ange Olivares, elle habite dans notre rue, au numéro 23. Il nous reste une vieille carte de visite avec notre ancien numéro, je vais aller la chercher, dit-il en se dirigeant vers le tiroir d'un buffet. En fouillant de fond en comble, il en sortit une carte de visite, tachée de café.

— Merci de votre coopération, fit Wallaert en récupérant le bristol. Je suis sincèrement désolé de vous avoir dérangé dans votre douleur, mais il nous faut agir rapidement pour pouvoir coincer ceux qui ont fait cela à votre fils. J'espère que vous comprenez. Immédiatement, il se leva en faisant signe à Justine de le suivre. Quelques secondes plus tard se trouvant dans la rue, Justine avant de monter dans le véhicule, lui dit d'une voix feutrée et basse comme s'il s'agissait d'un secret d'État :

— Comment as-tu su pour Marie-Ange ?

— C'est en fouillant dans la corbeille à papiers qui se trouvait dans la chambre de la victime. Il y avait une feuille dedans froissée fixant un rendez-vous au Macumba à une Marie-Ange le soir de sa disparition.

Quand madame Tulou a parlé d'une fille, j'ai tout de suite fait le rapprochement. Mais, ne perdons pas de temps, prends-le volant, on va cueillir sur le champ cette demoiselle. Tu sais tout comme moi que surprendre est l'arme absolue de la police criminelle.

Le numéro 23 était au bout de la rue. En arrivant devant la porte, ils virent les rideaux bouger.

— Cette fois-ci, c'est moi qui vais l'interroger, lâcha-t-il avec son air habituel et en manifestant le retour de sa fougue d'antan. Avant qu'il puisse sonner, la porte s'était entrouverte laissant apparaître le visage décomposé d'une femme d'environ une cinquantaine d'années.

— Vous avez fait vite ! j'ai appelé le commissariat il y a à peine dix minutes. Justine observa furtivement du coin de l'œil Wallaert qui ne manifestait aucun signe d'étonnement.

— Bonjour, madame ! dit-il sur un ton neutre. Pouvons-nous entrer ?

— Bien entendu, je vous en prie. Mais, avez-vous retrouvé ma fille ?

— Vous parlez bien de Marie-Ange ?

— Ben oui !

— Qu'est-ce qui vous fait croire qu'elle a disparu ?

— Jamais, jamais elle ne me laisse sans nouvelle aussi longtemps. Comme je l'ai expliqué au téléphone, elle m'a quitté samedi vers 18 h pour rejoindre des amis, et depuis plus rien.

Justine ajouta :

— Et vous ne savez pas où elle est partie.

Elle n'a pas de petit ami chez qui elle aurait pu se réfugier, ou un membre de votre famille chez qui elle aurait pu aller ?

— Non, je suis veuve. Je n'ai personne, Marie-Ange est ma seule famille. Et je ne lui connais aucune aventure.

— Vous connaissez un dénommé Jean-Claude, demanda Wallaert.

— Non, elle ne m'a jamais parlé de ce prénom.

— Quand elle vous a quitté, comment était-elle vêtue ?

— Comme d'habitude : un jean, un pull rose avec un vieux perfecto et des Dr Martens aux pieds.

— Elle a un véhicule ?

— Oui, elle a une Mini Cooper rouge à toit blanc. Par contre, je ne saurais vous aider pour l'immatriculation de sa voiture. Les numéros, je ne les retiens pas.

— Ce n'est pas grave. Nous trouverons !

— Nous avons besoin d'autres éléments pour retrouver votre fille, est-ce possible de jeter un coup d'œil dans sa chambre, enchaîna Justine.

— Bien sûr, c'est au dernier étage. Le grenier est aménagé en studio, rien que pour elle, les jeunes filles ont besoin de leur indépendance.

Je vais vous y conduire. Trois secondes plus tard en montant l'escalier elle se retourna puis leur dit :

— Désolée d'avance pour le désordre. Ma fille a un vrai problème avec le rangement.

— Il n'y a pas de souci, la rassura Justine.

Arrivés à l'étage, ils laissèrent la propriétaire sur le palier. Le grenier semblait un véritable capharnaüm. Devant l'amoncellement d'objets les plus divers, Wallaert demanda à Justine :

— De fille à fille, où aurais-tu pu cacher un secret… du genre journal intime ?

— Tu fais fausse route, je n'ai jamais eu de journal intime. Par contre, répliqua-t-elle avec un geste de la main et d'un mouvement de la tête, là-bas, il y a un détail qui à mes yeux ne passe pas inaperçu.

Devant l'air étonné de Wallaert, elle se dirigea vers un arbalétrier de la toiture dont une échantignolle en bois plus clair indiquait des travaux récents. En le tapotant, ça sonnait creux et en passant sa main dernière, elle récupéra divers objets.

— Je n'ai pas de vision de superhéroïne, mais ma mère m'avait montré un jour une cachette presque identique quand j'étais toute petite. Je m'en souviens très bien. Elle avait le regard profond et lointain pendant quelques secondes avant de poursuivre. Wallaert ne savait pas comment réagir c'était la première fois qu'elle évoquait sa mère, mais en voyant qu'elle s'était ressaisie, il fut rassuré. Qu'avons-nous là, commença-t-elle en énumérant les objets trouvés :

— une pile de lettres entourées d'un ruban bleu

— un test de grossesse positif

— un carnet

— une clef.

J'ai toujours aimé fouiller dans les greniers, mais ici, c'est une vraie caverne d'Ali Baba. Je pense qu'il faudra aussi qu'on regarde sous le matelas ou éventuellement dans les peluches qui sont sur le lit. J'ai lu dans un de ces magazines pour nana, dans la salle d'attente de mon dentiste, précisa-t-elle que c'était l'un des endroits secrets favoris des filles pour protéger leur vie privée.

En souriant, Wallaert s'orienta vers le matelas, le souleva, mais rien. Il fut surpris par contre de découvrir : un stylo-pistolet calibre 22lr dans une des peluches. Il vérifia qu'il était désarmé, puis le mit dans une pochette en plastique. Dans une autre peluche, il trouva une liasse de billets ainsi qu'un paquet de comprimés de différentes couleurs.

— Bingo ! je pense que nous avons une piste, dit-il en sortant de la pièce. Continue la fouille, je vais interroger la mère. Trois secondes plus tard, il retrouva madame Olivares là où il l'avait laissée.

— Votre fille madame, où travaille-t-elle ? Et, pour quelle société ?

— Ma fille a fait des études de chimie, lui répondit-elle, l'air surpris en regardant le commandant d'une drôle de façon. Puis elle poursuivit. Elle a le statut d'autoentrepreneur. Elle travaille depuis environ deux ans comme représentante pour différentes marques dans le domaine de la parapharmacie. Et il n'y a pas si longtemps que ça qu'elle m'a confié qu'elle louait un petit local dans la zone industrielle de Bailleul pour stocker sa marchandise et faire sa comptabilité. Mais c'est tout ce que je sais. Vous savez, les jeunes filles d'aujourd'hui… enfin, tout cela pour vous dire que ce n'est plus comme à mon époque.

— Elle avait des problèmes d'argent ou des ennemis ?

— Non ! ma fille gagne très bien sa vie, elle vient d'acheter sa voiture avec toutes les options possibles et imaginables. Elle n'a aucun problème d'argent et tout le monde l'adore, c'est une personne adorable, un vrai rayon de soleil.

— Votre fille a-t-elle subi récemment une hospitalisation ?

— Non ! pourquoi, vous me posez cette question ? En faisant appel aux sentiments de la mère, Wallaert utilisa le prénom de la disparue.

— Marie-Ange était enceinte, non ?

— Pas du tout, rétorqua-t-elle en lui lançant un regard inquisiteur. Où allez-vous chercher cette absurdité ? Wallaert fut sauvé par la sonnerie de la porte d'entrée. C'était les lieutenants Pénard et Martin qui venaient suite à l'appel téléphonique passé par la mère.

— Merci d'être venus nous renforcer dit Wallaert en affichant une solide assurance. Le mieux à faire dans un premier temps, c'est d'aller rejoindre Justine à l'étage pour l'aider à trouver des indices pertinents, pour qu'on puisse retrouver cette jeune fille au plus vite.

Les deux policiers ne montrèrent pas non plus leur étonnement et après qu'ils aient quitté la pièce, madame Olivares n'aborda plus la question posée. Jusqu'au retour de Justine et de l'équipe, la conversation ne fut plus que des banalités sur la jeunesse de Marie-Ange et sur son père décédé il y a sept ans. Puis les policiers prirent congé en lui disant qu'elle serait tenue au courant, tout en insistant en cas où elle aurait d'autres informations de les prévenir. En sortant de la maison, Wallaert fit un point rapide de la situation.

— Cette affaire me paraît louche, j'ai l'impression que cette femme nous cache quelque chose, à moins qu'elle… Sans finir sa phrase, il enchaîna : sinon, à part ce que nous avons déjà en notre possession, y a-t-il eu d'autres éléments intéressants ?

— Oui ! répondit Justine. Martin a du flair, il a repéré un petit coffre fermé, caché sous le parquet. La clef que j'avais trouvée c'est celle de ce coffre. Et figure-toi que dedans, il y avait environ vingt mille euros qui s'ajoutent aux deux mille euros de la peluche. On a tout saisi et mis sous scellés. J'ai fourré tout ça en quatrième vitesse dans ma sacoche pour éviter les questions de la mère. Wallaert se contenta de lui répondre d'un signe de la tête.

— Je n'avais jamais vécu ça ! Il y a des rebondissements à gogo, s'exclama Martin tout excité. En temps normal c'est une petite ville sans histoire, mais là ! on va avoir les honneurs de la presse nationale si cela continue.
Et demanda-t-il en s'adressant à Wallaert, pas de nouvelle de nos collègues ?

— Je suis assez surpris de leur silence. Allez déposer les pièces à conviction au dépôt, on étudiera tout ça plus tard. L'urgence c'est de lancer une procédure de recherche sur la voiture et sur notre disparue. Pendant ce temps, Justine et moi nous allons nous rendre au Macumba pour rejoindre Ligier et Pichon, pour savoir où ils en sont.

Mardi 9 Mars 2010 à 18h00

Ils sont arrivés à 18 h. La porte de l'établissement était grande ouverte et dans une petite pièce située derrière le comptoir ils entendirent des commentaires. En rentrant dans le local, ils virent leurs deux collègues en train de visionner les films des caméras de surveillance.

— Alors les gars, on se fait une toile, lança Wallaert avec un léger ton moqueur dans la voix.

Les deux enquêteurs se retournèrent brusquement. Ligier plus ou moins agacé par cette remarque répondit :

— On n'a pas pu te prévenir avant d'avoir fini, stipula-t-il sur un ton évident. Et on a eu de la chance de trouver le proprio qui se souvient très bien de l'embrouille entre Tulou et une fille.

Il essaie de nous donner un coup de main, mais comme l'établissement est truffé de caméras, on a du mal à visionner les films qui sont dispatchés sur huit écrans. Le propriétaire est nouveau, il ne maîtrise pas très bien son studio, ce sont ses employés qui s'en occupent !

— On a quand même récupéré quelques images, renchérit Pichon. Sur plusieurs passages, on voit la victime, on connaît l'heure de son arrivée ce samedi soir. On sait qu'il s'est garé sur le parking vers 21 h 30 au volant d'une Mercedes SLK noire marquée d'une bande décorative de couleur marron. On a vérifié avec le service des cartes grises et c'est bien sa voiture, un modèle de 2006. Chose curieuse, il est arrivé en même temps qu'une autre voiture, une mini, conduite par la fille avec laquelle il s'est pris le chou vers 23 h 50. Cette dispute a été racontée par les deux témoins visuels, ceux dont on t'a parlé au téléphone. En visionnant les images du parking, on a vu cette fille sortir de l'établissement et repartir au volant de sa mini, il était minuit. Curieusement, on avait l'impression qu'avant cette dispute il filait le parfait amour. Puis on a remarqué qu'après ce coup d'éclat Tulou s'est installé au comptoir. Sur l'écran, on le voit boire une bière à la bouteille, puis au bout d'un quart d'heure on s'aperçoit qu'il a été rejoint par une blonde. On n'a jamais pu voir son visage, on aurait dit qu'elle savait parfaitement où se trouvaient les caméras pour qu'elle ne soit pas identifiée. Cette demoiselle a commandé deux boissons que le barman cette fois-ci a servies dans des verres et qu'elle a payées tout de suite en liquide. Au bout d'une vingtaine de minutes, elle a pris notre victime par la main pour l'emmener vers les toilettes. La démarche de Tulou était chaotique comme s'il était bourré et l'horloge de la vidéo indiquait 0 h 35. Nous avons visionné les images jusqu'à la fermeture, et à aucun moment ils n'ont réapparu. Nous avons revu les images de l'extérieur entre minuit et une heure du matin et la seule chose qui a attiré notre attention, c'est une camionnette Volkswagen noire dont les plaques étaient salies de boue. Ce véhicule a tourné lentement trois fois autour du Macumba et au quatrième tour sa fréquence de rotation a été perturbée. Nous avons supposé qu'il s'était arrêté au niveau de la sortie de secours qui est située près des w.c. et que notre petit couple avait fait une escapade par cette sortie pour monter dans la camionnette.

— Oui, mais il y a un gros problème, poursuivit Ligier, elle n'est pas dans le champ des caméras. Donc on l'a perdue pendant quelques instants et quand la camionnette est réapparue, elle s'est arrêtée au niveau de la voiture de Tulou. Et là ! une personne est descendue par la sortie latérale pour monter dans la Mercédès. Mais la portière du conducteur était entrouverte, du coup, ça nous a intrigués.

— En effet repris Pichon, pourtant on voit très bien sur les images que Tulou avait bel et bien fermé sa porte à clé en arrivant.

— Nous pensons, fit Ligier, que d'après sa corpulence il s'agit d'un homme. Il portait une tenue paramilitaire sombre et une cagoule. Ensuite, on voit les deux véhicules s'enfuir à toute vitesse. Il est fort probable que notre blonde soit une rabatteuse qui a piégé Tulou pour le conduire vers la mort. Mais pour quelle raison ? Pour affiner notre recherche, nous attendons le barman, il doit arriver dans une demi-heure.

— Au fait, ajouta Pichon, en parlant de demie, un demi ne serait pas de refus en attendant. Qu'en dites-vous ?

« Il n'est pas sérieux de vouloir boire une bière en service. On aura tout vu, se mit à songer Justine. »

Elle avait à peine fini sa pensée, qu'un homme, le crâne rasé, l'air maussade fit son apparition.

— Vous avez demandé à me voir, dit-il d'un ton agacé en s'adressant à Wallaert. Ça ne pouvait pas attendre demain ?

— Désolé, mais c'est important, répliqua le commandant sans se démonter. On a besoin de renseignements immédiatement. Il lui montra la vidéo. Est-ce que vous connaissez cette fille qu'on voit de dos à l'écran ?

— Celle qui a commandé un coca et un mazout-cocktail pour Jean-Claude qui ne buvait en temps normal jamais ce genre de boisson. Non ! mais j'ai lu dans les journaux ce qui lui est arrivé, c'est vraiment dégueulasse. C'était un habitué et vraiment un chic type. Quant à la fille, je n'ai vu que son profil droit et dans la pénombre…, mais pour moi, c'est une parfaite inconnue. La seule chose dont je me souviens, c'est son piercing-anneau dans la narine droite agrémenté d'une chaîne.

Il me semble qu'elle était reliée à son oreille. Je dis, il me semble, car je n'en suis pas sûr, elle était cachée par ses cheveux blonds coupés en carré. Quand j'ai vu cette fille avec Tulou je me suis dit dans ma tête : *« Oh le couillon ! qu'est-ce qui arrive à notre Jean-Claude, il est en train de taper dans la baba cool, ou quoi ? »* J'étais étonné, c'était la première fois que je voyais ce style d'accoutrement, et ce détail m'avait interpellé. À un moment donné, ils sont partis vers les toilettes. Le Jean-Claude était dans un triste état. Pourtant d'habitude, il tenait bien l'alcool et ce soir-là au comptoir il n'avait bu qu'une bière brune et ce cocktail. Mais bon, je ne m'en suis pas inquiété plus que ça. Par contre en revenant sur le détail du piercing, j'en avais parlé à mon frère. Il est le videur de cette boîte et pour lui, cette fille n'est jamais passée par la porte d'entrée qu'il surveillait. Il peut vous le confirmer, il m'attend dans la voiture sur le parking, je vais aller le chercher et nous revenons tout de suite.

Sans attendre la réponse, il se dirigea d'un pas rapide vers la sortie. Quand le barman avait quitté la pièce, Justine pensive fit remarquer :

— On doit envisager que cette fille avait des complices dans cette boîte et qu'ils l'ont fait rentrer par la porte de secours. Cela me paraît logique non, vous ne le croyez pas ?

— On peut en tenir compte, répondit Wallaert qui fut interrompu par l'arrivée du barman et de son double. Devant l'air stupéfait de l'assemblée, l'un des deux arrivants énonça :

— Et oui, c'est surprenant ! nous sommes jumeaux, des vrais, d'où la ressemblance frappante. Et comme nous nous habillons de la même façon, cela accentue notre similitude, une chose qui nous a toujours fortement amusés dans le but de donner l'illusion de la téléportation auprès des nanas. Ça marche à tous les coups pour draguer, dit-il sur le ton de la boutade. En constatant qu'il ne faisait pas mouche avec sa plaisanterie, il poursuivit. Bon, revenons à nos moutons. Mon frère m'a parlé de cette fille au piercing, mais je peux vous affirmer que je ne l'ai jamais vue passer par cette porte, dit-il en désignant l'entrée du doigt.

— Pour vous aider à vous souvenir de cette soirée, on va vous montrer deux extraits de la vidéo, expliqua Wallaert.

Le premier montre cette fille au comptoir avec Tulou. Le deuxième : un fourgon noir qui fait plusieurs fois le tour de la discothèque. Peut-être que quelque chose vous reviendra.

Après avoir regardé les images, le vigile, confiant, se lança dans une explication claire :

— Oui, oui, dit-il, pratiquement comme s'il voulait se convaincre à lui-même de la réalité des choses. Je n'ai pas changé d'avis, je suis toujours aussi formel, je n'ai jamais vu cette nénette de ma vie, mais je me souviens du véhicule. Il a franchi le portail d'entrée à faible allure, tous feux éteints. En arrivant sur le parking, il a fait un appel de phare à un gars qui avait une attitude bizarre et qui a répondu par un geste de la main. Je surveillais ce type depuis un bon moment, craignant un vol à la roulotte avant d'être ébloui par les longues portées du véhicule. Il en avait quatre. Je les ai distinguées dans la lumière des lampadaires lors de ses passages. Il y en avait deux sur le pare-chocs avant et deux autres fixées sur un kit-barre au niveau de la galerie du toit.

J'ai travaillé comme électricien dans un garage et je les ai reconnues : c'est des HELLA 1FA, et quand tu prends ça en pleine gueule tu t'en souviens.

Ce qui m'a surpris, c'est que j'avais l'impression que ce véhicule n'était pas venu par la route, mais par le petit chemin de terre bordé d'arbres, qui se trouve à droite du portail.

— Vous vous souvenez de ce type, dit Wallaert.

— Oui ! plus ou moins. Il est resté au moins 5 bonnes minutes devant l'entrée avant de rôder sur le parking.

— Vous pourriez le reconnaître en regardant le film de la caméra située à l'entrée, demanda le commandant.

— Pas de problème. Je maîtrise très bien le matériel et il est possible de synchroniser toutes les caméras, sauf celle qui donne sur la voie publique.

Je vais lancer la projection après 20 h 30, avant cette heure cela ne nous servira à rien, puisqu'il n'y avait personne.

Je me souviens très bien de lui et je sais qu'à vue d'œil, ce gugusse avait environ vingt-huit ans. Il mesurait dans les 1m80, corpulence moyenne, les cheveux châtains légèrement bouclés, vêtu d'un costume gris à 2 boutons de style italien et d'une chemise foncée.

Je n'ai vu aucun signe distinctif genre tatouage ou cicatrice. Ah si ! maintenant, ça me revient.

Une chose m'a intrigué, c'est une bague ornée d'un rubis qu'il portait à l'auriculaire de la main gauche. Je l'ai remarqué quand il a téléphoné.

— Vous avez entendu la conversation ? demanda Justine.

— Non, il s'est éloigné pour appeler. J'ai juste entendu un juron en néerlandais, de ça j'en suis sûr ! Notre maman est flamande, donc, impossible de m'être trompé. Malheureusement pour l'instant, rien d'autre ne me vient à l'esprit. Mais regardons cette superproduction, qui… Il ne finit pas sa phrase. Peut-être, par manque de savoir comment la terminer ? Et le silence se fit dans la pièce pendant le visionnage. Sachant parfaitement manipuler le matériel il accélérait les images quand il n'y avait personne à l'entrée. Quelques secondes plus tard, ils virent Tulou et Olivares arriver, il était 21 h 30. Le couple de témoins s'est présenté vers 22 h 15. À partir de ce moment-là, le vigile mit le film à vitesse normale. Les fêtards défilaient et à 23 h 30 il s'écria en mettant le film sur pause :

— Le voilà l'asticot ! Je suis quand même doué comme physionomiste, dit-il fièrement en tapant la main de son frère.

— Parfait ! il nous faut une copie de cet extrait, s'exclama Wallaert

— Pas de problème, je m'en charge.

— Avant tout, regardons jusqu'au départ de cet individu. Peut-être que d'autres éléments vous reviendront, monsieur ajouta le commandant en s'adressant à nouveau au vigile.

— Voyons, ne m'appelez pas monsieur… Moi, c'est Laurent Mercier et mon frère s'appelle Louis.

Après ce détail qui paraissait important aux yeux du jeune homme, le film se poursuivit, et rapidement ils virent Marie-Ange Olivares sortir en trombe de la boîte de nuit. Il était minuit. Trente minutes plus tard, soit 0 h 30, ils virent le suspect sortir. Au bout de deux à trois minutes, il se dirigea vers le parking en téléphonant. À la fin de l'appel, l'air énervé, il leva les bras au ciel en zigzaguant d'un pas rapide entre les voitures, lorsque soudainement, le warning de l'une d'entre elles se mit à clignoter. Il s'arrêta un court instant devant. Puis le plafonnier intérieur s'alluma quand il ouvrit la portière-conducteur. Au même instant, la scène fut inondée par une lumière vive.

— C'est le Volkswagen qui arrive, plein phare, dit Pichon et voilà que notre gars leur fait un signe de la main.

Il a l'air indécis, on dirait qu'il ne sait pas ce qu'il doit faire.

— On ne voit pas très bien ce qui se passe, répliqua Ligier. La lumière a saturé la caméra, mais en observant bien la scène j'ai l'impression que le type se sauve en laissant la porte de la voiture grande ouverte. Je crois qu'il est monté dans un autre véhicule et qu'il démarre.

— Y a-t-il une autre caméra au niveau du portail ? demanda Wallaert.

— Oui, affirma l'un des frères Mercier, elle est orientée vers la voie publique. Je peux ajuster le film un peu avant cet instant. Il s'activa à le faire, mais sur l'écran, la rue était déserte. Ce n'est qu'au bout de quelques secondes qu'ils distinguèrent la camionnette arriver par la droite.

— Mon frangin avait raison, le Volkswagen venait bien du petit chemin. Dans quelques minutes, votre patient ne va pas tarder à se pointer. Nom d'une pipe, je ne savais pas que c'était si passionnant de faire une enquête, ça me change de la limonade, s'exclama le barman. Le voilà, frérot !

Mets sur pause, il quitte le parking à toute allure, s'exclama-t-il à son jumeau. C'est une B.M.W. immatriculée en Belgique, on lit parfaitement sa plaque.

On le tient le zozo, car dans ce pays la plaque est attribuée au propriétaire et non au véhicule. Messieurs de la police, dit l'un d'eux triomphalement, l'enquête est bouclée grâce à nous, aux frères Mercier. Si notre boîte ferme, on va s'installer comme détectives privés, je vois déjà le slogan : efficacité et discrétion assurées grâce aux frères Mercier.

— Il ne faut pas trop s'emballer les machos, lâcha Justine qui avait été vexée par le terme : *« messieurs de la police »*. Dans la police, il y a aussi des femmes, et l'enquête est loin d'être terminée. Sa réflexion féministe avait fait jaillir comme des éclairs dans les yeux de Wallaert, qui lui avait lancé discrètement un regard courroucé en secouant la tête. Celle-ci avait haussé les épaules, d'un air de lui dire : *« Quoi ? ce n'est pas vrai peut-être ? »* il n'insista pas sur le terme qu'avait utilisé Martens concernant la présence féminine dans la police au moment où il s'était adressé à nouveau aux deux frères :

— Si c'était aussi simple que ça, ce serait formidable en effet, mais c'est loin d'être le cas et j'aimerais que vous continuiez la projection jusqu'à la sortie de la fourgonnette, dit-il avec une attitude apaisante.

Malgré le ton que Wallaert avait employé, la joie des frères Mercier s'était plus ou moins estompée. Laurent malgré tout s'empressa de relancer le film, ceci avec moins d'enthousiasme. Ils furent surpris de constater que la voiture du suspect était stationnée tous feux éteints à environ 200 mètres de la sortie.

— Pourquoi reste-t-il là bêtement dans sa voiture ? fit remarquer Ligier qui depuis un certain temps était resté muet.

— Il attend sûrement ses complices, répondit Pichon.

— S'il est complice, il n'est pas très malin, souligna Justine. Il n'a jamais cherché à dissimuler son visage et on voit très bien le numéro de sa plaque sur l'écran.

— La voiture a peut-être été volée !

Au bout de 2 minutes, un véhicule quitta le parking.

— Il est 0 h 48, d'après l'horaire, ça doit être nos deux témoins, poursuivit Ligier et normalement sans être devin, nos lascars devraient bientôt apparaître.

En effet, à 0 h 50 ils virent arriver le Volkswagen, suivi de la Mercedes de Tulou. Soudain, la B.M.W. s'alluma et rejoignit le convoi.

— J'avais raison, il est complice dans cette affaire d'enlèvement, confirma Pichon.

— Enfin un fil d'Ariane pour démêler cet écheveau, répliqua Wallaert sur un ton satisfait. Puis dit-il en s'adressant aux jumeaux, merci pour votre coopération messieurs, mais, vous restez à la disposition de la justice, on aura sûrement encore besoin de vous ! Et je compte sur votre discrétion, pas un mot à la presse !

Il est 21 h, précisa-t-il en s'adressant à son équipe, on se retrouve demain à huit heures. Avant de rentrer, il faudra récupérer les enregistrements pour les déposer au bureau et prévenir votre couple de témoins qu'ils n'ont pas besoin de se déplacer. Je vous demanderai aussi de faire un détour pour déposer Justine chez elle. Sa voiture est au garage.

Et essayez de dormir un peu, demain la journée risque d'être longue.

Mercredi 10 Mars 2010 à 8h00

Le lendemain matin, Ligier pénétra dans le commissariat en saluant machinalement le planton. *« Un homme assassiné dans des conditions atroces, scarifié, le sexe sectionné, la marque sur le front et ce message »*. Il frissonna de tout son être en y repensant. La police ? Il n'aurait jamais pu s'imaginer y travailler. Aujourd'hui, il n'imaginait pas travailler ailleurs. Pour la première fois de sa vie, il participait à quelque chose d'important. Tout en y pensant, il s'apprêtait à appuyer sur le bouton de l'ascenseur, quand il entendit une voix derrière lui :

— Attends-moi ! Surpris, il se retourna vivement et vit Justine qui courait vers lui à petites foulées.

— Merci, dit-elle, essoufflée, au moment où les portes coulissaient. Sans être claustrophobe, Ligier se sentait toujours mal à l'aise dans les ascenseurs. Par peur qu'elle le remarque et pour meubler le temps, il débitât à toute vitesse des banalités de la vie. Il fut soulagé quand Justine l'interrompit, lui signalant : nous sommes arrivés.

Elle sortit la première et tomba nez à nez avec Wallaert.

— Huit heures ! Ce n'est pas ce qu'on avait dit ? Huit heures, pas huit heures et quart !

Il secoua la tête d'indignation et disparut au fond du couloir.

— Il a l'air de très mauvaise humeur, chuchota Ligier.

— Oui, visiblement, répliqua Justine qui ne semblait pas impressionnée plus que ça.

— Huit heures, c'est huit heures ! hurla de nouveau Wallaert devant la salle de débriefing en grognant comme un ours mal léché. On n'est plus à l'école, je vous signale. Bon, continua-t-il en voyant le duo faire du surplace, vous venez ou vous allez rester encore là plantés pendant trois plombes ! En accélérant le rythme de leurs pas, ils arrivèrent très vite à leur place. Puis, plus personne ne pipa mot.

— Je peux commencer ? poursuivit Wallaert. Dans un énervement qui le gagnait, il balaya ses collègues du regard en marquant à son tour un bref silence. Ce silence fut rompu par Justine qui se montrait désolée du retard. Quant aux autres, ils acquiescèrent de la tête, en se taisant.

— Bon, reprit-il plus calmement. Hier soir, j'ai contacté le Centre de Coopération policière et douanière de Tournai (C.C.P.D.) au sujet du suspect conduisant le véhicule immatriculé en Belgique. J'ai eu la confirmation qu'il habite bien de l'autre côté de la frontière. Il est marié avec deux enfants. Sa femme est flamande, lui il est d'origine italienne. Il se nomme Enzo Moretti et il a 32 ans.

Wallaert réprima un bâillement qui trahissait sa fatigue et qui justifiait sans doute son humeur maussade. Nous avons réussi, continua-t-il à localiser son domicile à Mouscron où je me suis rendu ce matin à 5 h pour une perquisition avec la police belge. Mais le type est introuvable et sa femme n'a aucune nouvelle de lui. Elle a juste reçu un appel téléphonique dimanche soir vers 20 h pour lui dire qu'il partait en déplacement pour un travail et qu'il allait empocher un joli pactole.

Habituée à ses frasques, elle n'était pas inquiète de l'absence de son conjoint. Le C.C.P.D. a lancé une procédure de recherche le concernant et son épouse nous a donné son numéro de téléphone. Une demande de bornage a été faite aux opérateurs téléphoniques des deux pays. J'ai commencé à remplir les colonnes de mon paperboard, où j'ai constaté qu'entre la dispute avec Marie-Ange et le départ du convoi des trois véhicules, il s'était écoulé une heure. Je pense que tout était planifié. Le seul élément inconnu pour l'instant, c'est le rôle de Marie-Ange dans cette affaire. En parlant d'elle, j'attends toujours le retour de l'analyse des comprimés trouvés dans la peluche. J'ai mis les stups dans l'affaire, mais pour l'instant je suis sans nouvelle. Des questions ?

— Moi, j'ai une remarque, mais elle risque de faire rire les hommes, fit Justine.

— Dit toujours, répliqua Wallaert. Je suis curieux de savoir.

— En observant Marie-Ange sur la vidéo, j'ai été surprise par sa tenue vestimentaire. Là où je veux en venir poursuivit-elle (en voyant les sourires contenus de ses collègues), sa mère nous avait dit qu'elle était habillée d'un jean, d'un pull et d'un blouson au moment où elle avait quitté son domicile. Lors de la soirée, elle était en tailleur.

Elle s'est changée ailleurs, mais où ? Et pourquoi ?

— Où, peut-être dans le local qu'elle loue, répliqua Wallaert d'un ton bref, par contre…

L'arrivée de Vallin accompagné d'un visiteur interrompit la conversation.

— Bonjour, messieurs. Je crois que nous avons une nouvelle piste. Je suis avec le chef de la brigade antidrogue de Lille qui est très intéressé par votre saisie chez Olivares. Je lui laisse la parole :

— Bonjour. Je suis le commandant Sénéchal. Nous avons analysé les pilules que vous nous avez transmises et je crois que votre affaire est plus importante que vous le pensez. Il s'agit de Captagon appelé aussi la drogue des djihadistes. C'est une drogue populaire dans certains pays arabes. Elle est constituée de fénéthylline et elle est fabriquée essentiellement au Liban et en Syrie. Elle a été synthétisée pour la première fois en 1961. Cette drogue est un stimulant de la famille des amphétamines qui accroît la vigilance du consommateur, et renforce sa résistance à la fatigue. Puis l'inhibition disparaît, en laissant place à un sentiment de toute-puissance.

Nos services pensaient que la fénéthylline n'était plus produite depuis un certain temps, mais votre saisie nous a prouvé le contraire. Je pense que votre suspecte était en relation avec des groupuscules voulant commettre des attentats.

Nous avons mis en place tous les dispositifs pour localiser cette personne. Depuis minuit, mes agents ont mis un sous-marin devant le domicile de sa mère, et son téléphone est sous écoute. Avez-vous des renseignements complémentaires pouvant faire avancer l'enquête ?

— Nous avons un indice grâce au lieutenant Martens. Cette personne possède un local qui doit être situé dans la zone industrielle, mais sa mère est soi-disant incapable de nous donner l'adresse exacte. La suspecte a fait des études en chimie donc elle doit avoir les notions pour fabriquer cette drogue. Par contre, nous ne savons pas si elle est complice dans cette affaire de meurtre. Je vais…

Wallaert fut interrompu par son téléphone qui se mit à sonner. Il s'éloigna du groupe pour répondre. Ses sourcils se froncèrent au fil de la conversation, puis il raccrocha et reprit sa place au milieu de son équipe.

— C'était la police belge, ils ont retrouvé Enzo Moretti calciné dans son véhicule à la frontière. Détail morbide, le cadavre avait la tête et le sexe coupés.

Les deux membres étaient déposés intacts sur le sol près d'un message bombé, ce sont exactement les mêmes revendications que le texte scarifié sur le corps de Tulou. Mon intuition me dit que Marie-Ange Olivares doit avoir peur et que nous devons un peu secouer sa mère pour avoir cette adresse. On va se répartir la tâche : Pichon et Ligier vous vous chargerez d'embarquer la mère, et Martens va prospecter dans la zone industrielle. Quant à nos collègues de l'antidrogue, il serait judicieux qu'ils restent en planque.

— OK, il faut retrouver cette fille au plus vite, acquiesça Sénéchal. Je laisse mes coordonnées directes au commissaire et vous pouvez m'appeler à tout moment.

Mercredi 10 Mars 2010 à 10h00

Après le départ de Vallin et de Sénéchal, l'équipe se dissocia, laissant Wallaert perplexe devant son paperboard. Sa méditation fut troublée par l'arrivée d'un agent qui lui signala que la voiture de Jean-Claude Tulou avait été localisée à la fourrière de la ville.

— Avez-vous les renseignements de l'heure et de l'endroit où cette voiture a été ramassée ? demanda le commandant.

— Oui, devant le commissariat. C'est l'agent en faction, qui a procédé à son enlèvement dimanche vers 9 h.

— Cet agent, est-il présent aujourd'hui ?

— Oui, c'est l'agent Hubert. Désirez-vous lui parler ?

— Si c'est possible.

— Pas de problème, je vais le chercher.

Cinq minutes plus tard, un agent de surveillance de la voie publique entra dans le bureau.

— Bonjour commandant, vous avez demandé à me voir ?

— En effet. Je voudrais savoir si dimanche dernier vous avez fait mettre en fourrière une Mercédès qui se trouvait aux abords du commissariat ?

— Oui ! quand je suis arrivé à 8 h pour prendre mon service elle était garée de travers, juste devant le poste de police et elle gênait la circulation. J'ai attendu un peu, mais comme personne ne s'est présenté j'ai appliqué les consignes. J'étais surpris. Ce véhicule qui avait une peinture magnifique était fortement endommagé par une inscription gravée sur le capot.

— Vous vous souvenez du texte ?

— Vaguement, ça parlait de mort et de monde meilleur. En entendant ses propos, Wallaert remercia l'agent de l'ASVP et aussitôt il appela la scientifique.

— Salut, Duchamp ! C'est Wallaert à l'appareil. Tu peux te libérer pour te rendre au cimetière.

— Quoi ? C'est encore les mêmes dingues, que la dernière fois ?

— Non, je plaisante. Cette fois-ci c'est dans

la fourrière municipale où tu dois exercer tes talents. Ils ont localisé le véhicule de notre pendu.

— Je préfère cette version, j'arrive avec mon équipe et on se retrouve sur place. À plus !

Pour Justine la tâche se révéla plus compliquée qu'elle le pensait. Aucun contrat de location ou de services n'était au nom de Marie-Ange Olivares. Elle avait consulté la base de données de l'URSSAF pour connaître le nom de sa société, mais la jeune femme n'était pas déclarée comme autoentrepreneuse. La seule solution était de se rendre à l'établissement gestionnaire des locaux pour examiner les contrats et demander au manager de trier la liste par ordre de grandeur. Elle supposait que Marie-Ange n'avait pas besoin d'un grand espace. Et en effet, une demi-heure plus tard, arrivée sur place en passant en revue le listing, un intitulé attira son attention : Mary's Angel Organization.

— Ça, ça me parle, dit-elle en s'adressant au responsable. Sans en dire davantage, elle regarda le contrat. Ce qui la fit sourire, c'était le nom de la gérante de la société : Mireille Goetghebeur, le nom de jeune fille de la mère de Marie-Ange. *« Et dire que sa mère soi-disant n'était au courant de rien ».*

Ligier et Pichon avaient rejoint entretemps le domicile de ces deux femmes. Ils remarquèrent la vieille camionnette garée sur le trottoir d'en face.

— Ils ne sont pas très discrets les collègues dans leur soum dit Ligier à Pichon. Si on veut inviter gentiment sans tambour ni trompette Mireille Olivares dans nos locaux, c'est plutôt raté. En arrivant devant la porte d'entrée, un détail les intrigua : le chambranle présentait de légères traces d'effraction. Je vais sonner, si elle ne répond pas, on investit les lieux en demandant l'appui des clowns qui sont dans leur boîte.

Personne ne répondit au coup de sonnette, Pichon se mit à frapper à la porte qui sous l'impact s'ouvrit.

— Putain, ce n'est pas vrai !

Aussitôt avec rage il fit signe vers le véhicule de surveillance pour ramener les occupants. À ce moment-là, deux personnes sortirent prestement, ce qui fit légèrement sourire Ligier. Il s'agissait d'une brunette aux cheveux courts qui se précipitait pour rajuster ses vêtements et d'un trentenaire aux cheveux châtain clair coupé en brosse qui avait l'air content de lui.

— La mixité dans les planques a du bon, mais elle est néfaste à la surveillance, dit-il à voix haute.

Cette remarque fit rougir les arrivants.

— On ne va pas séparer une équipe qui gagne, continua-t-il sur le même ton. Bon ! les amoureux, vous ne perdez pas de vue l'arrière de la maison, on se charge de l'intérieur. Puis en s'adressant à Pichon, il précisa :

— Comme tu es gaucher, tu prends à droite, moi, je couvre ta gauche.

— O.K. ça marche !

Pendant la progression dans la maison Ligier jeta un coup d'œil en direction de Pichon et ne put s'empêcher de refaire une remarque :

— J'aimerais bien savoir comment ils vont rédiger leur rapport. Avec une collègue gironde et un gars du genre frétillant, ce n'est pas gagné.

À moins qu'ils aient beaucoup d'imagination dit-il avec un sourire dans la voix ?

Finalement, au bout d'un quart d'heure d'inspection, ils arrivèrent à la conclusion que la maison était vide, en plus rien n'avait été fouillé. Avant qu'ils puissent faire leur compte rendu à Wallaert, le téléphone de Pichon vibra.

— C’est Justine, elle nous demande de l’aide. Elle nous a transmis une adresse par sms qu’elle pense être la planque de la fille. On va s'y rendre en laissant nos deux spécialistes de la surveillance poireauter à l’arrière de la maison. L’air frais leur fera du bien.

Mercredi 10 Mars 2010 à 12h00

Ils retrouvèrent le lieutenant Martens dans une rue perpendiculaire à leur cible et ils lui racontèrent le fiasco de leur mission…

— Je n'ai pas l'impression qu'elle est très efficace, la bande à Sénéchal, pouffa Justine. Quant à nous, il faut prendre une décision, si la mère est là, elle va me reconnaître. Il faudrait que l'un de vous fasse un repérage.

Ligier se proposa. Au bout de cinq bonnes minutes, il revint l'air réjoui.

— Bon, dit-il sur un ton satisfait. Il y a deux véhicules devant notre cible dont l'un a une plaque correspondant à notre fugitive. Le local a juste une porte et pas d'issue de secours à l'arrière. Maintenant que fait-on ?

— Le mieux c'est de prévenir Wallaert de la situation… vous savez… elle hésita un instant, avant de leur dire qu'il était parfois dangereux de brusquer les choses. J'ai eu une triste expérience, ajouta-t-elle.

— O.K., on l'appelle. On lui demandera de contacter le Groupe d'Appui Opérationnel pour plus de sécurité, dit Pichon.

Au téléphone, le compte rendu était rapide. En raccrochant, le visage de Pichon avait un air grave et presque soucieux.

— Il y a un problème, s'inquiéta Ligier, en observant l'attitude étrange de son collègue ?

— J'ai l'impression que ça craint cette histoire, on doit surveiller de près l'endroit en attendant le G.A.O. qui doit arriver dans une demi-heure. Il a insisté sur une dernière consigne, qu'il a répétée deux fois : surtout, ne pas agir seul et mettre nos gilets pare-balles.

— Wallaert, je le connais, c'est un homme prudent, il ne prend pas de risque, rétorqua Justine.

À midi pile le groupe d'intervention était sur les lieux et l'affaire fut réglée en un temps record. La porte d'entrée avait cédé au premier coup de bélier, révélant deux femmes apeurées. Elles n'avaient pas réussi à cacher leur vive inquiétude, car l'action qui se préparait était encore venue augmenter leur crainte. Elles furent menottées et encagoulées et conduites au commissariat de police où les attendaient Vallin et Wallaert. Le véhicule de la suspecte fut mis sous scellé et entreposé dans les locaux des experts où se trouvait déjà la voiture de Tulou.

Au moment où les deux femmes arrivaient devant le comptoir d'accueil, Martin murmura au commissaire :

— Ils n'y vont pas avec le dos de la cuillère les collègues.

— La procédure… le respect de la procédure évite les bavures, gronda Vallin.

Après une fouille corporelle minutieuse, les deux femmes furent séparées et placées dans des cellules. Seule, entre ses quatre murs la mère s'affola, se lamenta, tandis que sa fille resta impassible.

— On va les laisser mariner une bonne heure pour les attendrir, fit Vallin. Cela permettra à Sénéchal de nous rejoindre. En attendant, il faut que tu fasses le point avec ton équipe au sujet des nouveaux éléments trouvés dans la fourrière, précisa-t-il avant de s'en aller.

Cinq minutes plus tard, tout le monde se retrouva dans le bureau de Wallaert.

— Bravo pour le travail que vous avez

accompli. Mais on a un gros problème ! La voiture de Tulou a été retrouvée, mais dans le coffre, il y avait deux têtes et trois pénis. On a affaire à des vicieux qui nous narguent. Le véhicule avait été déposé devant le commissariat dans la nuit où son propriétaire a été enlevé. C'est l'agent de garde, en arrivant dimanche matin à 8 h qui a remarqué sa présence. En premier lieu, il faudrait savoir quel trajet cette voiture a effectué entre : dimanche 0 h 50, l'heure de sa sortie du parking du Macumba, et son arrivée devant nos locaux. Comme vous pouvez le voir sur les photos, les têtes de nos deux suppliciés qu'on a trouvées dans le coffre ont l'air d'avoir le même âge que Tulou.

Pour l'instant, on ne connaît pas l'identité des nouvelles victimes, reste à savoir si leur ADN correspond aux traces de sang trouvées sur la stèle du calvaire, ce que nos scientifiques sont en train de vérifier.

En tout cas, j'espère que cette fois-ci on va pouvoir mettre la main sur ces tarés, sur ces cinglés qui tuent soi-disant pour un monde meilleur, s'énerva Wallaert en haussant le ton de sa voix. Par contre, j'ai bien peur que cette affaire crée un grand retentissement dans la presse. Je vois déjà les titres : une Manson Family dans les Hauts-de-France. Ça ne va pas être simple de les arrêter, mais on les arrêtera, ces salauds ! relança le commandant hors de lui. Il émit un profond soupir avant de poursuivre : en attendant Justine et moi, nous allons rejoindre Vallin pour élaborer une stratégie pour cuisiner nos suspectes. Vous deux, vous allez aller au Centre de Supervision Urbaine, ce service dispose d'une trentaine de caméras dans cette ville et ce serait bien le diable si l'on ne voit pas cette voiture circuler.

— On devient des experts du 7éme art, plaisanta Ligier en quittant la pièce avec Pichon qui lui emboîta le pas.

Wallaert et Justine, en rejoignant le bureau de Vallin, tombèrent sur Sénéchal qui faisait les cent pas.

— Je viens de quitter le commissaire. Il est en communication avec le procureur. Je tiens à te remercier Wallaert pour l'efficacité de ton équipe. La mienne n'a pas été très brillante.

— J'ai appris ça, répondit Wallaert avec un léger signe de satisfaction sur ces lèvres. Mais oublions ce moment d'intimité. Notre priorité c'est de passer au grill nos deux clientes.

Au même moment, Vallin sortit de son bureau l'air morose.

— Je viens d'avoir le procureur au téléphone, la chancellerie et l'intérieur sont en alerte, d'autres meurtres ont été signalés avec le même texte et la même signature. Pour l'instant, la presse est muselée, mais cela va-t-il durer ? J'ai bien peur que non ! Et si tout cela se sait, on risque une panique générale parmi la population. D'autre part, cette affaire est considérée comme du terrorisme donc mesure exceptionnelle pour la garde à vue. Je pense que Marie-Ange est plus impliquée qu'on ne le croit et qu'on peut commencer son interrogatoire.

On va garder la mère en réserve pour éventuellement mettre la pression sur sa fille. Venez dans mon bureau, nous serons plus tranquilles pour échafauder une stratégie efficace pour la faire parler.

Entretemps, notre duo d'enquêteurs était arrivé au C.S.U. et pendant tout le trajet Pichon s'était demandé comment visionner environ 7 h 30 de film sur 30 caméras ? Il utilisa la calculatrice de son téléphone pour confirmer sa crainte.

— Mission impossible, dit-il en s'adressant à Ligier. Il faut être fou pour nous imposer un truc pareil. Visionner 13 500 minutes soit plus de 9 jours devant un écran !

— Mmm… marmonna Ligier sans trouver de réponse plus pertinente.

Mais Pichon fut soulagé en arrivant sur place. Le technicien lui avait expliqué qu'il suffisait de saisir le numéro d'immatriculation et la fourchette horaire dans l'ordinateur puis d'attendre tranquillement la réponse. Ravis, de cette bonne nouvelle, ils partirent boire un café.

— Je n'aurais jamais cru que c'était aussi facile, fit-il.

— Oui, répondit Ligier, j'en suis le premier surpris. Au bout d'une bonne heure, le technicien les rejoignit avec un listing indiquant l'heure de passage de la voiture, l'adresse des caméras, ainsi que le plan de la ville où était tracé au crayon-feutre de couleur rose fluo le trajet emprunté.

— Vous verrez messieurs, qu'il y a deux interruptions dans l'itinéraire. Cette voiture et le van sont sortis des zones surveillées, ils se sont arrêtés pendant un temps assez long, et à la deuxième disparition, on ne voit que la voiture, la fourgonnette a complètement disparu du trafic routier. Par contre, j'ai un cadeau pour vous sur cette clé U.S.B. C'est l'arrivée du véhicule à 5 h 7 devant votre commissariat où l'on distingue deux personnes en sortir. Malheureusement, la qualité de l'image laisse à désirer. On les voit s'éloigner tranquillement à pied avant de disparaître complètement de la circulation, mais il est impossible de les identifier. Concernant votre question de tout à l'heure, les abords du cimetière ne sont pas dans le dispositif de surveillance, j'en suis désolé.

— Merci pour tout, répondit Ligier. Mon collègue le lieutenant Pichon était très inquiet de devoir visionner : 225 heures de film. Vous nous avez beaucoup aidés.

En rejoignant leur véhicule, une idée brillante germa dans l'esprit de Ligier.

— Moi, je meurs de faim, déclara-t-il en s'adressant à son coéquipier. On bosse jusqu'à 22 h depuis qu'on est sur cette affaire et on ne prend même plus un moment pour déjeuner. Comme on a gagné du temps, on peut peut-être s'accorder une pause ? Je connais un petit gastos où la tambouille est excellente. Cela nous fera penser à Wallaert, en train de cuisiner nos suspectes, dit-il en rigolant. Qu'en dis-tu ?

— T'as raison, j'suis partant, fit Pichon, l'air ragaillardi.

Mercredi 10 Mars 2010 à 15h30

Dans le réduit où elle était enfermée, Marie-Ange perçut des bruits de pas dans le couloir suivis d'un cliquetis dans la serrure. La porte s'ouvrit sur une jeune femme très jolie et un homme à la carrure imposante. Avant qu'ils ne prennent place sur les sièges fixés au sol, Marie-Ange les dévisagea d'un œil méfiant puis prit la parole :

— J'ai besoin d'aller aux toilettes, dit-elle d'un ton de voix assuré.

— Pas de problème, répondit l'homme. Le lieutenant Martens va vous y conduire. Par contre, je suis obligé de vous remettre les menottes, je vais vous faciliter la tâche, en les attachant par-devant.

Marie-Ange avait envie de lui répliquer, mais elle se retint, préférant subir ce traitement de défaveur plutôt que de lui adresser une requête. Les deux femmes sortirent de la pièce et pendant le trajet Justine énuméra les consignes d'un air machinal, mais ferme :

— Cet endroit a des barreaux aux fenêtres, les box des W.C. n'ont pas de porte et les cloisons ne descendent pas jusqu'au ras du sol. En parlant de porte, je fermerai à clef celle du local, mais je resterai à l'intérieur. Donc pas de bêtise !

Le silence s'installa entre les deux femmes jusqu'au retour dans la salle d'interrogatoire. Arrivée sur place l'homme reprit la parole :

— Je suis tenu à vous préciser avant de commencer que tout ce qui se dit dans cette pièce est enregistré. Je me présente, je suis le commandant Wallaert et voici le lieutenant Martens. Nous sommes le mercredi 10 mars 2010, il est 15 h 30 et j'aborde l'audition de Marie-Ange Olivares qui est actuellement suspectée dans deux affaires. Avez-vous une question ? Il désigna le magnétophone.

— Dans quelles affaires ? s'étonna Marie-Ange.

— De complicité dans l'assassinat de Jean-Claude Tulou et dans le domaine du trafic de stupéfiants.

Marie-Ange furieuse se mit à hurler :

— Mais vous êtes malade ! Je n'ai tué personne. Et qu'est-ce que ma mère a à voir dans Cette affaire ? Et où est-elle ?

— Je vous demanderai d'abord de changer de ton. Quant à votre mère, elle est actuellement comme vous en garde à vue avec les mêmes charges.

— Nous voulons un avocat.

D'une voix calme, Wallaert lui signifia que son dossier relevait de la jurisprudence liée aux attentats et qu'elle n'avait aucun droit avant 72 heures.

— Je ne fais pas d'attentat ni de politique. Je ne suis même pas inscrite sur les listes électorales et…

Wallaert lui coupa la parole :

— Quels étaient vos rapports avec Jean-Claude Tulou ? Ses parents affirment que vous les avez harcelés au téléphone et par messages dans leur boîte à lettres. C'est inutile de nier, nous avons fait une recherche chez leur opérateur et le numéro correspond au vôtre.

Nous avons aussi découvert lors de la perquisition de votre chambre des stupéfiants ainsi qu'une somme d'argent assez rondelette et une arme de catégorie A1. Vous et votre mère, vous êtes dans un sacré pétrin. Je vous conseille vivement d'éclaircir votre implication.

— Laissez ma mère en dehors de ça ! Elle n'a rien à voir avec tout ça. Elle n'est même pas au courant de la situation.

— Elle n'est pas au courant, ce qui veut dire que vous, vous avez des choses à nous révéler, c'est bien ça ! Il faudrait nous expliquer pourquoi vous avez disparu et pourquoi votre mère était avec vous dans la zone industrielle, alors qu'elle nous avait affirmé qu'elle ne connaissait pas l'adresse. Il faut nous expliquer également pourquoi ce matin la porte d'entrée de votre domicile était fracturée, il doit bien y avoir une raison.

— Si vous êtes innocente, alors aidez-nous, renchérit Justine, il n'y a pas que Tulou qui a été assassiné, d'autres meurtres ont été commis dans le cadre de cette procédure.

— Comment ça ? D'autres meurtres. J'ai eu connaissance du drame de Jean-Claude par la presse, mais c'est tout !

— C'est tout ! Cela ne vous émeut pas plus, rétorqua Justine indignée et pâle de colère.

Wallaert allait la prier de se calmer, mais se retint en voyant que Marie-Ange était bouleversée et disposée à parler.

— Je l'avais prévenu…

Elle n'acheva pas sa phrase, et dans sa détresse, elle lança à Wallaert un regard qui sollicitait visiblement aide et secours.

— Prévenu de quoi ? Le ton de Wallaert était presque paternaliste.

— S'il vous plaît, n'en parlez pas à ma mère. Elle a juste besoin d'une protection.

— Prévenu, protection, Wallaert répéta ses mots à mi-voix. Je ne saisis pas où vous voulez en venir, lui dit-il.

Soudain, Marie-Ange fondit en larmes en enfouissant sa tête entre ses bras. Envahi par une irrésistible tendresse, Wallaert n'avait qu'une envie : clore l'interrogatoire. Mais, sachant que Vallin et Sénéchal suivaient la scène sur un écran dans la pièce voisine, il poursuivit d'un ton plus ferme.

— Il faut nous expliquer clairement votre rôle dans cette affaire. Pour nous, de nombreux éléments vous incriminent.

Marie-Ange releva la tête, les yeux rougis par les larmes.

— Je n'en peux plus, s'écria-t-elle en essuyant ses larmes avec un mouchoir en papier. Je suis fatiguée, épuisée. Je n'ai presque pas dormi depuis samedi et j'ai très peur pour la vie de ma mère. Voilà pourquoi, il faut la protéger. Ils sont capables de tout ! Ces gens-là, ce sont des cinglés.

— Racontez-nous ce que vous savez.

— Avant que je parle, il faut me garantir

notre sécurité.

— Le mieux pour vous, c'est de nous aider de manière à ce que nous puissions les arrêter. Donc la seule solution pour vous protéger, c'est de nous dire tout ce que vous avez appris sur ces individus.

— Avant tout, j'ai une question à vous poser ?

— Oui ! allez-y.

— Si je vous explique cette histoire de drogue, vous allez me poursuivre comme dealeuse ?

— Votre implication est indéniable dans cette histoire. Sans vous promettre quoi que ce soit, je peux plaider en votre faveur auprès du procureur. Toutefois, il faut que vos révélations soient de première importance.

— D'accord, je vais tout vous raconter : voilà ! il y a environ un an, j'ai été contactée sur mon email professionnel par un soi-disant laboratoire qui me proposait un contrat. Dans ce message, il y avait un lien. Sans vraiment réfléchir, j'ai cliqué naïvement dessus et je me suis retrouvée dans le Darknet sur un site qui s'intitulait « La Griffe de l'Hydre ». Ma surprise était totale, puisque ce site savait tout sur moi : où j'habitais, avec qui je sortais, ma grossesse, mes études en chimie, même mes résultats aux examens. Puis, des personnes masquées sont apparues sur l'écran. Ils m'ont proposé beaucoup d'argent pour que je leur fabrique de la méthamphétamine. Au début, je leur avais dit que je ne touchais pas à ces substances et que la Pervitine était facilement accessible dans les pays de l'Est sous le nom Crystal. Devant mon refus, ils m'ont menacé, en m'indiquant que mon inaction causerait un mal irréparable en faisant référence à Jean-Claude Tulou, si je ne produisais pas une version plus puissante que celle déjà disponible sur le marché clandestin.

Justine lui coupa la parole :

— Quel rapport avec Jean-Claude Tulou ?

— Nous sortions ensemble à cette époque et j'attendais un bébé de lui.

Wallaert reprit la parole :

— Donc, si je saisis bien, vous avez cédé à ces personnes qui… comment les nommez-vous ?

— Non, je n'ai pas cédé. Mais ils se sont vengés en tuant mon chien. Je ne sais pas comment ils sont entrés chez moi, il n'y avait aucune trace d'effraction, pourtant, j'ai retrouvé mon chien pendu dans ma chambre avec un panneau d'avertissement pour mes proches… signé : La Griffe de l'Hydre. J'ai essayé de gagner du temps, mais leur pression était constante. Après les menaces directes, ils ont saboté mon activité professionnelle. Je n'avais plus aucun client dans la parapharmacie. Ils avaient fait circuler des rumeurs sur mes produits, disant que ma marchandise était frelatée. Ils ont même été jusqu'à incendier mon véhicule en plein jour. Je n'ai rien dit à ma mère par peur de l'effrayer. Puis un soir, je me suis fait agresser par des personnes encagoulées, vêtues de treillis militaire. Ils m'ont frappé, en visant mon ventre à coups de pied. C'est là que j'ai perdu mon enfant. J'ai vainement essayé d'avertir Jean-Claude de la situation, mais il m'a ri au nez, en me traitant de folle. Je me suis sentie abandonnée. Je n'ai pas eu d'autre choix que d'accepter finalement leur proposition.

— Pourquoi, vous n'avez pas prévenu la police ? demanda Wallaert.

— Ils m'avaient fait comprendre que leur mouvement était comme l'hydre, avec des ramifications s'étendant dans tous les milieux. Si j'avertissais les autorités, je risquais de le payer cher. En fait, j'avais peur que certains agents soient impliqués. Elle s'arrêta en observant les deux policiers avant de leur demander : est-ce que je pourrais avoir de l'eau, s'il vous plaît ?

— Oui ! dit Wallaert, on va faire une pause.

Mais avant tout, j'aimerais que vous me parliez des cachets de captagon trouvés dans votre chambre.

— Ces cachets étaient sur le sol près de mon lit au moment où j'ai découvert mon chien. Je pense qu'ils se sont précipités pour partir et qu'ils ont dû les perdre en chemin, comme j'avais peur qu'ils me les réclament, je n'ai pas osé les jeter et sans savoir pourquoi, je les ai cachés.

— Je vous laisse avec le lieutenant Martens pendant que je vais vous chercher à boire.

Il sortit pour rejoindre Vallin et Sénéchal dans la pièce voisine en apostrophant ce dernier.

— Quel est ton problème Sénéchal ? Vous dites rechercher un réseau de trafiquants internationaux de captagon et l'on se retrouve avec une modeste fabricante de pervitines qui bricole avec une bande de tarés et qui n'a rien à voir avec vos fabulations.

— Il a raison, il nous faut une explication, dit Vallin.

— Je n'ai pas été très honnête dans cette affaire. Je suis de la DGSI (Direction Générale Sécurité Intérieur) détaché à Lille et mon service est sur la piste depuis quelques mois de cette mouvance. Nous savions que ses adeptes étaient accros au captagon, mais l'utilisation de pervitine est une nouveauté pour moi. Cette organisation a revendiqué de nombreux meurtres dans le sud de la France avec le même mode opératoire que les cas découverts ici : têtes et sexes coupés. Près des corps des victimes, le même texte et la même signature. Dans les Hauts de France, cette branche est pour nous naissante et en hauts lieux ils pensent qu'elle n'est pas encore très organisée donc plus facile à démanteler.

Wallaert plus calme demanda :

— On doit toujours vous appeler Sénéchal ? C'est votre vrai nom ?

— Oui ! Et je suis bien détaché à la brigade antidrogue de Lille pour cette enquête.

— Bon, fit Vallin. Comme l'affaire est éclaircie, il faut continuer à faire parler la gamine. Et n'oubliez pas de lui apporter son eau.

— Éclaircie pour toi ! Moi, je trouve qu'on a été plutôt pris pour des idiots ! Sur ces mots, il s'apprêta à sortir de la pièce.

— Attends, ajouta Vallin. J'ai un détail important à te communiquer. Le véhicule de la suspecte a été incendié. Il venait à peine d'arriver devant le local d'expertise. Il doit y avoir une complicité dans notre service, ce n'est pas possible autrement. J'ai prévenu les bœufs-carottes.

— Cette fois-ci, c'est une éclaircie enfumée, plaisanta Wallaert en retournant auprès des deux femmes avec un pack d'eau et des gobelets en plastique. Au moment où il entrait dans la salle d'interrogatoire, Marie-Ange lui demanda :

— Comment va ma mère ?

— Elle est entre de bonnes mains ! Mais revenons à notre affaire. Après avoir accepté, que s'est-il passé ?

— J'ai trouvé devant ma porte de garage une voiture neuve avec la carte grise à mon nom. Elle était même assurée. Le cadeau était trop beau alors je me suis méfiée. J'ai montré ce véhicule à un ami en Belgique qui est mécano. Il m'a dit que tout était en ordre. Par contre, il avait détecté un traceur G.P.S. Je lui ai demandé de me mettre un interrupteur en cas de besoin pour pouvoir le déconnecter. C'était possible, puisque l'appareil était non autoalimenté.

— Comment une fille aussi maligne peut-elle se faire embarquer dans des histoires comme ça s'étonna Justine ?

— Pour protéger Jean-Claude. Je l'aimais. Ces voyous n'arrêtaient pas de faire des menaces à son sujet.

Wallaert ronchonna :

— Soyons plus terre à terre. Parlez-nous de la pervitine. De son mode de production, de la quantité écoulée et la manière dont vos amis récupéraient les cachets…

— Ce ne sont pas mes amis. Quant à la fabrication, elle est assez facile à synthétiser. On trouve les éléments de base sur internet, mais on peut aussi utiliser des produits du commerce comme du déboucheur W.C., de l'iode, du phosphore rouge de certaines allumettes…

Cette drogue a été employée par la Wehrmacht pendant la dernière guerre. La légende dit que Hitler était accro à cette merde.

— Laissons l'histoire et parlons de maintenant, de ce local, répliqua Wallaert d'une voix plus ou moins agacée.

— Pour éviter de me faire repérer, j'avais loué le box au nom de jeune fille de ma mère. Ce local servait à cette fabrication. Pour la discrétion, je coupais également mon portable, je garais mon véhicule à plus d'un kilomètre de cette adresse et jamais au même endroit. Ensuite, je m'y rendais par différents moyens en surveillant mes arrières. J'avais remarqué qu'un individu un peu bizarre me guettait. Les produits nécessaires pour la fabrication étaient toujours commandés sur internet par un ami. Et comme j'avais peur qu'ils pistent mes cartes bancaires, j'ai pris une prépayée non nominative dans un débit de tabac à Lille. J'ai commencé la production il y a environ dix mois.

— De quelle façon étiez-vous contactée ?

— Le coffre de la voiture nous servait de boîte à lettres.

— Vous ne m'avez pas parlé de votre production, en chiffre et du mode de livraison.

— J'ai commencé à la produire sous la forme cristallisée, mais ils la voulaient en cachet. J'ai dû fournir environ 10 000 cachets. Dernièrement, ils m'ont demandé d'accélérer la cadence, ils se vantaient d'être sur un plus gros coup. La livraison était simple. Je mettais tout dans le coffre en laissant mes essuie-glaces en position verticale et le lendemain je trouvais une enveloppe avec le paiement.

— Donc, si je comprends bien vous ne les avez jamais rencontrés et vous n'avez jamais eu l'idée de surveiller votre véhicule pour savoir qui effectuait les échanges ?

— Jamais, car le message était clair. Je devais toujours laisser ma voiture en fin de soirée à un endroit différent et regagner mon domicile avant leur intervention. J'étais terrorisée, j'étais persuadée que c'était ces enfoirés qui avaient causé ma fausse-couche. Qui d'autre, sinon ?

— Vous avez signalé un individu bizarre qui vous surveillait. Vous pouvez le décrire ? demanda Martens.

— Je peux faire mieux bien mieux ! Je l'ai pisté et j'ai obtenu son nom et son adresse.

— C'est une bonne nouvelle, mais il reste un problème épineux à évoquer, signala Wallaert. Le drame de Jean-Claude.

— Oui ! au début, je me suis dit que c'était de ma faute s'il était mort, mais j'ai des doutes. J'ai l'impression, d'après ses réactions, qu'il était mêlé à cette histoire. Je lui avais confié ce que j'avais découvert en naviguant sur le Darknet et en tombant sur un article où ce groupe se vantait de pouvoir commettre des tueries, de se prendre pour dieu, en diminuant le nombre d'humains sur terre. Que le but de ce groupuscule c'était de régler ainsi les problèmes de la surpopulation, du logement, du travail, de la faim dans le monde et de la pollution, et que certains d'entre eux voulaient assouvir leur haine de l'humanité… et pour résumer leur pensée : ils agissaient pour le bien commun. Devant mes craintes Jean-Claude n'avait pas bronché. Moi, j'avais été indignée en lisant cet article et je leur avais envoyé un message par le canal habituel en leur disant que c'était terminé, que je ne travaillerais plus pour eux et que j'allais prévenir la police ! Le lendemain, deux hommes cagoulés m'ont menacée de s'en prendre à ma mère. Mais je n'ai pas cédé, j'ai simplement essayé de la protéger.

— Ça remonte à quand ? Et pourquoi ces soupçons sur Tulou ? Le fait de ne pas réagir ne signifie pas forcément qu'il soit impliqué, souligna Wallaert.

— C'était le mardi soir avant son enlèvement. Je me suis souvenue des intimidations contre lui. Je l'avais attendu à son travail le lendemain matin pour le mettre en garde. Au début, il a refusé de m'écouter, mais face à mes implorations il a accepté. Je lui ai exposé mes craintes, qu'il devait faire attention ! Mais comme la dernière fois, il s'est moqué de moi et il s'est éloigné. Le surlendemain, c'est-à-dire le vendredi soir, j'ai reçu un message dans la boîte aux lettres me donnant rendez-vous au Macumba. C'était prévu pour le samedi à 21 h 30. Nous sommes arrivés en même temps. Tout se passait bien, j'étais heureuse de me retrouver avec lui. Mais, quand j'ai abordé dans quel guêpier je m'étais fourré et que mon intention était de prévenir la police, il s'est emporté violemment. Je n'arrivais pas à le raisonner. Et comme j'avais l'angoisse que cet esclandre attire, l'attention du type louche qui venait d'entrer. Je me suis enfuie.

— Vous nous avez dit que vous connaissiez son nom. Est-ce qu'il s'appelle Enzo Moretti ? demanda Wallaert.

— Non, le type que j'ai repéré s'appelle Lucien Vermeulen, il habite rue de Cassel à Bailleul.

En entendant ce nom de famille, Wallaert pâlit. Son visage était devenu aussi blême qu'un linceul.

— Tout va bien ? demanda Justine qui avait remarqué le visage décomposé du commandant.

— Oui, c'est juste un mauvais souvenir. Mais revenons à notre affaire. Qu'avez-vous fait après avoir quitté Tulou ? dit-il en se tournant vers Marie-Ange.

— J'ai été prise de panique en voyant ce type au Macumba. Pour moi, ça ne pouvait pas être un hasard et je suis partie à toute allure vers ma voiture pour me réfugier dans mon labo.

— Et le traceur ? demanda Justine.

— Je l'avais désactivé avant d'aller au rendez-vous, et pour être sûre de ne pas être suivie, j'ai roulé une bonne partie de la nuit. Je suis arrivée dans mon local vers 6 h 30 du matin.

— Mais votre départ précipité n'a pas choqué Tulou ? demanda-t-elle.

— Choqué non, enfin, je ne crois pas. Il ne voulait rien savoir. Comme j'étais complètement affolée… à vrai dire, je n'ai pas vraiment prêté attention ni eu le courage de le convaincre davantage de m'accompagner ou de surveiller son humeur à ce moment-là !

— Et vous êtes restée cachée dans votre local jusqu'à votre arrestation.

— Non, mardi vers 23 h j'ai rejoint ma mère chez elle. Je suis entrée discrètement par la porte de derrière pour ne pas me faire remarquer. J'avais parcouru le chemin à pied. Nous sommes reparties de la même manière. Je lui ai expliqué qu'il valait mieux partir, parce qu'on me traquait et que j'avais peur qu'ils s'attaquent à elle. Complètement horrifiée, elle n'avait qu'une requête : va voir la police !

— Une fille suit normalement le bon conseil de sa maman quand elle a raison, lança Wallaert. Alors pourquoi, cette…

— Ma mère comme je vous l'ai dit n'était pas au courant de l'histoire, répliqua-t-elle vivement en interrompant Wallaert. En plus, je me suis souvenue de leurs fanfaronnades sur la police, qui soi-disant serait impliquée. Je l'ai convaincue de me faire confiance. Quand j'ai appris mardi matin le drame de Jean-Claude, je n'ai pas osé parler de notre relation ni des circonstances de son décès. Je suis devenue paranoïaque, comme piégée dans mon local avec la crainte que la mort se rapproche.

— Je tiens à vous préciser qu'il n'y a pas que des traîtres dans la police, enchaîna Wallaert avec un brin de provocation et d'arrogance dans la voix, et pour accélérer notre enquête, il faudrait nous donner les informations concernant votre suspect. Dans ce cas de figure, je vais pouvoir voir avec le procureur pour trouver une solution pour vous protéger vous et votre mère.

— Quand vous parlez de suspect, questionna Marie-Ange, vous voulez parler de Lucien Ver… ?

Au même moment, on frappa à la porte, Vallin passa la tête par l'entrebâillement.

— Wallaert, il faut que tu viennes. C'est important.

— Ça ne peut pas attendre ? fit-il.

— Non !

Justine secoua la tête d'agacement lorsqu'il quitta la pièce.

— Qu'est-ce qui est si important ? s'impatienta Wallaert. On était en plein interrogatoire.

— Il y a un type qui s'est présenté spontanément à l'accueil et qui revendique le carnage du cimetière.

Il est actuellement dans la salle de tapissage sous la surveillance de Martin et il dit s'appeler Lucien Vermeulen.

Sans dire un mot, Wallaert acquiesça d'un mouvement de tête. Il émit ce son nasillard auquel il avait toujours recours lorsqu'il se sentait mal à l'aise, un faux raclement de gorge destiné à combler le silence qui s'était installé un court instant, puis il se reprit :

— Marie-Ange Olivares m'a parlé de cette personne qui soi-disant, l'espionnait.

— Je vais rassembler des distracteurs pour organiser une séance d'identification, pendant ce temps, retourne auprès d'elle. Je te ferais prévenir quand tout sera prêt, ajouta Vallin en s'éloignant.

Au bout d'une petite heure, le dispositif était mis en place. Wallaert informa Olivares en quoi consistait cette opération :

— On va vous présenter plusieurs personnes. Nous serons derrière un miroir sans tain, ils ne pourront pas nous voir, il suffit de nous signaler la présence de Lucien Vermeulen en nous indiquant le numéro sur la plaquette qu'il tient dans la main, expliqua-t-il d'une voix blanche.

Il se leva comme un automate et suivit machinalement Justine et Marie-Ange jusqu'à la salle de confrontation.

Sa démarche tantôt lente, tantôt précipitée, semblait l'accuser d'être victime d'une horrible fatalité.

— Commandant, il y a quelque chose qui ne va pas ? redemanda Justine avec insistance. Elle avait de nouveau remarqué cette expression profondément soucieuse sur son visage.

— Non ! tout va bien, répondit-il avec un geste agacé en marmonnant comme excuse : c'est seulement de la fatigue.

À peine arrivée dans la pièce, Marie-Ange observa rapidement les hommes et sans hésiter elle déclara vivement :

— C'est le numéro trois ! C'est le trois.

Elle désignait un homme d'aspect plutôt jeune, d'une taille très supérieure à la moyenne qui se tenait voûté. Il avait une chevelure ébouriffée avec une barbe de jais et un détail surprenant : une multitude d'épingles à nourrice décoraient ses narines et ses oreilles.

— Vous êtes certaine, bégaya Wallaert, qu'il s'agit bien de Lucien Vermeulen ?

— Oui, c'est lui, il n'y a pas de doute.

Justine mit un chewing-gum dans sa bouche pour l'aider à se détendre. En mâchouillant, elle précisa d'un ton ironique :

— Difficile de se tromper avec cette allure négligée, s'exclama-t-elle en riant et en gonflant une bulle de son chewing-gum.

La réaction de son supérieur fut rapide :

— Du sérieux Martens, il n'y a rien de drôle, rétorqua Vallin. Récupérez la mère et conduisez-la ainsi que mademoiselle Olivares dans mon bureau.

Justine n'avait pas l'habitude qu'on s'adressa à elle de cette manière surtout en public. Elle sentait qu'elle était sur le point de péter un plomb. Ce type qui n'avait aucun humour et cette pression, ce manque de sommeil, cette enquête qui n'en finissait pas, et par-dessus le marché cet emmerdeur de Vallin, s'en était trop. Mais elle se révisa au moment où le regard de Wallaert se posa sur elle, puis s'en alla.

Après le départ des deux femmes, Vallin s'adressa à Wallaert :

— J'ai des nouvelles du procureur, dit-il. Pour l'instant ce qui est reproché à la fille Olivares, c'est le trafic de drogue. Il propose la remise d'une convocation à une audience ultérieure pour répondre des faits pour lesquels elle a été interrogée. Je leur proposerais pour assurer leur protection, des rondes fréquentes autour de leur domicile et le changement des serrures. J'ai également du nouveau au sujet des macabres découvertes dans le véhicule de Tulou. Les deux têtes et les trois sexes ont été identifiés. Elles appartiennent à deux Hollandais, deux frères : Hans et Henk De Jong. Le troisième sexe c'est celui du propriétaire de la voiture. D'autre part, le labo a détecté sur leurs peaux et dans leurs cheveux du formaldéhyde. C'est un désinfectant puissant et un conservateur utilisé dans le milieu hospitalier ainsi que dans les morgues. Nos experts pensent que le produit a été nébulisé d'où la raison de leur bonne conservation. Ils ont évalué que la décapitation était post mortem et que le décès dans les deux cas se situe dans la journée du vendredi 5 mars. Un détail qui a son importance : cela a été effectué par un pro. Peut-être que notre olibrius aura une réponse. Bon ! tu récupères le lieutenant Martens, et tu l'emmènes avec toi pour l'interroger.

Mercredi 10 Mars 2010 à 18h00

Nous sommes le 10 mars 2010, il est 18 h, nous avons dans la pièce le lieutenant Martens et le commandant Wallaert chargé de l'enquête sur la mort de Jean-Claude Tulou.

— Pour commencer, je vous rappelle les faits. Vous êtes venu de votre plein gré au commissariat pour vous accuser du meurtre commis sur Jean-Claude Tulou. Merci de nous donner votre identité, demanda Justine à la personne qui se tenait de l'autre côté de la table en posant devant lui un micro.

Elle semblait énervée, Wallaert la regarda de nouveau, mais changea d'attitude en voyant l'homme qui la fixait tout à coup avec une grande curiosité, comme on fait pour les bêtes de ménagerie, sans lui répondre.

— Monsieur, comment vous appelez-vous ? insista-t-elle.

— Je m'appelle Lucien.

— Votre nom complet !

— Mais, c'est ça mon nom… marmonna-t-il en interrogeant cette fois-ci Wallaert du regard ?

— Votre prénom et votre nom de famille, précisa le commandant.

— Ah ! Comme à l'école quand j'étais petit ou quand je vais à l'hôpital. À l'hôpital, je n'ai pas le droit d'avoir des décors sur mon visage. Je suis obligé de tout enlever, pourtant c'est joli.

Justine jeta un coup d'œil à Wallaert qui se contenta de hausser les épaules.

— Vous vous appelez comment ? s'impatienta Wallaert.

— Et ben, je suis Lucien, Lucien Vermeulen. J'ai 25 ans, depuis 2 jours.

— Où habitez-vous ?

— Depuis que maman est morte, je vais souvent à Armentières pour me reposer, mais j'ai aussi une chambre rue de Cassel à Bailleul.

— Vous avez dit au policier que vous avez accroché à une croix une personne dans le cimetière. Maintenez-vous votre affirmation ?

L'homme observa Justine comme s'il ne comprenait pas la question. Il redressa le dos et déclara :

— Jolie mademoiselle, je l'ai tué.

— Qui ? Et pourquoi ? demanda Wallaert.

— Qui ? Et pourquoi ? répéta Lucien Vermeulen. Là non plus, sans comprendre.

— Monsieur, qui avez-vous tué ?

— Un homme qui m'empêchait de dormir. Je le voyais tout le temps voler autour de moi avant qu'il se transforme en dragon. Il me faisait peur, c'était un sorcier malfaisant qui voulait brûler les gentils.

Justine adopta une attitude imperturbable. Cet homme ne semblait pas avoir conscience de la gravité de ses dires, il ressemblait plus à une personne qui avait l'air perdue et terrorisée. Aussi demanda-t-elle plus calmement :

— Où étiez-vous la semaine dernière ?

Comme parti dans ses pensées ou dans un endroit indéfinissable, Lucien Vermeulen esquissa un sourire.

— La semaine dernière, j'étais avec un écureuil dans un parc magique.

Justine interloquée lui demanda :

— Et où il se trouve ce parc magique ?

— À Armentières bien sûr.

— Bon, je résume. Vous étiez avec un écureuil dans un parc magique. Fit Wallaert qui commençait à perdre patience. Mais samedi soir, vous étiez au Macumba et là il n'y a pas d'écureuils.

— Non, il n'y a pas d'arbres ! Je suis allé, parce que j'ai entendu dans le train une fille qui parlait de cet endroit.

— De quel train parlez-vous ?

— Ben mon train, le 19 h 13, c'est mon train.

— Il va d'où, à où, votre train de 19 h 13 ?

— De la gare d'Armentières à ma chambre.

— Si j'ai bien compris, tout à l'heure vous nous avez dit que la semaine dernière vous étiez à Armentières, donc, c'est pour cette raison que vous avez pris samedi 6 mars le train de 19 h 13 pour rentrer chez vous ?

— Oui, j'étais avec mon amie : le docteur Sabine. Elle s'occupe bien de moi depuis que maman n'est plus là.

— Vous connaissez le numéro de téléphone du docteur Sabine ?

— Ben oui, c'est mon amie. Elle me l'a noté sur mon petit carnet, parce que je n'ai pas beaucoup de mémoire.

— Vous permettez que ma collègue l'emprunte pour joindre votre amie.

— Oui ! Pouvez-vous lui dire que je suis bien arrivé ? Elle me prend encore pour un enfant. Pourtant je suis un homme maintenant.

Justine sortit de la pièce pour contacter le

praticien.

Wallaert toujours intrigué par le patronyme Vermeulen en profita pour s'adresser au jeune homme en l'interrogeant sur ses ascendants. Personne dans le commissariat ne savait que Wallaert avait changé de nom pour adopter celui de sa mère et faire disparaître le nom honni de son père Lucien Vermeulen qui avait tué sa mère et sa sœur quand il avait 8 ans.

— Bon, si l'on changeait de sujet dit-il à voix basse, pour que personne d'autre ne puisse l'entendre. Vous avez de la famille ?

— Maman est morte il y a quelque temps.

— Et votre père ?

— Je n'ai jamais eu de papa.

— C'est votre maman qui était une Vermeulen.

— Oui. Et son petit nom est comme le mien, mais pour les filles.

— Donc, votre maman s'appelait Lucienne Vermeulen. C'est bien ça ?

— Moi je l'appelais maman, mais son nom est marqué sur la plaque au cimetière de Bailleul. Elle se repose, pas loin de la croix. Je vais souvent la voir le soir quand il n'y a personne. Je préfère, j'aime bien être seul, parce que c'est mieux.

— Vous savez où est née votre maman ?

— C'est écrit dans ce carnet, dit-il, en le sortant de sa poche.

— Vous avez le livret de famille de votre maman sur vous, s'étonna Wallaert.

— Ben oui, j'ai perdu ma carte d'identité, je ne l'ai pas fait exprès, dit-il avec un regard apeuré. Ma maman n'était pas fâchée. Elle m'a seulement dit en attendant de récupérer ta carte, tu n'as qu'à montrer ça aux gendarmes.

Wallaert prit le document et soupira de soulagement.

— Votre maman est née à Audruicq dans le Pas-de-Calais.

— Je n'sais pas. J'ai du mal à lire les lettres, mais je lis bien les chiffres.

La porte s'ouvrit, Justine apparut, faisant sourire Wallaert.

— Tu sais que les gens des Flandres passent rarement l'Aa.

— Je ne vois pas le rapport avec notre affaire, répliqua Justine étonnée. Et pour en revenir… j'ai besoin de t'en toucher deux mots. Peut-on aller dans le couloir quelques instants ?

— Oui, mais fissa.

Ils sortirent laissant Lucien Vermeulen en contemplation devant une mouche.

— J'ai eu l'amie de notre client. Il s'agit de la docteur Sabine Bouchard qui m'a confirmé que Lucien est un de ses patients de l'hôpital psychiatrique d'Armentières où il fait des séjours réguliers. Il vit seul chez lui, mais avec une surveillance sociale. Le vendredi dernier elle l'a bien conduit à la gare pour qu'il monte dans son train de 19 h 13. Il sortait d'une cure de quinze jours. C'est tout ce qu'elle m'a dit. Et toi, pendant mon absence, as-tu réussi à avoir d'autres renseignements sur le meurtre ?

— Pour commettre un crime de cette ampleur, il n'est pas assez malin. J'ai du mal à imaginer qu'il puisse être coupable. Il invente, je pense simplement qu'il veut qu'on parle de lui dans les journaux ! Par contre, il est fort possible qu'il ait vu quelque chose, mais tout se bouscule dans sa tête. Il m'a dit que sa mère est enterrée dans le cimetière. À mon avis, il devait se trouver là lors de la mise en scène de Jean-Claude Tulou, et il a peut-être observé la tragédie. Le problème, comment faire pour remonter ses souvenirs ?

— Il y a peut-être une solution, mais il faut poser la question à son médecin.

— Oui, je vois où tu veux en venir. Dans ce cas, il faut qu'elle soit nommée dans le cadre judiciaire comme experte-psychiatre et qu'on prévienne Vallin et le procureur. Cela va prendre au moins 24 heures, mais on ne peut pas le garder ici trop longtemps sans indices de culpabilité. Alors avant de déclencher cette procédure, on va essayer de le comprendre.

— Bon, alors c'est moi qui m'en charge, dit Justine, je suis moins bourrue que toi.

— Merci pour le compliment.

— Ah ! j'oubliai. J'ai croisé Ligier et Pichon dans la salle de briefing. Ils ont récupéré le film de l'itinéraire de la voiture de Tulou et ils sont en train de le reporter sur la grande carte de la ville avec les différents horaires d'arrivée et de départ.

— D'accord, mais une chose à la fois, on verra ça après.

Ils rentrèrent dans la pièce où Lucien était toujours en pleine admiration devant sa mouche.

— Quand je vois cette scène, je pense à la chanson « la mouche » de Dick Annegarn, plaisanta Wallaert.

— Tu es d'humeur joyeuse, mieux que tout à l'heure fit remarquer Justine.

Lucien les regarda l'air épanoui :

— Moi aussi je connais la chanson de Mireille la mouche. C'est maman qui la chantait quand j'étais petit. Fier de lui, il se mit à chantonner les deux premiers couplets :

Permettez-vous que j'emprunte votre oreille ?
Histoire de vous raconter l'histoire de Mireille
Mireille est une mouche, comme toutes les mouches
Le soir, elle se couche, à l'aube elle se réveille
Ah, zoum-zoum-zoum-zoum-zoum-zoum-zoum-zoum

Un jour, elle atterrit dans la cellule d'une crapule
Raymond était son nom, il tirait vingt ans de prison
Violeur, voleur, tueur, Raymond, attend son heure
Abruti par l'ennui, la mouche le surprit

— Bon, écoutez… commença Wallaert.

Justine l'arrêta en posant une main sur son bras.

— Vous avez parlé de votre maman au commandant dit Justine. Êtes-vous allé la voir, dimanche soir ?

— Oui. Et j'ai vu aussi Saint-Pierre.

— Saint-Pierre ?

— Ben oui, celui du catéchisme. C'est monsieur le curé qui m'a appris l'histoire.

— Moi, fit Justine, je n'ai pas fait ma communion, pouvez-vous me raconter cette histoire que je ne connais pas ?

Un moment s'écoula avant qu'il réponde.

— Oui, finit-il par dire du bout des lèvres en baissant les yeux. Quand Saint-Pierre, a été condamné à mort par Agrippa, le roi de Judée, l'apôtre lui a demandé à être crucifié comme Jésus, mais la tête en bas pour mieux montrer son attachement et sa soumission au Christ.

— Ah bon, et alors, vous avez vu Saint-Pierre dans le cimetière ?

— Oui ! Et je pense qu'il y avait aussi Agrippa et ses méchants soldats.

— Donc, vous avez vu les méchants soldats, répliqua Wallaert.

— Oui, mais je raconte à la dame. La lieutenante Justine Martens sourit de cette remarque.

— Vous avez raison. C'est à moi qu'il faut tout raconter, dit-elle en jetant un regard de connivence avec le commandant.

— Les méchants étaient six, je n'ai pas vu lequel était le roi. Mais pourquoi m'appelez-vous toujours monsieur ? Vous pouvez m'appeler Lucien, dit-il. Sa raison était à nouveau en passe de leur fausser compagnie.

— Bon alors Lucien, pourquoi nous avez-vous dit que vous l'aviez tué ? Ce n'est pas vous. Vous n'êtes pas quelqu'un de méchant !

— Non, mais je me sens responsable. Je me suis blotti contre la tombe de maman en regardant ce qui se passait et je pleurais. J'aurais dû agir pour sauver Saint-Pierre.

— Vous pouvez me raconter ce qui s'est passé exactement.

— Oui, j'ai vu deux camionnettes qui se sont garées devant le portail d'entrée. Une avec beaucoup de lumières et l'autre comme celle qui a conduit maman au cimetière.

Les méchants sont descendus des véhicules. Ils étaient tous habillés de noir avec des passe-montagnes sur la tête. Je me suis dit, pourtant, il ne fait pas si froid que ça pour en mettre !

— Et vous n'avez pas reconnu le roi ?

— Non, ils étaient tous en noir et aucun n'avait une couronne. J'ai seulement vu, sur le plus petit méchant, quelque chose briller à travers de la fente de son passe-montagne.

— Et après, que s'est-il passé ?

— Un soldat a entrouvert le portail puis

quatre autres ont transporté un grand sac noir. Le plus petit avait entre ses mains des bocaux de couleur rouge et les a suivis. Ils sont tous arrivés à la croix et ils ont ouvert le sac qui avait une grande fermeture éclair. Ils ont sorti une corde et c'est là que j'ai vu Saint-Pierre. Un des méchants a lancé un bout de la corde au-dessus d'une branche de la croix pendant qu'un autre l'attachait aux pieds du supplicié. Ensuite, comme dans les images ils ont suspendu le saint à l'envers. Après, j'ai eu très peur et j'ai fait pipi dans ma culotte.

— Ça peut arriver à tout le monde d'avoir peur un jour, il ne faut pas en avoir honte. Il faut juste me raconter pourquoi vous avez eu si peur.

— Un vilain a sorti un grand couteau et s'est approché du disciple de Jésus. Et là je n'ai plus regardé, je me suis caché comme un lièvre quand il est paniqué. Mais j'adore les lièvres quand ils font comme ça avec leurs pattes avant et quand ils mangent une carotte. Puis, j'ai entendu qu'ils criaient, criaient…

— Avez-vous entendu les paroles ?

— Oui, mais pas le début, la fin, ils criaient : monde meilleur, monde meilleur. Il faut m'arrêter, je suis coupable parce que je n'ai rien fait pour sauver le premier pape. Je vais être excommunié pour cette faute. Je dois voir le docteur Sabine pour qu'elle me protège des démons.

Lucien entra dans une transe qui fit sursauter les deux policiers.

— Il faut le protéger de lui-même pour qu'il ne fasse pas de bêtises, murmura Wallaert en s'adressant à Justine. La police ne peut rien pour son cas, il faut contacter le docteur Bouchard en lui expliquant la situation.

Environ une heure plus tard une ambulance prenait en charge Lucien pour le conduire au centre d'Armentières.

— Il est tard, on se donne rendez-vous demain à 8 h 30 et non à 8 h 35, précisa Wallaert en observant Justine d'un mauvais œil. Notre priorité sera de retrouver cette fille au piercing.

Jeudi 11 Mars à 08h30

Le lendemain matin, tout le monde était à l'heure. Wallaert demanda à Ligier et Pichon de faire le bilan de la veille. Ligier commença, en se servant de la grande carte, à décrire le trajet de la voiture de Tulou et en signalant les deux zones d'ombres où les têtes et les attributs masculins avaient probablement été mis dans le coffre.

— Vous remarquerez qu'il y a deux coupures dans l'itinéraire. Cette voiture est sortie des secteurs surveillés une première fois à 1 h pour réapparaître 45 minutes plus tard soit 1 h 45. À 1 h 59, on la perd à nouveau pendant quasiment 3 h. À 4 h 59, elle débouche dans la rue de Lille venant de l'avenue de la Libération et elle a mis 8 minutes pour arriver devant le commissariat, c'est-à-dire à 5 h 7. Mais Pichon a un scoop pour vous.

— Oui, j'ai sur cette clef USB l'arrivée du

véhicule où l'on distingue deux personnes en sortir. La qualité de l'image est mauvaise, mais j'ai fait une copie et nos experts sont en train de travailler dessus.

— Bon taf dit Wallaert. Quant à nous leur expliqua-t-il, voici ce que nous avons appris par un individu qui a revendiqué la mort de Tulou ! En fin compte, il s'agit du témoignage d'une personne perturbée qui n'a rien commis, mais qui était présente dans le cimetière et qui a observé discrètement la scène de la pendaison. Après, dit-il vrai ? En tout cas avant votre arrivée, j'ai complété mon fameux paperboard en tenant compte de ses dires. J'ai donc deux éléments qui peuvent être un début de piste. Notre témoin visuel qui nous a parlé des véhicules qui ont amené Tulou au cimetière c'est-à-dire : d'une fourgonnette avec beaucoup de phares, mais aussi d'une autre voiture, je le cite « *comme celle qui a conduit maman au cimetière* ». Il doit s'agir d'un corbillard. J'ai également fait le rapprochement avec un produit détecté sur les têtes de nos victimes, c'est du formaldéhyde. J'ai appris que c'est un désinfectant puissant qui est utilisé chez les thanatopracteurs ou dans les dispensaires. Donc Ligier et Pichon, la première chose à faire c'est de prospecter dans les deux zones où l'on a perdu la trace des deux véhicules pour trouver des locaux ou des sociétés se rapportant à ces indices.

— Chef, dit naïvement Pichon, c'est quoi des thanatotracteurs ?

— Non, c'est des thanatopracteurs et pas des tracteurs, répliqua Ligier. Allez, vient mon ami, on a une mission, on va chercher des croque-morts émasculateurs.

Cette boutade fit sourire Wallaert qui enchaîna :

— Justine il faut… il fut interrompu par Martin.

— Le boss te demande, ça urge.

— O.K. j'arrive. Retrouve cette fille, dit-il à Justine en s'en allant.

Dans le bureau du commissaire, trois hommes dont Sénéchal discutaient avec Vallin.

— Wallaert, je ne te présente pas Sénéchal, mais voici deux membres de son unité qui vont temporairement épauler ton équipe. Il s'agit de l'inspecteur principal de la police belge Vanchoonbeek et du lieutenant Roussel.

— Je ne comprends pas, je n'ai besoin de personne pour mener mon enquête, dit-il, vexé.

— Ce renforcement n'est pas contre vous, rétorqua Sénéchal, toutes les unités de la police et de la gendarmerie ont eu le même traitement depuis hier.

— Ah bon, fit Wallaert, pour quelle raison ?

— Pour l'instant, l'affaire a été censurée dans la presse, mais hier, vers 5 h du matin, le Prytanée Militaire de la Flèche a été attaqué par trois d'individus armés qui ont séquestré une partie des élèves pensionnaires et de l'encadrement dans la chapelle de l'établissement.

— Mais je ne vois pas pourquoi cette affaire a des répercussions sur mon équipe.

— Malheureusement, il y a un rapport ! On a retrouvé sur place des tags et des affichettes portant l'inscription : mort aux reproducteurs pour un monde meilleur. Les rédactions des grands quotidiens ont reçu un message par internet de revendication quasiment au moment du massacre.

— Quel massacre s'étonna Wallaert ?

— Celui qui a eu lieu dans l'établissement scolaire. C'est un groupuscule qui se fait appeler La Griffe de l'hydre, qui a revendiqué cette tuerie. Avant que les forces de l'ordre n'interviennent, alertées par un surveillant, les trois agresseurs avaient activé leur ceinture remplie d'explosifs. D'après la coordination des explosions décrite par les survivants, on pense que les bombes étaient soit programmées, soit télécommandées à distance.

— Il y a beaucoup de victimes ?

— Oui ! Il y a les trois connards, mais malheureusement aussi sept morts dont cinq jeunes et une vingtaine de blessés dont la moitié, dans un état grave.

— Savez-vous pourquoi ils ont ciblé cet établissement ? Et que dit le message de revendication ? demanda Wallaert.

— Les raisons de cette attaque sont délirantes. Elles sont exposées dans leur communiqué à la presse, dont voici une copie. Sénéchal lui tendit un papier où l'on distinguait en en-tête un H majuscule avec le jambage droit plus long couronné de neuf points dont le texte était rédigé en tapuscrit. Wallaert fit immédiatement le rapprochement avec les entailles sur le front de Jean-Claude Tulou.

Mercredi 10 mars 2010 à 5h00

Nous sommes un groupe international qui essaye de faire prendre conscience à l'humanité des problèmes de la surpopulation, de la faim dans le monde, de la pollution, des problèmes de logement et d'emploi…

Nous avons tenté d'alerter les dirigeants de nos pseudos démocratie ainsi que l'opinion publique de l'imminence de la destruction de notre planète. Mais nos suppliques sont restées vaines et c'est pour cette raison qu'aujourd'hui nous utilisons la violence : le seul langage que vous comprenez !

Le choix de notre action dans ce lieu est hautement symbolique. C'est dans l'église Saint-Louis que sont conservées les cendres du cœur d'Henry IV (le vert galant). Un coureur de jupons aux quatorze enfants légitimés, sans compter les autres…

Nous avons décidé d'intensifier notre croisade contre la population en âge de se reproduire pour mettre fin à l'hégémonie de l'enfant sacré et nous donnons aux gouvernements un délai de quinze jours pour commencer la stérilisation de la population féminine et masculine âgée de 18 à 40 ans dans le monde entier.

Si cette mesure n'est pas appliquée, nous continuerons à éradiquer sans distinction enfants et adultes.et gardez à l'esprit que nous sommes prêts au sacrifice suprême comme nos trois frères.

Nel mezzo del cammin di nostra vita mi ritrovai par una selva obscura, ché la diritta via erra smarrita.

What chance have you got against a tie and a crest.

La griffe de l'Hydre

En lisant, Wallaert fronçait les sourcils et lâchait de temps en temps des grognements désapprobateurs.

— Nous avons affaire à des psychopathes ! Ils sont complètement fous. Et les familles dont les enfants sont morts ou blessés, sont-elles prévenues ?

— Oui, répondit Sénéchal. Par contre, pour leur silence, comme je l'ai dit, la presse est muselée, mais il sera impossible de faire taire les familles et l'on risque d'avoir une psychose du genre : *« la France a peur »* comme dans l'affaire Patrick Henry. C'est pour cette raison que nous devons renforcer les équipes et éradiquer au plus vite ce danger. Je vais vous présenter vos deux nouveaux coéquipiers, notamment monsieur Vanchoonbeek de la police belge qui est un expert des communications. Il assurera la liaison avec les officiels de son pays. Nous savons que les différents groupes se rattachant à l'Hydre communiquent dans l'Europe entière grâce au réseau crypté SKY ECC et que nos amis de la police fédérale belge ont réussi à casser le code de ce programme. Ensuite, voici le spécialiste de l'infiltration, le lieutenant Roussel qui a excellé dans plusieurs missions dans le milieu interlope de la drogue et dans le grand banditisme. Son objectif c'est de la jouer en free-lance, vous serez son seul contact dans la maison. Il faudra définir avec lui les procédures de liaison. Il a votre adresse. Avec votre accord, bien entendu, il vous y retrouvera pour un premier rendez-vous ce soir vers 23 h.

— Si j'ai bien compris, c'est la D.G.S.I. qui chapeaute cette opération, souligna Wallaert.

— L'ensemble des forces du territoire intérieur et extérieur sont sur cette affaire, car certains pays européens semblent confrontés aux prémices de cette idéologie, mais il y a fort…

Wallaert plus ou moins énervé le coupa :

— Que signifient les deux dernières phrases de cette folie ?

— Une équipe spécialisée a été mise en place par Beauvau pour étudier le document. Actuellement, tout ce que je sais c'est que la première phrase est tirée de la Divine Comédie, plus précisément du chant premier de l'Enfer de Durante-Degli-Alighieri : dit Dante. La traduction est : *« Au milieu du chemin de notre vie, je me retrouverai par une forêt obscure, car la voie droite était perdue »*. Pour nos cracks en linguistique, « la voie droite » est interprétée comme « la voie du bien ». Dante au moment où il a écrit son ouvrage a vécu un moment de crise personnelle dans un pays ravagé par les guerres entre les cités italiennes. Il a transcrit cette période « par une forêt obscure ». On pense que nos fanatiques ont extrapolé ce texte en pensant que détruire une partie de l'humanité remettrait les autres sur la voie droite. La même équipe pense connaître la signification des neuf points couronnant la lettre H. Pour eux, il s'agit de la représentation symbolique des neuf zones circulaires constituant l'enfer. Ces cercles représentent :

Le premier	: les limbes
Le deuxième	: la luxure
Le troisième	: la gourmandise
Le quatrième	: l'avarice
Le cinquième	: la colère
Le sixième	: l'hérésie
Le septième	: la violence
Le huitième	: la ruse et tromperie
Le neuvième	: la trahison

Cette hypothèse peut faire raccord avec le nom de ce groupuscule qui se réclame de l'Hydre. Dante a été accompagné par Virgile lors de son voyage aux enfers, et ce poète dans son recueil intitulé « l'Enéide » évoque « L'Hydre de Lerne ». La seconde phrase en anglais parle de cravate et d'écusson.

— Je n'y comprends rien à ce charabia littéraire. Ce que je veux, dit Wallaert, c'est du concret dans cette tragédie.

— Dans un premier temps, nous espérons bientôt connaître l'identité des trois kamikazes. Mais ce qui est sûr, contrairement à ce que j'ai pensé au départ, c'est que vous avez une cellule très active dans la région. Donc plus compliqué !

— Mon équipe est actuellement en train d'essayer de localiser une fille aux piercings qui a joué un rôle actif dans le premier meurtre. Ils sont aussi à la recherche de l'adresse où les tarés ont déposé les trois pénis et les deux têtes des Hollandais dans le véhicule de cette victime. D'ailleurs, les corps n'ont toujours pas été retrouvés. En premier lieu, je dois commencer par renseigner mon équipe sur le massacre et formaliser l'intégration de l'inspecteur principal Vanchoonbeek de la police belge.

— Tu as carte blanche, approuva Vallin.

— Bon ! allons dans mon bureau dit Wallaert en s'adressant à Vanchoonbeek. Je vais réunir mes collaborateurs pour vous présenter et faire l'état des lieux. Je n'oublie pas mon rendez-vous de 23 h, dit-il à l'intention de Roussel pour le rassurer.

En se dirigeant vers son bureau, il prit son portable pour appeler ses coéquipiers.

Jeudi 11 Mars 2010 à 11h30

C'est à 11 h 30 que l'équipe au complet était réunie.

— Merci à papa Martin de nous avoir rejoints. Je vous présente l'inspecteur principal Rudi Vanchoonbeek de la police belge. Aujourd'hui, nous avons été interrompus dans notre briefing. Car la veille à 5 h du matin un épisode tragique est survenu dans un établissement scolaire. Wallaert exposa les faits et pendant l'énumération, l'assistance resta médusée.

— Je vais maintenant passer la parole à Vanchoonbeek, car un autre événement s'est produit cette nuit en Belgique. Nous venons d'en prendre connaissance, il y a à peine une demi-heure.

Vanchoonbeek prit aussitôt la parole :

— Madame, messieurs, bonjour. Je me présente, inspecteur principal de la police belge Rudi Vanchoonbeek. Depuis une heure environ, le niveau d'alerte de l'OCAM est monté au 3 sur 4. Dans mon pays, OCAM est l'Organe de Coordination pour l'Analyse de la Menace. Il traite l'ensemble des informations et des renseignements sur le terrorisme, l'extrémisme et la radicalisation. Cette alerte est consécutive à un sabotage survenu cette nuit dans les Hautes Fagnes, en particulier sur un aqueduc du barrage de Gileppe. Des individus ont volé un camion-citerne de 33 000 litres de fioul et ils ont injecté le combustible dans le réseau d'eau. Heureusement depuis 1992 la ville de Verviers est alimentée par un second pipeline. Celui qui a été pollué sert exclusivement aux entreprises et a été immédiatement coupé. Nous avons trouvé sur les lieux du sabotage, des tags et des inscriptions se rapportant à l'Hydre. Donc nous pensons qu'il s'agit du même groupe. D'autre part, mon service a réussi à intercepter des communications qui parlaient de cet événement ainsi que de l'Afsluitdijk. L'Afsluitdijk c'est une grande digue de 32 km qui protège la Hollande de la mer. Les Néerlandais sont prévenus. Ils craignent un attentat sur l'une des soixante écluses de cette infrastructure qui canalise le flux des eaux. Pour rappel, le raz de marée de 1953 a fait 1 800 morts, 30 000 animaux se sont noyés et 10 % des terres cultivables ont été inondées. La menace est prise très au sérieux, car, le 30 et le 31 mars, c'est-à-dire dans une vingtaine de jours, il y a les grandes marées d'équinoxe. Nous sommes devant une situation très complexe, il est important de trouver au plus vite des personnes liées à cette affaire.

Wallaert motiva son équipe :

— On a du boulot, alors on se bouge ! Justine, tu poursuis ta recherche sur la fille, Ligier et Pichon sur les zones d'ombre de l'itinéraire du véhicule de Tulou pour trouver les endroits où l'utilisation du formaldéhyde est possible. Donc, pour rappel : les infirmiers, les vétos, les dispensaires. Et comme le lieutenant Pichon dirait, les thanatopracteurs. Mais avant, pour vous donner la teneur de l'état d'esprit de nos individus, voici une copie du message de revendication que la presse a reçu. Merci, Martin, de le mettre sur le paperboard. Ensuite, tu me rejoins chez le chef. Le jeune lieutenant accrocha le fac-similé au milieu du désordre régnant sur le tableau. Avant de se diriger vers leur mission, l'ensemble de l'équipe commenta le document en particulier le délai de l'ultimatum et les conditions pour l'arrêt des attentats. Pour les deux dernières phrases, il y eut un étonnement silencieux. Le local se vida. Martin resta seul devant cette note, le front soucieux. Au bout de cinq minutes, il sortit du local en brandissant le message et en appelant Wallaert. Ce dernier émergea du bureau de Vallin accompagné de Sénéchal.

— Chef, je crois avoir compris ce que la phrase en anglais signifie !

— Vous pouvez nous expliquer ce message dit Sénéchal.

— Oui ! elle est tirée de la chanson *« The Eton Rifles »* interprétée par le groupe : The Jam. Elle fait référence au très sélect collège d'Eton. On peut la traduire par *« Quelle chance avez-vous contre une cravate et un écusson »*. C'est de cet établissement scolaire que sont sortis de nombreux Premiers ministres et des membres influents de la Chambre des communes de Londres. L'auteur, c'est Paul Weller. Il a écrit cette chanson en 1979, il faisait partie du mod-revival qui était la fin du mouvement des punks. C'était l'hymne des révoltes sociales à l'époque de Thatcher. En conclusion, je pense qu'ils vont s'en prendre à ce collège huppé.

— D'où vient cette certitude, cette assurance d'avoir décrypté cette phrase ? répliqua Wallaert.

— Avant de rentrer dans la police, j'ai fait

des études en sciences humaines et sociales, et j'ai rédigé une thèse *« Le paradoxe de la déréglementation en Angleterre sous l'ère Thatcher »*. Cette étude évoque le climat social tendu dans le milieu ouvrier et mineur.

— C'est un drôle de parcours pour un policier, souligna Sénéchal, avec un sourire au coin des lèvres.

— Pas vraiment. Puisque ce diplôme me donne des ouvertures pour passer les concours internes dans l'administration.

— Ce n'est pas faux, avoua Sénéchal. Bon, venez avec moi, je vais essayer d'organiser une réunion téléphonique dans le bureau de Vallin avec le Centre Interministériel de Crise de Beauvau. Si votre réflexion est juste, nous aurons un coup d'avance sur eux.

Jeudi 11 Mars 2010 à 14h00

Justine était songeuse au volant de son véhicule garé devant le Macumba fermé. Elle se souvenait de la phrase du vigile sur la conquête de Tulou : il est en train de taper dans le baba cool. *« Où je vais retrouver une blonde baba cool avec une coupe au carré et un piercing ? »* pensa Justine en se regardant dans le rétroviseur intérieur. Au bout de deux minutes, elle donna un violent coup de poing sur le volant en criant :

— Dans un squat, mais oui dans un squat !

Elle prit immédiatement son portable et appela le central, pour avoir les adresses des squats recensés dans la région.

Ligier et Pichon quant à eux ne savaient pas par où commencer. Tout en essayant d'établir un plan, ils étaient tranquillement en train de siroter un café sur une terrasse quand le téléphone de Pichon sonna. Il s'agissait de Vallin.

— Pichon, mettez le haut-parleur. Votre collègue Martin a une théorie qui peut se rapporter à vos recherches. Dans les années quatre-vingt, il existait une discothèque punk qui était une ancienne morgue. Je n'ai plus l'adresse précise, mais elle était située dans l'un des secteurs que vous prospectez. Pour la retrouver, une solution… le travail à l'ancienne.

— C'est-à-dire, demanda Ligier.

— Le porte-à-porte. Allez, bon courage les gars. Il raccrocha.

— Mon cher Pichon, soyons pragmatique, il faut qu'on trouve un historien de cette ville, sinon nous allons arpenter les trottoirs pendant un certain temps. Je te rappelle qu'on ne touche plus de prime-chaussures.

— Arrête tes conneries. Quoique, finalement en y réfléchissant bien, tu as raison. Recensons les personnes qui peuvent nous renseigner sur ces secteurs. Mais tu en connais toi ?

Après mûre réflexion, Ligier commença à énumérer les possibilités :

— Les pipelettes, les patrons de bar, les commerçants…

— Je pense que tu fais fausse route, on cherche des indices sur un lieu qui a été actif il y a trente ans. Je connais quelqu'un qui court vers ses 90 ans et qui peut nous renseigner. Il va même être content de me voir.

— Qui est-ce ?

— Mon grand-père, c'était un bourre à l'époque. Il a pris sa retraite en 1985 et il a dû connaître cette morgue transformée en caverne à punks. On va passer le voir, mais pas les mains vides, sinon on n'obtiendra rien de lui.

— Où est-il ton grand-père ? Et qu'est-ce que tu veux lui acheter ?

— Il est dans une maison de retraite à Méteren. Ce n'est pas loin, à 5 km d'ici. Et son grand bonheur, c'est le Picon.

L'entretien téléphonique avec la C.I.C de Beauvau était terminé, et pour la première fois depuis la découverte du corps de Tulou, l'atmosphère était détendue. Sénéchal remercia chaleureusement Martin en commentant les décisions prises lors de cette réunion.

— Bon, les autorités françaises ont prévenu Scotland-Yard d'un éventuel attentat sur le collège d'Eton. Les Belges ont fait la même opération avec le ministère de la Défense de la Hollande sur les craintes d'attaque de leur digue. Nous sommes au niveau européen, en train de tisser notre toile pour attraper cette hydre. Bravo, Wallaert, votre équipe a fait un travail remarquable.

L'ambiance était au top dans la chambre de la maison de retraite. Raoul Pichon, 90 ans, l'œil pétillant de malice, avait préparé sa boisson préférée : un fond de grenadine, un bon trait de Picon arrosé de vin rouge.

— Je vous en sers un p'tit ?

— Non merci, répondirent en chœur les deux policiers. Nous sommes en service. Vous savez ce que cela signifie dit Ligier en désignant la médaille d'honneur de la police nationale accrochée au mur.

— Je sais, je connais, 32 ans dans la maison et une grande partie comme hirondelle. Je suis rentré dans la volaille à l'âge de 20 ans en 1953 et j'ai pris ma retraite en 1985. À force de sillonner la région, je connais Bailleul et ses environs comme ma poche.

— Justement, c'est pour ça que nous sommes venus te voir.

— Salopiaud, alors tu viens uniquement par intérêt et non par amour pour ton grand-père.

— Pas vraiment, mais cette fois-ci notre déplacement est presque officiel, car tu es le seul qui peut nous apporter des réponses dans une enquête internationale.

— Si tu veux mon aide, il faut me promettre que tu m'amèneras dans mon ancien bureau pour boire un coup une fois que cette affaire sera résolue, précisa-t-il, mi-sérieux, mi-amusé, en s'adressant à son petit-fils.

— O.K. ça marche.

— C'est quoi ta question ? l'interrogea-t-il avec curiosité.

Les deux policiers expliquèrent le problème. Au bout d'une heure, ils sortirent de la maison de retraite, l'air réjoui.

— Ton grand-père c'est un personnage, dit Ligier. J'ai bien aimé, en particulier l'anecdote de la tondeuse sur la crête des punks. Il est drôle.

Entre-temps, Justine qui avait réussi à avoir quelques adresses était postée devant un bâtiment complètement délabré. Discrètement, elle guettait les allers venus. Après une attente d'une bonne heure, un groupe de jeunes portant des blousons teddy sortit de l'entrepôt. Parmi eux, elle repéra une vieille connaissance que Wallaert utilisait comme indic. C'était un homme de stature moyenne, les cheveux bruns et longs attachés par un catogan. Elle l'avait rencontré deux ou trois fois dans différentes circonstances et à chaque fois, il était resté très courtois. Ce qui l'avait marqué, c'était son regard, un regard qui exprimait une incommensurable confiance en lui. Elle ne le connaissait pas bien, ni la raison de cette coopération avec son chef, mais elle savait qu'elle pouvait compter sur lui. Contre toute attente, il l'avait repérée. Il lui avait jeté un coup d'œil furtif presque imperceptible. Justine ne savait que faire ? Sortir de son véhicule ou attendre ? Au même moment, une femme d'un certain âge, avec des barrettes dans ses cheveux rêches, aussi rêches qu'un tampon jex, se dirigea vers le groupe. Elle les observa en plissant les yeux avec une intensité terrible, comme si elle était en train de vouloir leur confier un code secret, puis en accélérant le pas elle les aborda :

— Où est ma fille ? Où est Bertrande ? Ça fait une semaine qu'elle ne m'a pas donné de nouvelle. Cette tête de linotte a encore dû se laisser influencer ! cria-t-elle.

Le groupe l'entoura, et la femme continua à leur parler à voix basse. Justine distingua seulement le haussement des épaules. Au bout d'un moment, le groupe s'éloigna laissant la femme seule. En voyant son pas hésitant et sa tête rentrée dans les épaules, Justine décida de descendre de son véhicule et de la suivre. La policière au fond d'elle se posait des questions sur l'utilité de cette filature, mais son instinct lui conseillait de continuer. C'est avec surprise qu'elle constata que l'inconnue se dirigeait vers un second squat. Elle pénétra dans une maison abandonnée et au bout d'un quart d'heure, en sortant, elle éclata en sanglots. Au même moment, une brune d'à peine vingt ans d'une beauté saisissante sortit de la maison et apostropha l'inconnue.

— Je te rappelle que c'est ma sœur ! Alors non, je n'en ai pas rien à foutre comme tu le prétends !

Une autre fille lourdement imposante, d'environ un bon mètre quatre-vingt et munie d'une couronne de cheveux crépus presque aussi large qu'elle était haute, rejoignit le duo.

— Je sais où est Bertrande.

— Comment ça ? tu sais où elle est, hurla la brune.

— Oui ! répliqua sur le même ton la coupe afro. Elle m'a dit de ne pas t'en parler, elle voulait vous faire une surprise, à toi et à ta mère.

Aussitôt après cette confidence elle se mit à chuchoter.

Après avoir quitté la maison de retraite, nos

deux compères étaient arrivés devant l'adresse indiquée par l'aïeul de Pichon.

— Jackpot ! s'écria Ligier en apercevant dans l'entrebâillement d'un portail, une fourgonnette, une Volkswagen noire qui correspondait à celle repérée sur la vidéo.

— Ah ! il est fort mon pépé et je sais aussi qu'il aurait agi ! mais moi, comme je n'ai pas la mentalité d'un kamikaze, je préfère appeler Wallaert.

— Tu as raison. Au niveau de l'armement et de la protection, on est un peu léger, en plus si on loupe notre coup…

Jeudi 11 Mars 2010 à 17h00

— Je crois qu'on les tient les zozos, dit Wallaert en s'adressant à Vallin et à Sénéchal. Mon équipe a localisé le véhicule qui a dû transporter Jean-Claude Tulou.

— Je vais activer le GIGN pour l'intervention. Ils devraient être sur les lieux dans environ une heure, répondit Vallin. En attendant, dis à ton équipe de rester sur place. Et qu'ils nous fassent un rapport si la situation évolue.

— O.K., ça marche.

Justine n'entendait rien du conciliabule secret entre les trois femmes, mais au fur et à mesure que la fille bâtie comme un bonhomme de neige parlait, le visage de la mère de Bertrande s'attendrissait. Quand la conversation fut terminée, elle embrassa ses interlocutrices et s'en alla, laissant les deux filles retourner dans leur squat.

Il n'y avait pas un chat dans la rue et Justine aux aguets derrière une palissade laissa le personnage coiffé de ses barrettes, négligemment et sordidement accoutrée, prendre de l'avance avant de la suivre. En rejoignant le centre-ville, il y avait un peu plus de monde. Voulant éviter de se faire distancer, la policière accéléra le pas. La femme s'arrêta devant une maison à hautes marches à deux étages. En fouillant dans son sac à main, elle récupéra ses clefs, ouvrit la porte d'entrée et s'engouffra à l'intérieur. Justine attendit un petit moment, avant de s'y diriger à son tour, puis nota les noms figurant sur les trois sonnettes : Myriam et Bertrande Despoix, Charles Dutoit, et à sa plus grande surprise, le troisième nom n'était pas inconnu dans cette affaire. Il s'agissait de Lucien Vermeulen, l'homme au piercing. Elle se rappelait de l'audition de Marie Ange qui avait évoqué cette rue, mais n'ayant pas rédigé le P.V. elle n'avait pas prêté attention au numéro : le 39. Après avoir tout noté, elle se dirigea à nouveau vers l'endroit où sa voiture était garée.

Pichon et Ligier quant à eux patientaient depuis plus d'une heure dans leur véhicule. Jusqu'à maintenant, aucun signe de vie ne s'était manifesté dans la bâtisse qu'ils surveillaient. Tout était étrangement calme, sauf lorsqu'ils reçurent l'ordre d'évacuer les lieux, à ce moment-là, ils virent des deux côtés de la rue, longeant les façades, les équipes d'intervention progressant lentement derrière les porteurs de bouclier.

— Vite Ligier, démarre bordel ! on se casse avant que les cow-boys commencent leur rodéo. Garons-nous un peu plus loin.

En s'éloignant, ils croisèrent un véhicule blindé de la gendarmerie.

— Ils se préparent pour le quadrille. J'espère qu'on ne s'est pas trompé sur nos clients, sinon ça va chauffer.

À peine Pichon avait prononcé cette phrase que deux coups de feu retentirent, suivis d'une forte déflagration, puis d'un silence total. Ligier coupa le moteur et les deux policiers se précipitèrent vers le local. Le véhicule blindé était positionné devant la porte cochère bloquant la sortie de la camionnette. Appuyés sur l'engin, les ninjas du GIGN avaient enlevé leur casque, mais ils avaient gardé leur cagoule.

— L'affaire est bouclée, dit l'un d'eux à l'adresse du duo. Le gars qui était présent nous a tirés dessus avec un robust de calibre 12, un fusil des années 60, un vieux machin qui devait appartenir à son grand-père. Il est un peu sonné par une grenade déflagrante reçue en pleine figure, mais en parfait état de marche. C'est du gars que je parle, ajouta-t-il le sourire aux lèvres.

Au même moment, une voiture s'arrêta. Elle était conduite par Martin et rapidement : Sénéchal, Vallin et Wallaert descendirent du véhicule.

— Où est-il notre bonhomme et la zone est-elle sécurisée ? demanda Vallin.

— Vous pouvez y aller, il n'y a pas de souci, il est seul et on l'a mis au frais dans une ancienne chambre mortuaire, répondit le même intervenant.

— Bien, comme convenu on va le récupérer, merci pour votre intervention. La scientifique arrive, ainsi qu'une équipe pour sécuriser les lieux. Les lieutenants Ligier et Pichon resteront sur place pour les accueillir.

— Les gars, chapeau ! Réunion demain matin à la fraîche ajouta Wallaert en s'en allant.

— Nous voilà transformés en plante verte, soupira Ligier au moment où tout le monde avait quitté les lieux.

Arrivée au commissariat Justine appela Wallaert pour lui faire son compte-rendu.

— Je pense que j'ai trouvé l'adresse et le nom de la fille.

— Tu le penses, ou tu en es sûre ?

— J'ai de fortes présomptions, mais pas que… À la même adresse vit Lucien Vermeulen, le type aux épingles de nourrice.

— Ah ! celui-là, je l'avais oublié, mais c'est intéressant cette coïncidence. On en reparlera demain. Nous avons également arrêté un suspect grâce à Pichon et Ligier. Il est actuellement en observation à l'hôpital sous bonne garde. Il est 19 h 15, et comme j'ai dit à tes collègues : réunion demain matin à la fraîche pour le débriefing.

— O.K, s'est noté ! Tu trouveras mon rapport sur ton bureau. Bonne soirée, à demain.

Jeudi 11 Mars 2010 à 23h00

À 23 h, la pendule 400 jours posée sur le buffet entonna sa mélodie Westminster. L'obscurité enveloppait les rues de Bailleul. Confortablement installé dans son fauteuil favori, Wallaert commençait à somnoler quand tout à coup il sursauta lorsque la sonnette de la porte d'entrée retentit.

— Merde ! mon rendez-vous avec Roussel !

Dans l'encadrement de la porte se tenait le lieutenant Roussel. C'était un homme brun assez jeune avec une barbe naissante. Il mesurait environ 1m80. Il était vêtu d'une parka verdâtre avec le drapeau allemand sur la manche, d'un jean et aux pieds de vieux brodequins militaires, dans sa main droite il tenait un bonnet. Ce qui était spectaculaire chez lui, c'était ses yeux, des yeux d'un bleu pur qui semblaient scintiller lorsqu'il les clignait.

Wallaert pensa *: « il doit plaire au sexe faible ».*

Cinq minutes plus tard. Une bière à la main, les deux hommes prirent place dans le salon. Le corps de Wallaert réclamait du sommeil, mais il s'efforça de tenir, le temps de cette entrevue.

— Pardon ! non, non, je suis pleinement là. Vas-y, explique-moi, dit-il en s'adressant à Roussel.

— Cet après-midi, je me suis fait passer pour un clodo. J'ai fait la manche, place du général de Gaulle près des locaux de la poste, puis j'ai fait le tour des troquets des environs pour me faire connaître. Cela m'a permis de ne repérer des points de deal, par contre, aucune information sur vos massacreurs. Ça va être dur de les cibler, ces mecs ils n'ont pas pignon sur rue comme mes clients habituels. Je sais que vous avez interpellé un clampin cet après-midi. Le cirque a fait le tour des zincs à une vitesse grand V. Mais, avez-vous réussi à le faire parler ?

— Non, pour l'instant il est sous bonne garde à l'hôpital, il était impossible de l'interroger tellement il avait chargé la mule, sans compter le choc de la grenade. Les mecs du GIGN ne font pas dans la dentelle, quand ils interpellent quelqu'un, ça laisse des traces. Normalement, Sénéchal et une équipe de Paris vont demain matin le soumettre à la question. Sinon, on a une piste qu'on n'a pas encore exploitée sur la rabatteuse au piercing dans l'affaire du crucifié au cimetière. On pense qu'il s'agit de Bertrande Despoix. Apparemment, sa mère habite au 39 rue de Cassel à Bailleul. À cette adresse, il y a également un individu qui s'appelle Lucien Vermeulen. Un simplet qui était venu au commissariat pour s'accuser du meurtre de Jean-Claude Tulou. Il passe sa vie entre cette adresse et l'hôpital psychiatrique d'Armentières. Il est facilement identifiable. Il a des épingles à nourrice en guise de piercing et il prend souvent le train de 19 h 13 à Armentières, pour regagner son domicile.

— Il figure toujours sur la liste des suspects ? demanda Roussel.

— On l'avait écarté, mais avec les nouveaux éléments on peut envisager de le mettre sous surveillance. Le lieutenant Martens m'a fait son rapport concernant notre probable rabatteuse qui aurait une sœur vivant dans une maison squattée située dans une impasse entre le 283 et le 285 route de Lille à Bailleul. Elle a passé la famille en revue dans notre base de données et cette sœur s'appelle : Éloïse Despoix. Elle a 20 ans avec déjà un beau palmarès dans la petite délinquance. Elle a une copine dont on n'a pas le nom, mais voici la description dans le rapport : sexe féminin de type africain, elle est taillée comme une lanceuse de poids de l'Allemagne de l'Est avec une coupe de cheveux afro.

— Très bien. Dès demain, je vais essayer de trouver une solution pour aborder les occupants du 39 rue de Cassel. Pour le squat ça va être difficile, la méfiance règne dans ce milieu. À part ces informations, tu n'as rien d'autre à me mettre sous la dent ?

— Si, on redoute une tentative d'attentat sur le collège d'Eton en Angleterre ainsi que sur la grande digue aux Pays-Bas, mais ce n'est pas de notre domaine de compétence, les autorités concernées sont alertées. Pour nous, notre priorité c'est de retrouver cette fille en espérant qu'il s'agit bien de celle qu'on cherche. Un conseil, vas-y doucement avec Lucien Vermeulen.

— Pas de problème.

— Une question, comment va se passer notre prochain contact ?

— Normalement, je glisse un emballage de chewing-gum avec l'heure et le lieu du rendez-vous dans la boîte à lettres. Mais, si tu as une autre idée ?

— Non, ça me va ! Mais moi, comment fais-je pour te contacter ?

— Il faut passer par Sénéchal qui me transmettra ton message.

— O.K., on fait comme ça. Sur cette dernière phrase, Roussel se leva pour prendre congé.

Vendredi 12 Mars 2010 à 07h00

Wallaert avait eu du mal à s'endormir après le départ de Roussel. Il était resté dans son fauteuil en somnolant par intermittence. Cette enquête le perturbait, suscitant chez lui un malaise profond, à tel point qu'il s'était senti mal fichu.

N'était-il pas malade ? Pour la première fois de sa carrière, il avait envisagé de se faire porter pâle. Mais, il s'était ravisé et était parti au travail en ayant parfaitement conscience qu'il se cherchait des excuses pour ne pas affronter la triste réalité de son impuissance dans cette enquête. Il disposait de très peu de renseignements, à part l'individu arrêté hier et les éléments possibles sur la fille et sur Vermeulen apportés par Justine.

Malgré l'heure matinale, le commissariat était en ébullition. Fait inhabituel, il entendait vociférer Vallin.

— Bordel, c'est quoi ce bordel ?

En voyant Wallaert arriver, le commissaire divisionnaire se calma :

— Viens, lui dit-il, j'ai une mauvaise nouvelle. Ce matin vers 4 h 30 l'hôpital a été attaqué. Les deux agents qui surveillaient notre prévenu sont blessés, leurs jours ne sont pas en danger, mais le type est actuellement sur la table d'opération. Il a reçu deux balles dans la cage thoracique, son pronostic vital n'est pas engagé, mais…

— Et personne n'a remarqué quelque chose ?

— Non ! On a interrogé les deux agents. Ils ont juste vu un homme arriver en blouse blanche avec un masque chirurgical et un stéthoscope. Ils ont cru qu'il s'agissait d'un médecin.

— Sinon, vous avez des renseignements au sujet de l'identité du blessé ?

— C'est un SDF surnommé le Stout en référence à sa grande consommation de bière brune. Son nom est Alexandre Léger, célibataire de 35 ans qui a déjà eu affaire à la justice. La scientifique pense que notre gars logeait dans l'ancienne maison funéraire. Ils ont trouvé ses papiers, des affaires de toilette et des vêtements couverts de ses empreintes. Ils ont passé au luminol l'ensemble du bâtiment et les deux véhicules : c'est-à-dire la camionnette et un ancien corbillard qui étaient garés à l'intérieur. Apparemment, ils ont touché le gros lot. L'ensemble était couvert de traces de sang, ils ont lancé une recherche d'ADN. Par contre, ils n'ont pas trouvé de formaldéhyde sur les lieux, précisa-t-il. Ce produit qu'ils ont décelé sur la tête des frères De Jong.

— Donc, Vermeulen a dit la vérité, ils ont utilisé un corbillard. Il en sait peut-être un peu plus, s'il habite dans le même immeuble que cette soi-disant fille au piercing, il doit la connaître. Mais, je me demande pourquoi il est venu de son propre chef au commissariat et nous avoir précisé que quelque chose brillait à travers du passe-montagne du plus petit méchant. Peut-être qu'il a essayé de nous mettre sur une piste ?

— Il faut le convoquer et…

Wallaert arqua un sourcil :

— J'ai demandé à Roussel de le suivre.

— Bon, on lui laisse 48 heures, après on verra.

— La meilleure chose à faire dans un premier temps c'est de suivre l'intuition du lieutenant Martens. Elle pense avoir localisé la mère et la sœur de cette fille qu'on recherche.

— Sur quelle certitude se base-t-elle ?

— Intuition féminine !

— À toi, de voir dit Vallin en regagnant son bureau. Mais, il me faut des résultats assez rapidement.

— Je sais, je sais, bafouilla Wallaert entre ses dents.

À 8 h pile, l'équipe au grand complet était présente dans la salle de réunion.

— Bonjour à tous, je pense que vous êtes au parfum de l'incident de cette nuit ! lança Wallaert avec un sourire crispé au moment où chacun avait trouvé sa place. D'autre part, je suis désolé pour hier soir d'avoir coupé court aux conversations, mais je commence à me faire vieux. Sa boutade, qu'il doubla d'un clin d'œil lui valut quelques ricanements.

— Avant que je commence, est-ce que quelqu'un aurait des informations dont je ne serais pas au courant pour compléter mon pense-bête ?

— Moi, dit Justine. Hier, madame Despoix a abordé un groupe de jeunes habillés en blouson teddy. Parmi eux figurait un de tes informateurs. Il m'a repéré, mais il m'a ignoré.

— Ah ! très bien. Peut-être qu'il pourra nous confirmer ton intuition. Je prendrai contact avec lui. Sinon pas d'autres informations ?

Le mutisme fut complet dans la pièce.

— Dans ces conditions, il faut qu'on s'active ! Martin, tu vas te rendre dans l'immeuble de madame Despoix en te présentant comme participant à une enquête de moralité sur Lucien Vermeulen. Tu essayes d'attendrir cette femme en jouant avec son instinct maternel. Il faut que tu sois compatissant sur le sort de ce brave Lucien. Pour que ce soit concret, n'oublie pas d'interroger le troisième locataire, monsieur Charles Dutoit.

— Heureux sont les fous, car ils connaissent la vérité, lança Ligier en plaisantant.

— Moi je ne suis pas fou et je veux la connaître ! répliqua Wallaert plus ou moins énervé. Donc, toi, Pichon et Martens vous allez me trouver une excuse pour ramener au poste soit la sœur de cette fille ou sa copine, ou encore mieux les deux. Il est 8 h 30, à 14 h je veux du concret.

Wallaert quitta la pièce en claquant la porte. Il savait que la boutade de Ligier sur Lucien Vermeulen n'avait aucune méchanceté, mais ce nom, ce nom qu'il avait détesté, honni, presque oublié, rejaillissait sans cesse, faisant fondre la carapace qu'il s'était fabriquée pour se protéger des pensées de sa jeunesse.

— Qu'est-ce qui lui arrive ? fit Ligier, l'air surpris.

Martens, Martin et Pichon écartèrent leurs bras en signe d'ignorance.

Après le départ de ses quatre collaborateurs, Wallaert décida de contacter Olivier Carter, son informateur.

— Allo, j'aurais besoin de toi, c'est urgent, tu peux te libérer tout de suite ?

Un rendez-vous fut fixé pour 10 h dans le café Le Bellevue près de la mairie. Depuis leur première rencontre, il y a 10 ans, Wallaert avait toujours été attentif, presque paternaliste, vis-à-vis de ce jeune homme. Peut-être parce qu'il avait subi le même drame. Le meurtre de sa mère par son beau-père, un salopard qui avait foutu sa vie et celle de la personne qu'il aimait le plus en l'air. Au moment des faits, Olivier Carter avait 16 ans. Il conservait l'image de cet adolescent prostré près du cadavre, mais son regard dégageait une énergie incommensurable. Après ce drame, il s'était établi à Bailleul. Son père employé municipal l'avait pris sous sa garde. Aujourd'hui, il a 23 ans. Après de brillantes études en lettres modernes il a occupé un emploi comme pigiste dans le journal local. Mais, à la mort de son père, il a tout laissé tomber pour vivre de petits expédients, à la limite de la légalité.

La dernière fois que Wallaert lui avait posé la question sur ce choix de vie, il lui avait répondu :

— Mon rêve est d'être écrivain et de suivre les traces de Jack Kerouac et de John Steinbeck. Je me donne deux ans pour y parvenir.

En sortant du commissariat, il tomba sur Vallin qui affichait un large sourire.

— En fait, je viens d'apprendre que notre gus est tiré d'affaire, on pourra bientôt l'interroger et nos hommes sont en pleine forme.

— Bonne nouvelle, lui répondit Wallaert, mais on en parlera après. Pour l'instant, j'ai un truc urgent à faire.

— Très bien.

Au même moment arrivé devant le 39 rue de Cassel, Martin se décida à commencer son enquête. Il ne savait pas comment entreprendre cette première démarche, mais pour se tester il décida de rendre visite à monsieur Dutoit au premier étage.

— Bonjour, Monsieur. Je travaille en collaboration avec les services sociaux de la ville.

Est-ce que vous avez quelques minutes à me consacrer ? Mon enquête concerne votre voisin du dessus : Lucien Vermeulen.

— Entrez donc, dit-il avec un étonnement dans la voix. Puis à peine étaient-ils installés dans la cuisine en formica que le locataire se précipita à lui faire des confidences :

— Vous savez, je vais bientôt avoir quatre-vingts ans, je ne reçois pas beaucoup de visites et je sors rarement de chez moi. Je ne connais pas très bien cette personne, je suis persuadé qu'il est gentil, malgré son air bizarre. Je vous dis ça, parce qu'il m'aide toujours avec mes courses quand je le croise. J'ai l'impression qu'il n'est pas souvent chez lui. Un jour, il m'a dit qu'il avait une chambre dans un grand parc à Armentières… Mais je bavarde, je bavarde, et j'oublie la politesse. Je peux vous offrir un café et un petit biscuit ?

Sans attendre la réponse, il sortit deux tasses qu'il remplit d'un café fumant sorti d'un thermos et déposa sur la table un paquet de petit beurre. Devant son insistance, Martin ne put refuser l'invitation et monsieur Dutoit visiblement heureux de cette visite, continua sa conversation :

— Oui, il est très gentil, il ne fait pas de bruit et ses amis sont très corrects, surtout une dame que j'ai vu une ou deux fois, un médecin, je crois. Ce n'est pas comme mes voisines du dessous.

— Ah bon ? dit Martin.

— Oui, oui, un jour j'ai senti une odeur bizarre qui m'a rappelé l'Indochine. J'étais dans l'armée en 53, je faisais la police militaire dans le quartier des fumeries à Saïgon. J'ai même rencontré Alain Delon qui était matelot à l'époque. C'est incroyable la carrière qu'il ait fait celui-là, qui aurait cru ça ? Tout ça pour vous dire que je pense que mes voisines fument du haschich.

— Vos voisines ? Elles sont plusieurs ?

— Quand elles sont arrivées, il y a deux ans, elles étaient trois : la mère et ses deux filles. La mère est toujours là et je vois parfois la cadette. Comment s'appelle-t-elle déjà ? Ah oui ! Bertrande. C'est une jolie petite blonde avec une chaîne dans le nez comme les Indiennes, dit-il l'œil fripon. Tiens, ça me fait penser que j'ai vu l'aînée hier soir. Celle-là, c'est une vraie peste, j'ai entendu dire qu'elle avait été arrêtée pour cambriolage dans un magasin et qu'elle avait causé un accident routier avec une voiture volée. Sa mère l'a mise à la porte pour éviter les ennuis avec la police.

— Et votre voisin les fréquente ?

— Oh ! je ne crois pas, je dirais même

qu'elles se moquent de lui.

— Ah bon ? Pourquoi dites-vous ça ?

— La première fois qu'il s'était accoutré de ses fameuses épingles de nourrice, fier comme un paon, il paradait, dans la rue devant l'immeuble en bombant le torse. Peu de temps après, je l'ai entendu dans l'escalier parler à la blonde, elle n'avait pas l'air d'apprécier cette conversation surtout quand il lui a dit :

— Tu vois, j'ai fait comme toi, maintenant je suis ton copain. Pas vrai ?

— Et qu'est-ce qu'elle lui a répondu ?

— Un truc pas très sympathique du genre : pauvre tache, lâche-moi, je ne sors pas avec un fou, une épave ! Dégage, connard. Ensuite, je l'ai entendu monter chez lui en pleurant.

— C'était il y a longtemps, cette scène ?

— Il y a environ quatre mois, peu après que Bertrande se soit coupé les cheveux et posé cette breloque dans sa narine droite.

Le lieutenant Jean-Philippe Martin s'empressa de noter les propos du vieil homme.

— Avez-vous autre chose à dire sur votre voisin ?

— Non, je sais qu'il est un peu bredin, mais pas méchant. À mon temps, à l'armée, il aurait porté le fusil-mitrailleur ou la radio, ajouta-t-il en rigolant.

Sur ce, Martin le salua.

— Je ne vais pas vous déranger plus longtemps, le travail m'attend. Mais, j'ai été enchanté de faire votre connaissance. Et merci pour le café.

Il se dirigea vers l'escalier. Puis il sonna à l'étage du dessous chez les Despoix. Sur le palier de l'entresol, il entendit des chuchotements et des bruits de pas précipités à l'intérieur du logement.

Pendant ce temps, le trio formé par Ligier, Pichon et Martens était en planque près du squat d'Éloïse Despoix.

— Il faut qu'on trouve un motif pour les arrêter, dit Pichon.

— Oh ! ne t'inquiète pas pour ça, ce ne sera pas très difficile. Ces gens-là ne font pas de réserve de nourriture, ils font leur course au jour le jour. Ils vont sûrement aller dans un magasin pour se ravitailler ! Je mise sur l'Intermarché. Par chance, je connais le responsable de la sécurité, c'est un ancien collègue, dit Ligier. Il pourra nous aider à les accuser de vol à l'étalage.

Martens, qui n'avait pas suivi toute la conversation, demanda :

— Pourquoi n'iraient-ils pas chez Aldi qui est en face ? C'est plus proche et c'est moins cher !

— Oui, il y a aussi cette possibilité-là, répliqua Ligier. Mais est-ce que quelqu'un parmi nous connaît le responsable de ce magasin ?

Pichon fit non de la tête.

— Alors, espérons qu'ils vont aller à l'Intermarché.

— Quel intérêt, rétorqua Justine, l'air surpris !

— Tu le fais exprès, de ne pas comprendre fit Pichon. Ligier est en cheville avec le responsable et ce dernier pourra nous aider à les accuser de vol. C'est ça la feinte !

— Désolée j'étais ailleurs, je n'ai pas suivi la conversation.

— Ce qui veut dire ajouta Ligier, c'est que nous avons avec nous un vrai Houdini qui va s'occuper de faire changer le cours des choses.

— Houdini ! fit Justine en levant les yeux au ciel.

— Oui ! Pichon est un magicien à ses heures perdues. Il a déjà fait des petits spectacles pour les enfants dans les hôpitaux. Il suffit que tu lui désignes notre cible et il s'en charge. N'est-ce pas François ?

— Pas de souci, je m'en occupe. Il suffit de glisser un antivol après le passage en caisse, dans une de ses poches ou dans son sac, pour que l'alarme se déclenche à la sortie.

— Et comment vas-tu faire ? demanda Justine.

— Je ne révèle jamais mes secrets.

— Oui, c'est ça.

Quand Wallaert entra au Bellevue, le carillon du beffroi sonnait 10 heures. Dans un coin, Olivier Carter était assis à une table, devant lui un café fumait légèrement. Il n'avait pas remarqué l'arrivée du policier, trop absorbé par son cahier à petits carreaux qu'il remplissait d'une encre violette.

— Cette couleur me rappelle ma jeunesse, dit Wallaert avec un large sourire en s'approchant de lui.

— Une couleur joyeuse dans un monde si sombre, répondit le jeune homme, qui avait reconnu la voix de Wallaert. Je suis content de te revoir, bien que j'ignore le but de ce rendez-vous. De quoi s'agit-il ?

— Je vois que le métier de la plume te taquine toujours. Tu t'étais donné deux ans pour réaliser ton projet et le délai approche. Tu vas y arriver ?

— Pari réussi. Mon premier roman sortira en septembre pour la rentrée littéraire et mon éditeur m'a inscrit au prix du premier roman. En ce moment, je travaille sur un roman d'anticipation. Il parle du comportement de la jeunesse française à l'arrivée de la troisième guerre mondiale. J'ai touché une avance qui m'a permis de faire un apport pour acheter un petit studio.

— Bravo pour ton succès. Mais, on m'a dit que tu traînais encore les Teddys dans le squat.

— Ce sont des amis fidèles, sans malice. Ils sont juste un peu paumés. Ils voient que je m'en sors, et ça leur donne un peu d'espoir. Je suppose que c'est la fliquette qui t'a rapporté ça ?

— Oui ! d'ailleurs, c'est pour ça que je voulais te voir. Vous avez été abordés par une femme qui cherchait sa fille. Tu la connais, cette fille ?

— Oui, elle s'appelle Bertrande, une blonde plutôt jolie. Sa mère n'a plus de ses nouvelles et elle nous a demandé si l'on savait où elle créchait. On lui a dit qu'on n'était au courant de rien, et que cela faisait plus de trois mois qu'on ne l'avait pas vue. Pourquoi la cherches-tu ?

— On pense qu'elle est mêlée à un meurtre.

— Ça, j'ai du mal à le croire. C'est une fille bien, tout le contraire de sa sœur. Je sais que depuis quelque temps elle fréquente des gars un peu spéciaux, habillés en paramilitaire avec un tatouage dans le cou. Ils se réunissent très souvent dans une ancienne morgue désaffectée. Mais ça ne fait pas d'elle une tueuse.

— Tu peux me décrire leur tatouage ?

— Moi, je ne les ai jamais vus, ce sont mes potes qui m'ont dit qu'ils avaient un tatouage qui ressemblait à un H entouré de points.

— Tu sais où ils vivent ?

— Mes amis croient qu'ils campent à Boeschepe près de l'Abbaye du Mont des Cats. Nous n'avons rien dit à la mère sur les fréquentations de Bertrande et nous ne voulons pas nous mêler dans cette affaire. Mais peut-être qu'elle est avec eux ? Personnellement, je n'en sais pas plus sur cette histoire. En ce moment, je suis à fond sur mon roman.

— D'accord, merci pour les infos. Si tu es libre à midi, je t'invite à déjeuner pour fêter ton début de carrière, ça te dit ?

— Avec grand plaisir.

Justine commençait à s'impatienter.

— Ça fait déjà une heure qu'on poireaute et il n'y a pas âme qui vive, lança-t-elle sur un ton agacé. Il faut trouver une autre solution !

— Je ne savais pas que tu étais d'un tempérament si impétueux dit Ligier en blaguant. François et moi, on a appris à être patient, depuis qu'on est dans le métier. Et ça paie, regarde là-bas, je crois qu'on a une piste. Une bande très intéressante arrive sur le trottoir d'en face.

— Au lieu de ramener ta science, repère les deux filles au premier rang, rétorqua Justine irritée. La petite brune à droite est la sœur de celle qu'on recherche et la baraquée avec sa coupe à la Angela Davis est censée savoir où elle se planque. Notre objectif c'est de ramener l'une ou l'autre, ou même les deux si on peut au commissariat pour les interroger.

— Ça on le savait déjà, lâcha Ligier sur un ton badin

— Bon, dit Pichon. Je me prépare pour mon tour de magie. Zut, ils ont l'air de se séparer.

— Oui ! mais tu remarqueras que les deux nanas restent ensemble et qu'elles vont vers l'Intermarché se réjouit Ligier. J'ai du flair, une sorte de sixième sens, mieux qu'un chien truffier.

— Arrête de faire le fanfaron et préviens le responsable de la sécurité de mon arrivée en lui ex-

— Le lieutenant Martin a malheureusement eu le nez creux, lui répondit Sénéchal. Le collège d'Eton a été attaqué vers 12 h 30 au moment du repas à la cantine. D'après les caméras, un livreur a déposé une glacière dans la cuisine qui contenait des poches de sarin liquide. Sur la vidéo, on voit qu'il met un masque à gaz, ouvre le récipient et perce les poches. Intrigué, un des cuistots est intervenu. Mais le gaz s'est vite propagé dans la pièce et dans une partie du réfectoire, avant qu'il ne réussisse à confiner cette saloperie dans une chambre froide. Le bilan final est de neuf morts dont le héros, et plus de 300 intoxiqués ayant notamment des problèmes temporaires de vision. Le terroriste quant à lui a réussi à s'enfuir. Maintenant, impossible de bâillonner la presse, les tabloïds d'outre-Manche comme le Sun ou le Sunday Mirror… vont se précipiter pour publier un article sur cette affaire.

— Pourtant normalement, les bobbies étaient au courant qu'une attaque était possible, répliqua Wallaert.

— Oui ! Mais une livraison par cette entreprise était prévue, donc pour eux tout était normal. Ils n'ont pas fait le lien. On a appris aussi qu'ils ont retrouvé le vrai livreur assassiné.

— L'affaire devient vraiment très grave.

Mais on va mettre la main sur cette hydre. Je pense que j'ai des renseignements sur l'équipe qui sévit dans la région. Ils doivent loger dans un camping dans les monts des Flandres. Voilà ce qu'on va faire en arrivant, j'ai croisé mon équipe qui a arrêté les deux filles. Normalement, elles ne sont pas directement impliquées, mais elles devraient pouvoir nous éclairer sur certains points obscurs.

— Encore faut-il qu'elles parlent, dit Vallin. Il fut interrompu par l'arrivée de Ligier.

— Les filles sont prêtes pour l'interrogatoire.

— Quel est le motif de leur arrestation demanda Sénéchal.

— Vol avec violence sur le personnel de sécurité de l'Intermarché. La réponse fit discrètement sourire Wallaert, qui retenait difficilement son envie de rire.

— On ne pourra les garder que 24 heures, commenta Vallin d'un ton professoral, qui n'avait pas remarqué l'air malicieux de Wallaert.

— Vous avez dit que vous disposez de renseignements sur le logement de la bande, poursuivit Sénéchal à l'intention de Wallaert. Avant d'envoyer les renforts dans ce campement, je vais mettre en place une équipe mixte pour faire un repérage des lieux.

— Envoyez votre duo du sous-marin pour passer un week-end en amoureux, ne put s'empêcher de rajouter Ligier.

Cette remarque agaça Sénéchal.

— C'est un autre binôme qui s'en occupera, lui rétorqua-t-il sur la défensive. Mais prenons les choses un peu plus au sérieux. On a d'autres chats à fouetter que de se chamailler, vous ne croyez pas ! Pour ma part, je vais interroger ces deux demoiselles. Quant à vous, il me semble que vous avez des rapports à rédiger, lui rappela-t-il en lançant un regard noir à Ligier et en quittant la pièce sans attendre.

— Pour qui se prend-il celui-là ? grommela Ligier entre ses dents. On n'a plus le droit de rigoler.

Cinq minutes après, Sénéchal se retrouva face aux deux filles.

— Bonjour mesdames. J'ai vos dossiers devant moi. Vous êtes bien Françoise Diallo et Éloïse Despoix ?

— Oui, mais je ne comprends pas pourquoi on nous accuse d'avoir commis un vol. Nous n'avons rien volé, répliqua Françoise en le fusillant du regard, en agitant nerveusement ses mains sur la table.

— Pourtant vous avez été prises en flagrant délit, puis vous avez agressé un agent de sécurité.

— Oui ! Et vous, que feriez-vous si l'on vous accusait à tort ? Parce qu'il nous a accusées, devant tout le monde, d'avoir dérobé un bracelet pour enfant d'une valeur de 3 €. C'est ridicule, c'est presque une blague, lança-t-elle en éclatant de rire.

Éloïse Despoix observait Sénéchal avec froideur en gardant le silence.

— Je connais mes droits, continua Françoise, et pour l'instant vous ne nous avez pas notifié notre garde à vue. Pourquoi ?

— Tu n'as pas compris qu'ils veulent quelque chose, murmura Éloïse Despoix. Jouons cartes sur table : que voulez-vous ? Et nous, qu'avons-nous en retour ? dit-elle en interrogeant Sénéchal du regard.

— Vous êtes subtile, beaucoup plus que votre sœur, et nous pensons qu'elle est dans une situation délicate. Je vais vous expliquer la situation sans omettre aucun détail sur les événements passés : les attentats, les meurtres et l'implication de Bertrande dans l'affaire Tulou. Et surtout sur les revendications de l'hydre.

Pendant l'exposé, les deux filles restèrent comme pétrifiées, elles semblaient terrorisées et, même si l'une d'entre elles n'avait jamais eu affaire avec la justice, elles avaient ceci en commun : elles s'entretenaient avec la police de très mauvaise grâce.

— Je sais que vous avez un a priori vis-à-vis des forces de l'ordre, mais il faut que vous compreniez que cette organisation a toujours exécuté de façon horrible ses complices occasionnels. En un mot, nous voulons protéger Bertrande. On voudrait savoir où elle est ? Je vais vous laisser seules pendant un moment pour réfléchir et ensuite vous pourrez partir. Un conseil, faites attention à vous, à ne pas vous trouver aspirées dans cet engrenage.

Sénéchal se leva en se dirigeant vers la porte. Mais avant qu'il ait le temps de franchir le seuil, il entendit une voix hésitante :

— Attendez, je vais vous dire ce que je sais.

C'était Éloïse qui venait de prononcer cette phrase. Sénéchal se retourna et calmement reprit sa place.

— Je vous écoute.

— Je ne sais pas où est ma sœur. La dernière fois que je l'ai vue, c'était le mardi 2 mars le jour de mon anniversaire, dit-elle en jetant un regard furtif à Françoise. J'ai su après qu'elle s'était confiée à mon amie.

— L'amie c'est vous, mademoiselle Diallo ?

— Oui, Bertrande était toute contente. En me disant au revoir, elle m'a fait une confidence. Elle m'a dit qu'elle avait trouvé un taf super bien payé et qu'elle voulait faire une surprise à sa mère et à sa sœur. Quand je lui ai posé la question sur son travail, elle n'a pas voulu me dire de quoi il s'agissait. J'ai mis Éloïse au courant, le jour où leur mère inquiète de sa disparition est venue nous voir. D'ailleurs, hier soir nous avons été à son domicile pour prendre des nouvelles.

— Bertrande a-t-elle un piercing dans la narine droite avec une chaînette ? demanda Sénéchal.

Intriguée, Éloïse le regarda.

— Pourquoi, c'est interdit, ironisa-t-elle presque sur un ton moqueur.

Sénéchal ignora la remarque.

— Je vais vous demander de regarder la scène sur l'écran derrière vous, leur dit-il d'un ton soudain grave. Cela se passe au Macumba. Je pense que vous connaissez les lieux !

Sur le monitor, on voyait Jean-Claude Tulou accoudé au bar et l'arrivée d'une blonde.

Le film s'arrêta après que les deux protagonistes disparurent du champ de vision de la caméra.

— Reconnaissez-vous votre sœur à l'écran ?

— Ben oui, c'est elle. Par contre, le gars je ne le connais pas. C'est bizarre qu'elle fréquente ce lieu, elle déteste la foule, à ma connaissance ma sœur a toujours été agoraphobe, dit-elle d'un air songeur.

— C'est à nous de découvrir le pourquoi de sa présence dans ces lieux. Mais je vous crois et je suis certain de votre bonne foi. C'est tout ce que je voulais savoir donc comme convenu vous êtes libres, mais pas un mot de cette affaire à qui que ce soit, même pas à votre mère. Je vais demander qu'on vous raccompagne.

— Merci, balbutia Éloïse.

— Après ce coup monté, on peut nous reconduire à l'Intermarché pour qu'on puisse finir nos courses ? persifla Françoise.

Sénéchal à nouveau ignora sa remarque. Et il lança d'une voix terne :

— Je vous donne ma carte, dit-il en s'adressant à Éloïse. N'hésitez pas à m'appeler si éventuellement vous avez des nouvelles de votre sœur ou des problèmes. Mais faites attention, car ce groupe est plus dangereux que la police ajouta-t-il en jetant un regard désabusé en direction de Françoise.

La porte s'ouvrit laissant apparaître une femme d'une quarantaine d'années vêtue d'un peignoir rose. Elle jeta un regard méprisant sur Martin.

— Qu'est-ce que vous voulez ? L'immeuble est interdit aux démarcheurs. Son haleine parfumée au café resta suspendue sur le palier.

— Ma démarche est officielle madame. Je suis mandaté par les services sociaux pour faire une enquête de voisinage concernant votre voisin, Lucien Vermeulen.

— Ah ce fou ! Il faut l'enfermer. Il fait peur à mes filles.

— C'est pour cela que je suis là. Puis-je entrer pour vous poser quelques questions sur son comportement ? Elle resta immobile, puis elle secoua la tête et croisa les mains près d'une tache de couleur marron sur son peignoir.

— Je ne peux pas vous recevoir, je ne suis

pas habillée et j'ai de la visite et de toute façon je n'ai rien d'autre à vous dire sur ce personnage.

— Peut-être, vos filles ou vos visiteurs ont des choses à déclarer.

— Mes filles n'habitent plus ici. Elles passent parfois pour récupérer leur courrier, et mon visiteur : c'est mon neveu.

Au même moment, un homme d'une trentaine d'années sortit de l'appartement en bousculant Martin. Le policier eut juste le temps d'apercevoir sur son crâne rasé un H avec un jambage plus long surmonté de neuf points.

En effet, je crois que votre neveu n'est au courant de rien et n'a rien à me dire…

Myriam Despoix qui n'avait rien compris au trait d'humour de Martin, l'observa d'un air bovin en se contentant de lui répondre avant de lui claquer la porte au nez.

— Moi non plus, comme Dany je n'ai rien à vous dire.

Vendredi 12 mars 2010 à 14h00

À 14 h, Sénéchal, Vallin et les quatre lieutenants se réunissaient dans le bureau de Wallaert. Et comme d'habitude, Ligier ne put s'empêcher de faire une remarque :

— Ce n'est pas une réunion, c'est une grand-messe.

— Et vous allez tous passer au confessionnal, répliqua Wallaert.

Tout le monde esquissa un petit sourire. Chaque participant exposa le résultat de ses recherches. Wallaert, un gros marqueur à la main, notait les éléments apportés.

— Je résume, dit Wallaert. Les nouveautés sur cette affaire sont :

- On a la certitude que la fille du Macumba est Bertrande Despoix.
- Des renseignements nous laissent penser qu'une partie du groupe loge

dans un camping près du mont des Cats.

- On soupçonne le pseudo-cousin de Bertrande Despoix, prénommé Dany, d'être impliqué dans cette affaire.
- Le dénommé Alexandre Léger, plus connu sous le surnom de stout, est sorti du bloc. Il est actuellement en salle de réveil et normalement d'après le chirurgien on va pouvoir l'interroger prochainement.
- Sur le réseau SKY ECC, les différents groupes de l'Hydre se félicitent de l'attaque du collège d'Eton.
- Comme vous le savez, notre seul témoin spontané dans cette affaire s'appelle Lucien Vermeulen. Nous avons des doutes sur la fiabilité de ses dires, à la découverte de ses empreintes sur le corbillard.
- Le bâtiment de l'ancienne morgue a été passé au détecteur de métaux et un arsenal a été découvert, en particulier : du semtex et des détonateurs. Les relevés d'ADN

n'ont rien donné, sauf ceux de Jean-Claude Tulou et de notre blessé.

Le commandant Sénéchal, qui dirige cette opération dans les Hauts-de-France, va vous expliquer le modus operandi prévu.

— Merci à tous pour le travail que vous avez accompli. J'ai étudié les remontées d'informations au niveau du Centre Interministériel de Crise de la place Beauvau et c'est votre équipe, Wallaert, qui a le plus avancé sur cette affaire. D'autre part, je vais vous présenter les mesures qu'on a arrêtées :

En premier lieu : monsieur Vanchoonbeek a pris contact avec le service de cybersécurité de la DGSI pour trianguler et éventuellement brouiller toute communication dans le secteur du camping. Il a aussi prévenu les autorités belges, car le camping n'est qu'à un kilomètre de la frontière. Sous prétexte d'un problème familial, les gérants du camping ont été remplacés par des agents de mon unité, et une autre équipe y séjourne en tant que touriste. Par chance, le camping est quasiment vide à cette période de l'année, ce qui nous laissera toute liberté en cas d'intervention.

En deuxième lieu : j'ai laissé toute latitude au commandant Wallaert pour désigner une équipe qui se chargera d'embarquer et d'interroger Myriam Despoix sur l'identité de son visiteur de ce matin. Et une autre équipe pour interroger Alexandre Léger lorsque son état le permettra. Il faut aussi élucider le cas de Lucien Vermeulen. On le trouve trop souvent dans des lieux où l'Hydre est présente : le Macumba, le cimetière et maintenant ses empreintes sur le véhicule… Si vous avez des questions, c'est le moment.

Justine prit la parole :

— Vous accusez Lucien Vermeulen de complicité dans cette affaire, si j'ai bien compris ?

— Non ! je n'ai pas dit ça. Je n'ai aucune preuve et je ne crois pas non plus aux coïncidences, mais dans son cas, il y en a beaucoup …donc enquête. Aucune piste ne doit être considérée comme négligeable, insista-t-il.

— Ce n'est pas non plus ce que j'ai voulu sous-entendre, se défendit Justine qui s'était sentie offensée.

La conversation fut interrompue par la sonnerie du téléphone de Sénéchal. Après avoir regardé sur l'écran, le numéro de son correspondant s'affichait. Aussitôt, il se mit en retrait pour répondre. Soudainement, l'ensemble des personnes présentes le virent pâlir et une contraction musculaire brutale de son visage déforma ses lèvres quand il raccrocha. Il alla vers Wallaert en lui murmurant quelque chose à l'oreille. Sans attendre, Wallaert se précipita vers son équipe comme un torrent déchaîné et dit d'une voix discordante :

— La réunion est close. Ligier et Pichon, vous m'embarquez Myriam Despoix et Martin et Martens, vous me ramenez en douceur Lucien Vermeulen qui est à la maison de repos. Le commandant Sénéchal et moi nous allons nous rendre à l'hôpital pour interroger Alexandre Léger.

Pichon, surpris par la fin abrupte de cette réunion et par le comportement de Wallaert, demanda :

— Il y a un souci ?

La réponse ne fut ni oui ni non.

— Madame, messieurs, vous avez une mission. Tout ce qu'on vous demande pour le moment c'est d'agir rapidement et l'on se retrouve à 17 h 30.

Après cette consigne, Sénéchal sorti d'un pas rapide suivi par Wallaert qui avait convié Vallin à les accompagner. Le reste du groupe resta muet et après une courte hésitation, ils allèrent vers le parking des véhicules.

— Je crois que ça sent de plus en plus mauvais cette affaire ! chuchota Ligier à Pichon.

— Oui, répondit Pichon d'un ton amer.

À peine deux secondes plus tard, Sénéchal et Wallaert étaient dans le bureau de Vallin.

— Que se passe-t-il ? demanda ce dernier en jetant un coup d'œil rapide et inquiet à Sénéchal.

— L'appel que j'ai reçu venait du portable de Roussel. Une voix camouflée se réclamant de l'hydre m'a annoncé qu'il avait été démasqué, et qu'au nom de la sauvegarde de la planète, il avait subi le même sort, le sort qui arrive à tous ceux qui cherchent à contrecarrer leur projet. Il a terminé son appel en me rappelant que le compte à rebours fixé au 25 mars était toujours d'actualité pour commencer à stérilisation du peuple. Puis, il a crié haut et fort leur leitmotiv : mort aux reproducteurs pour un monde meilleur. Ils m'ont envoyé des photos en MMS, leur dit-il sur un ton lugubre. Les voici !

Sur l'écran, on voyait le portrait de Roussel avec les yeux vitreux et le visage horriblement tuméfié. La seconde photo dévoila un corps nu dans une mare de sang, le sexe sectionné.

— Putain ! Il faut neutraliser ces salauds, au plus vite, sinon, on aura des milliers de morts sur les bras ! hurla Vallin en tapant du poing sur son bureau.

— Je vais appeler Paris et ensuite on va voir comment on peut riposter, répondit Sénéchal.

Wallaert semblait ailleurs, il repensait à la soirée avec Roussel et aux pistes qu'il lui avait demandé de suivre. La mère et la sœur de Bertrande Despoix et Lucien Vermeulen. La sœur ne paraissait pas impliquée. Pour la mère, il y avait un indice défavorable, l'inconnu au tatouage qui ressemblait au symbole de l'hydre. Quant à Lucien Vermeulen, son cas le laissait perplexe. Il fut interrompu dans ses réflexions par le retour de Sénéchal.

— Bon, j'ai eu Paris. D'après les informations qu'on a reçues sur le camping, ils nous demandent de fouiller ce repaire. Mes agents sur place ont été prévenus, et il semblerait qu'il y ait du mouvement là-bas, avec beaucoup d'allées et venues. Pour nous aider, la société Parrot, qui est en négociation avec le ministère de la Défense, nous prête plusieurs AR Drone avant leur lancement sur le marché prévu pour le mois d'août 2010. Ils ont des fonctions de réalité augmentée pour espionner discrètement en haute altitude. Et ils devraient être prêts dès demain à l'aube.

— C'est gentil de leur part, s'étonna Vallin.

— Non ! il n'y a rien de gentil là-dedans, c'est dans le cadre de l'appel d'offres lancé par l'État, répliqua Sénéchal.

— Si je peux me permettre de revenir sur ce pauvre Roussel, fit Wallaert. Ton interlocuteur t'a-t-il dit où se trouve le corps ?

— Non, mais peut-être n'est-il pas mort ! Par contre, si malheureusement c'est le cas, j'espère qu'ils ne vont pas nous faire un spectacle morbide comme celui du cimetière. Ils ne m'ont rien dit à ce sujet. La conversation a été interrompue avant que je puisse poser des questions. Tout ce qu'on peut faire, c'est essayer de localiser ce téléphone !

— Il y a un aspect de cette affaire qu'on n'a pas encore pris en compte.

— Ah bon ! lequel ? s'étonna Sénéchal.

— Ces attaques semblent coordonnées. Il

doit y avoir une armée secrète et comme dans tout mouvement clandestin, il y a un chef, un gourou… c'est lui, ce leader du groupe qu'il nous faut trouver. C'est lui qui manipule la naïveté de ces gens qui le suivent aveuglément. Je ne sais plus qui a dit : on ne fait pas la révolution pour une idée, on ne fait pas la révolution pour un homme, mais on fait la révolution pour une idée qui est incarnée par un homme.

— Tu as peut-être raison, mais une hydre a malheureusement plusieurs têtes qui diffusent leur poison dans toute l'Europe.

— Donc, tu penses qu'ils sont plusieurs ?

— Plusieurs, quoi ?

— Des chefs de file !

— Je n'en sais rien, mais c'est possible.

Vingt minutes après la réunion, Ligier et Pichon s'arrêtèrent devant le 39 rue de Cassel.

— Bon ! dit Ligier, dans le cas où elle résisterait, on lui passera les bracelets. Martin m'a dit qu'elle n'est pas très conciliante.

Peu de temps après, les deux collègues étaient devant la porte de l'appartement. Ils sonnèrent une fois, puis deux fois, sans succès. Ils savaient qu'il y avait quelqu'un, car l'œilleton avait laissé passer un rayon de lumière pendant un instant, puis un trou noir. Sans attendre, Pichon se mit à cogner à la porte, en annonçant :

— Ouvrez, c'est la police ! On sait que vous êtes là.

Ils n'eurent pour toute réponse qu'un cri de femme suivi d'un double claquement métallique ressemblant au chargement d'un pistolet automatique.

— Merde ! Pichon, attention, ils vont nous canarder.

Les deux lieutenants se dégagèrent de la porte avant que deux balles ne la transpercent.

— Bordel ! il faut qu'on appelle du renfort. Je veux profiter de ma retraite, bafouilla Pichon affolé.

— Je reste dans le couloir pour les empêcher de sortir. Toi, tu descends pour prévenir le commissaire et surveiller la rue pour éviter qu'ils ne sautent pas par la fenêtre s'ils essaient de se barrer.

Pichon commença à descendre les quatre, cinq marches, mais le grincement d'une d'entre elles déclencha aussitôt une rafale de tir. Puis, plus rien. Pendant un quart d'heure, ce fut le statu quo dans l'immeuble, jusqu'à l'arrivée des renforts, et pendant ce laps de temps, Ligier était resté très discret, aussi discret qu'une petite souris. Il fut soulagé lorsqu'il vit arriver cinq hommes casqués et armés jusqu'aux dents. Il leur fit rapidement un compte-rendu de la situation.

— Je pense qu'il n'a qu'une arme de poing, mais je ne sais pas combien ils sont là-dedans !

— Pas de problème, on va laisser notre négociateur discuter. Y a-t-il d'autres personnes dans les étages ?

— Je n'ai pas eu le temps de vérifier. Normalement, un ancien habite à l'étage au-dessus, mais comme il ne s'est pas manifesté lors des coups de feu je pense qu'il est absent. Le dernier étage doit être vide, le locataire est actuellement en maison de repos à Armentières.

Les discussions avec le négociateur restèrent infructueuses et à 17 h, l'ordre fut donné d'intervenir en force. Les fenêtres furent cassées lors du lancement des grenades lacrymogènes et la porte d'entrée fut défoncée par un coup de bélier. Les deux personnes à l'intérieur de l'appartement furent aussitôt embarquées et placées sous bonne garde dans les cellules du commissariat. Ce qui avait surpris les intervenants, c'était de voir descendre monsieur Dutoit complètement hilare.

— C'est bien fait pour sa gueule à la voisine

avait-il souligné, ce n'est pas une personne sympathique. Mais, bon sang ! ça dégage rudement bien les sinus votre produit.

— Ne restez pas dans le couloir monsieur, avait répondu l'un des policiers. Sortez et allez-vous mettre dans un courant d'air. Cela dissipera les gaz qui se sont déposés sur vos vêtements. On ne savait pas que vous étiez présent dans l'immeuble, sinon, on vous aurait évacué.

— Pas de problème, j'ai fait Saigon avec Delon. On est des durs à cuire…

À 17 h 30, l'arrivée de Pichon et Ligier fut applaudie par tous les agents présents au commissariat. Tout le monde était en ébullition. Et Ligier avec ses jeux de mots et sa verve habituelle n'a pas pu s'empêcher de fanfaronner, en chantant à tue-tête le générique de Starsky et Hutch.

Pichon et Ligier Pichon et Ligier
Des nouveaux chevaliers au grand cœur
Mais qui n'ont jamais peur de rien
Pichon et Ligier Pichon et Ligier
Deux flics un peu rêveurs et rieurs
Mais qui gagnent toujours à la fin.

Commandant, notre objectif de 17 h 30 est rempli à l'heure pile, ajouta-t-il à l'intention de Sénéchal avec un sourire jusqu'aux oreilles.

— Je n'en attendais pas moins de vous, rétorqua ce dernier avec une moue au coin des lèvres. Sénéchal, tout comme Vallin n'était pas homme à apprécier la plaisanterie.

— Aujourd'hui, c'est votre heure de gloire. Vous avez quartier libre. Rentrez chez vous, profitez-en. On se chargera de vos deux clients ainsi que de Lucien Vermeulen, ajouta Vallin.

Quand Lucien Vermeulen avait aperçu Justine Martens par la fenêtre de sa chambre à l'hôpital psychiatrique d'Armentières, il fut envahi d'une immense joie.

— Je suis là ! belle demoiselle, avait-il hurlé, je suis là !

Grâce à Sabine Bouchard, les formalités de sortie furent vite expédiées. Justine avait des doutes sérieux sur le discernement de Lucien, mais elle avait réussi à lui faire admettre son rôle crucial dans l'enquête. Arrivé au commissariat, il fut confié à un travailleur social avant d'être interrogé. Le duo Martin-Martens fut chargé à la suite de la fusillade dans l'appartement qui monopolisa Sénéchal et Wallaert de se rendre au chevet d'Alexandre Léger.

— Par où commence-t-on ? interrogea Vallin à Sénéchal.

— Avant de les questionner, on va consulter le TAJ (traitement d'antécédents judiciaires) pour voir s'ils ont un casier, et si oui, connaître le pedigree de nos loustics. L'OPJ qui les a accueillis m'a fourni leurs identités. Bien évidemment, il s'agit de Myriam Despoix, avec qui vous avez déjà fait connaissance. Et d'un nouveau venu, son neveu : Dany Despoix.

— Ah ! C'est comme dans le jeu des sept familles, plaisanta Wallaert : après la fille, voilà la mère, et maintenant le neveu…

— Justement ! Toute la famille est peut-être impliquée dans cette affaire, grommela Sénéchal sans regarder Wallaert, pour ne pas lui montrer son irritation. Bon, dit-il en tapant sur l'ordinateur, si l'on examinait les résultats de nos recherches.

Les yeux rivés sur l'écran, il annonça :

— Pour la mère, pas grand-chose ! Une conduite sans permis en état d'ivresse et un vol à la roulotte, il y a une quinzaine d'années. L'autre par contre, c'est un sacré client. À 31 ans, il a déjà fait 6 ans de prison. Il est passé des anarchistes au

GUD, en faisant un petit détour par le grand banditisme. Donc, c'est un type sans foi ni loi, instable et violent, qui est contre tout ce qui est établi, et qui est prêt à tout pour le fric. À mon avis, ce n'est pas un fanatique de l'hydre qui se ferait sauter la cervelle. S'il était mêlé à cette affaire, ce serait par appât du gain.

La conversation fut de nouveau interrompue par un appel téléphonique sur le portable de Wallaert. C'était Duchamp qui l'informait qu'un de ses limiers avait trouvé dans l'appartement un stéthoscope et une blouse avec le macaron de l'hôpital cachés derrière un placard.

— Je suis au labo et je pense qu'on a démasqué le tireur d'Alexandre Léger. J'ai comparé les stries des balles de l'hôpital avec celles du pistolet de votre suspect, et c'est un match parfait.

— OK, ça, c'est une bonne nouvelle, dit-il en raccrochant.

— Qu'est-ce qui se passe ? demandèrent en chœur Vallin et Sénéchal qui avaient l'air surpris par cette bonne nouvelle.

— On a mis la main sur le type qui a tenté de tuer Léger et blessé les deux flics à l'hôpital. C'est notre invité, le neveu. Son flingue a servi dans cette tentative de meurtre et l'on a retrouvé dans l'appartement tout le déguisement du faux toubib.

— Je file prévenir le procureur dit Vallin, car il commence à me chauffer les oreilles avec cette affaire. Avant qu'il ne sorte de la pièce, Wallaert lui lança une idée :

— J'ai une suggestion à vous faire. Comme Lucien Vermeulen est chez nous, j'aimerais le confronter discrètement avec Dany Despoix pour savoir s'il l'a déjà croisé ! Mais avant il doit nous dire pourquoi ses empreintes étaient sur le corbillard.

— Bonne idée. Finalement, le procureur peut patienter. Je vais faire préparer la salle de confrontation pendant que tu cuisines notre benêt.

Lucien Vermeulen affichait une bonne humeur pour cette deuxième rencontre avec Wallaert.

— Je suis content, j'ai revu la jolie demoiselle, mais elle a disparu, dit Lucien en voyant arriver le commandant.

— Elle a beaucoup de travail, mais moi je suis là ! Vous souvenez-vous de ce que vous avez dit à propos des voitures et des méchants, du cimetière ?

— Non.

— Vous avez mentionné deux voitures, dont une que vous avez décrite comme celle qui a emmené votre maman au cimetière, ça vous revient ?

— Ah oui, la belle voiture toute noire avec des chromes qui scintillaient sous la lumière du garage.

— De quel garage parlez-vous ?

— Un garage.

— Vous, vous rappelez de l'endroit ?

— Il y avait des poulets à l'épicerie. Le poulet voulait venir dans mon panier. Je ne l'ai pas tué, non, ajouta-t-il l'air perdu. Ce n'est pas moi !

Lucien était reparti dans son univers.

— Que vous arrive-t-il ? Pourquoi me parlez-vous d'une épicerie et d'un poulet ?

Le jeune homme se mit à se frapper la tête avec ses mains.

— Mon poulet, mon poulet, balbutia-t-il complètement affolé.

— Quel rapport avec notre affaire Lucien ?

— J'ai eu très peur, un méchant me l'a pris, me l'a pris ! Mais, j'ai été très courageux, renchérit-il plus calmement. Maman me disait toujours : il faut se défendre contre les méchants. Je l'ai suivi comme un indien, comme un héros de western, et je suis arrivé dans un bâtiment étrange. C'est là que j'ai vu la voiture noire briller.

— Qu'avez-vous fait ensuite ?

— J'ai espionné le méchant qui mangeait mon poulet rôti en me cachant derrière la voiture. Mais il m'a repéré, il a couru vers moi, et je me suis enfui.

— Vous souvenez-vous de l'adresse ?

— Non, c'est tout près du magasin où j'ai acheté mon poulet. Quand j'y suis retourné faire mes courses quelques jours plus tard, je l'ai revu le méchant. Il jouait à cache-cache derrière un arrêt de bus.

— Vous avez été très courageux et votre maman serait fière de vous. Vous m'avez beaucoup aidé dans mon enquête. Si vous voulez me rendre encore un service, j'en serais heureux. En fait, j'aurais besoin de vous pour identifier une personne. Êtes-vous d'accord ?

Lucien qui jusqu'à présent avait évité son regard réussit cette fois-ci à le regarder droit dans les yeux.

— Oui ! répondit-il d'un ton décidé.

— Bon, on va aller dans une pièce avec une vitre magique. Derrière cette vitre, il y aura 5 ou 6 hommes. Vous pourrez les voir, mais pas eux. Vous les regardez bien et vous me dites tout bas si vous en reconnaissez un.

— Chouette, c'est comme jouer à cache-cache.

— Oui ! en quelque sorte répondit Wallaert amusé.

Pendant ce temps, le duo Martin-Martens était arrivé à l'hôpital. Ils attendaient au secrétariat du chirurgien qui avait opéré Léger pour avoir son feu vert pour l'interrogatoire. Cela faisait déjà 10 minutes qu'ils patientaient quand Justine reçut un appel de Vallin lui expliquant le dénouement de l'affaire de la rue de Cassel.

— Vous avez pu entamer l'interrogatoire du blessé ? demanda-t-il.

— Non, on est coincés dans la salle d'attente depuis 10 minutes pour avoir l'aval du toubib. La voix de Justine trahissait un haut degré d'énervement.

— Calmez-vous, répliqua-t-il aussitôt. Voici un élément qui peut rendre votre client plus bavard, lui dit-il en expliquant le rôle de Dany Despoix dans la tentative d'assassinat.

— Vous pensez qu'il connaît son agresseur ? s'étonna Justine.

— Je ne sais pas, mais c'est probable.

À vous de voir. Je vous envoie par mms la photo de cet individu. Et demandez-lui aussi s'il connaît Lucien Vermeulen.

— OK, ça marche. Ils durent attendre encore une quinzaine de minutes pour avoir l'approbation du corps médical pour se rendre au chevet du patient.

Devant la chambre de Léger, un policier en gilet pare-balles avec un pistolet mitrailleur était en faction, un second avec le même équipement se trouvait au fond du couloir en couverture. Martin et Martens leur présentèrent leurs cartes pros. Martin entama le dialogue :

— Bonjour, tout va bien, rien à signaler ? Demanda-t-il.

— R.A.S., répondit l'un des plantons d'un ton las et indifférent.

— Nous venons interroger le blessé.

— Je suis au courant, on m'a prévenu, répondit-il sur le même ton. Justine jeta un coup d'œil rapide en direction de son coéquipier qui leva les yeux au ciel.

— On en a marre de protéger ce type, finit par avouer le garde qui avait remarqué ce geste de son collègue. Depuis qu'il est réveillé, il hurle sans arrêt comme un putois pour réclamer son picrate… comme il dit.

— Bon, aller vous détendre, nous assurons le relais, se contenta de répondre Justine. Sur ces mots, Martin et Martens entrèrent dans la chambre.

Assis dans son lit, un homme d'une soixantaine d'années, de corpulence trapue, grisonnant, le nez un peu écrasé et le visage rougeoyant, avait l'air contrarié. On apercevait au pied du lit une chaîne qui remontait sous les couvertures. En voyant apparaître le couple et surtout en remarquant le regard appuyé de Justine, il lui dit :

— Et oui ! ma p'tite dame, je suis la victime d'un fou, et c'est moi qui me retrouve enchaîné comme un forçat.

— Je ne suis pas une petite dame, répliqua Justine sur un ton autoritaire, je suis le lieutenant

Martens et voici le lieutenant Martin.

— C'est comme Dupond et Dupont pouffa Léger.

— Je vois que vous êtes en forme, donc vous pouvez sans problème répondre à nos questions. D'une part, pour vous trouver dans cet état, je vous rappelle quand même que vous avez tiré sur les forces de l'ordre… mais bon, commençons par le début. Que faisiez-vous dans les bâtiments de l'ancienne morgue ?

— Je fais du gardiennage et en contrepartie je suis logé.

— Qui vous a proposé cet arrangement ? Et depuis quand ? demanda Martin.

— Ça fait environ trois mois que je suis à ce poste. Avant, mon quotidien, hiver comme été, c'était la rue. Avec ce boulot, j'ai au moins un toit au-dessus de ma tête.

— Oui ! c'est un fait, mais vous avez aussi failli vous retrouver entre quatre planches. Connaissez-vous le nom de la personne qui vous a embauché ? demanda Justine.

— Non. C'est une petite nana qui m'a refilé ce job. Je la voyais souvent traîner dans la rue de Cassel quand je faisais la manche.

— Vous connaissez peut-être son prénom, renchérit Martin.

— Oh ! elle a un drôle de petit nom. Un peu comme Bertha ou plutôt comme Berthe, je ne me souviens plus exactement.

— Ce ne serait pas Bertrande par hasard ? demanda Justine.

— Si, c'est ça, elle s'appelle Bertrande. Vous la connaissez ?

— C'est moi qui pose les questions. Pas vous. Et cette Bertrande, venait-elle souvent dans le bâtiment ?

— Très souvent oui ! Par contre, quand elle arrivait je devais m'en aller. Elle me donnait de l'argent pour me payer un sandwich et un café. Je gardais plutôt ces quelques pièces de monnaie pour un verre de rouge, mais cela ne regardait que moi. Elle de toute façon, s'en moquait complètement.

— À part Bertrande, vous avez vu d'autres personnes ?

— De loin, ils arrivaient après que je sois parti. Mais comme je suis un curieux, je les guettais. Je restais planqué derrière un abribus à une bonne centaine de mètres. À chaque fois, il y avait au moins une quinzaine de personnes de toutes nationalités.

— Comment ça ? De toutes nationalités ?

— Oui, les voitures étaient immatriculées en France, en Belgique, aux Pays-Bas et parfois au Luxembourg et en Angleterre.

— Et que faisaient ces gens-là ?

— Ça, je n'en sais rien… je ne suis pas allé leur demander : qu'est-ce que vous foutez -là ! Sûrement pas !

— Et vous connaissiez ces personnes ?

— Oui, l'un d'eux ! À vrai dire, je ne le connais pas vraiment. Il y a deux jours, la jeune demoiselle est venue avec un gars pas très sympa au crâne rasé qui m'a donné des consignes très strictes pour surveiller le local. Quand je lui ai annoncé que j'avais surpris la veille dans l'après-midi un rôdeur près du corbillard, il m'a donné un fusil de chasse avec des cartouches de gros sel. Il a ajouté que je devais tirer dans le tas en cas de nouvelle intrusion, sinon, il me faisait la peau. Par contre, ce qu'ils fricotaient dans les lieux, ça… ? Enfin, tout cela pour vous dire que j'ai tiré au gros sel sur les flics pour suivre sa consigne. J'avais plus peur de lui que de vous… vous comprenez.

Justine montra la photo de Dany Despoix que Wallaert lui avait envoyé sur son portable.

— C'est ce type ? demanda-t-elle.

— Oui ! c'est lui. C'est le gars qui était avec Bertrande.

— C'est aussi le gars qui a essayé de vous tuer et blessé deux de nos agents qui vous surveillaient. S'il a pris tous ces risques, c'est que vous savez quelque chose, ajouta Justine.

— Vu les circonstances, c'est le moment de tout déballer dit Martin.

— Je ne sais rien de leur combine. Peut-être qu'il a eu peur que je dévoile son identité ! Ce gars c'est un ancien taulard. Je suis très observateur, j'ai remarqué les cinq points tatoués sur sa main. Comme vous venez de m'apprendre que ce salaud a essayé de me faire la peau, il va me le payer. Je vais vous révéler un secret.

— On vous écoute.

— Voilà ! quand ils étaient à l'intérieur du local, de ma cachette j'ai à noter les numéros des plaques d'immatriculation des véhicules qui stationnaient devant. Je veux bien vous les fournir à condition d'oublier que j'ai salé les poulets, dit-il en rigolant. Sa boutade ne fit pas réagir les deux policiers qui continuaient à l'interroger.

— Coopérer. Voilà une chose qui peut jouer en votre faveur lors de votre passage chez le juge dit Martin d'une voix neutre. Alors, dites-nous où se trouve cette liste ?

— Vous allez rire, oui cette fois-ci j'en suis persuadé. Je les ai notés au marqueur indélébile sur le montant de l'abribus.

— Sur le montant de l'abribus !

— Ben oui ! c'est le système D, comme je n'avais pas de papier il fallait bien les noter quelque part. Il y a au moins une bonne vingtaine de numéros. Je ne sais pas pourquoi j'ai fait ça, mais je me suis dit que peut-être un jour cela me servira. Comme quoi ! Cette nouvelle vaut bien une bonne bouteille de beaujolais. Non !

— Merci pour votre coopération, dit Martin sans tenir compte de cette dernière remarque.

— Nous allons essayer de parler en votre faveur auprès du procureur, ajouta Justine. En quittant la chambre, les deux policiers saluèrent les deux gardes.

— Avant de retourner au commissariat, on va aller prendre en photo ces fameux numéros, dit Martin et j'espère qu'au moins demain, je pourrai faire la grasse matinée, je suis complètement épuisé, le bébé pleure la nuit, et je n'arrive plus à me rendormir.

— Ne sois pas trop optimiste. On risque d'être sur le pont jusqu'à la clôture de cette affaire et ce n'est pas gagné. Allez, courage, on va photographier ces fameux numéros, après on verra bien !

Un quart d'heure plus tard, ils étaient devant l'abribus. Léger n'avait pas menti, les policiers recensèrent exactement vingt-deux immatriculations de différents pays, certaines étaient partiellement effacées, mais elles restaient exploitables. Les inscriptions furent photographiées et notées sur un bloc-notes par précaution.

— Je n'ai jamais vu un abribus témoin dans une affaire de meurtres, pouffa Justine, ce sera une première. Par contre, Wallaert va être content, son paperboard va s'enrichir.

Arrivés au commissariat, il n'y avait aucune trace de Sénéchal, de Vallin et de Wallaert dans les bureaux.

— Les pontes sont sûrement en train d'interroger un des suspects. Il faut les prévenir de nos résultats qui disculpent Vermeulen, lança Martin.

Effectivement, l'interrogatoire de Dany Despoix avait commencé. La séance avait débuté par son identification. Lucien, à la vue du suspect, avait été pris d'un tremblement compulsif, une profonde anxiété s'était emparée de lui.

— C'est un diable, avait-il déclaré. Il me bouscule toujours dans l'escalier et ses amis font pareil.

— Il a beaucoup d'amis, avait demandé Sénéchal ?

— Oui, beaucoup ! mais ce ne sont jamais les mêmes et ils parlent avec des mots que je ne comprends pas. Sénéchal avait jeté un coup d'œil rapide en direction de Wallaert qui avait haussé les sourcils.

— Êtes-vous capable de les reconnaître, si

vous les revoyez ?

— Oui ! les reconnaître et aussi les dessiner ! Maman disait toujours que j'avais une mémoire photographe pour les visages.

— Une mémoire photographique, avait rectifié Vallin.

— Oui, c'est ça. Photographique, elle me disait aussi que je ne savais pas dessiner les mains. Que je les dessinais comme Walt Disney !

Sur ces dernières paroles, Vallin l'avait fait placer dans un petit local en lui fournissant bloc-notes et crayons.

— Si ces dessins sont probants, il faut à tout prix qu'on le protège. Je ne veux pas que le cas de Léger se reproduise, disait-il en s'adressant à Sénéchal.

— Pas de souci je m'en charge, pour l'instant il est en bonnes mains, donc on peut commencer l'interrogatoire de notre fou de la gâchette.

L'interrogatoire conduit par Sénéchal en compagnie de Vallin et Wallaert débuta par les questions d'identité auxquelles Dany Despoix se plia de bonne grâce, en ne réclamant aucune assistance juridique. Il confirma que son domicile était chez sa tante Myriam Despoix, mais qu'elle n'y était pour rien dans cette affaire.

Son attitude avait changé lorsqu'on lui énuméra les faits. Il déclara :

— À partir de maintenant, comme mon droit l'autorise, je ne dirai plus rien et je ne signerai en aucun cas le procès-verbal d'audition.

Après cette déclaration et pendant une demi-heure, Sénéchal évoqua pour la rédaction du P.V. les faits reprochés, ainsi que les preuves matérielles retrouvées sur place : la blouse avec le macaron de l'hôpital, le stéthoscope, le pistolet de type Beretta 92 FS, une boîte entamée de balles calibre 9 mm et un portable fracassé sans puce. Au terme de cet inventaire, Dany Despoix avait gardé sa position : c'est-à-dire ne pas répondre ni parapher le procès-verbal. Le procureur de la République prévenu de l'affaire décida pour faire suite à l'article 144 sa mise en détention provisoire. Et il fut conduit par les services pénitentiaires au centre de Longuenesse.

— J'espère que Myriam sera plus coopérative. Mais avant son interrogatoire, il faut que je me rende au bureau. Justine Martens et Jean-Philippe Martin m'y attendent. Ils m'ont envoyé un sms et apparemment ils ont fait une découverte capitale, signala Wallaert à l'intention de Vallin et Sénéchal.

— Allez-y tous les deux ! Moi, pendant ce temps-là, je vais aller à l'atelier de notre portraitiste. Peut-être… Vallin ne finit pas sa phrase, mais poursuivit sur un ton moqueur : en espérant que ce soit plus la période bleue que la période cubiste de Picasso, leur dit-il.

Sénéchal jeta un rapide coup d'œil à Wallaert qui resta imperturbable.

— Bon, finit par dire Sénéchal, nous allons voir ce que vos sbires vont nous apprendre.

Dans le bureau, les deux lieutenants firent le compte-rendu de leur visite au chevet de Léger et de ses révélations sur les nombreux visiteurs à l'ancienne morgue. Ils présentèrent les photos des immatriculations notées sur l'abribus. Duchamp et son équipe reçurent l'ordre d'examiner et de sécuriser ce mobilier urbain. Justine expliqua aussi la raison de la présence des empreintes digitales de Vermeulen sur le corbillard.

— On avance, on avance, soupira Wallaert, mon pense-bête, commence à prendre forme. Merci de m'avoir éclairé au sujet de Lucien Ver…

Au même moment, Vallin rentra accompagné du jeune homme.

— Franchement, il est drôlement doué. Il m'a prouvé sa technicité en dessinant de mémoire le lieutenant Martens. Regardez, dit-il avec un enthousiasme débordant en montrant le dessin, c'est formidable, non ! Tout le monde était étonné et ébahi par le rendu final. Lucien avait un don.

— Il a fait une dizaine de portraits des personnes fréquentant l'appartement de Myriam Despoix, ajouta Vallin.

Justine le félicita.

— Bravo Lucien ! mon portrait est magnifique, est-ce que je peux le garder ?

Sans donner la réponse, le jeune homme regarda Justine comme un extraterrestre avant de balbutier d'une voix à peine articulée :

— Je peux encore en dessiner, mais je suis fatigué ! Je veux revoir le docteur Sabine, je veux revoir le docteur Sabine, répéta-t-il en s'agitant.

— Il est reparti dans son univers, il faut le reconduire à la maison de repos, murmura Wallaert qui ressentit d'un seul coup une profonde compassion pour cet homme.

— OK ! répondit Sénéchal. Qui va s'en charger ?

Martin et Martens répliquèrent en chœur :

— On l'a récupéré donc on peut bien le ramener.

— On fait comme ça acquiesça Vallin, mais prévenez le chef de poste de mettre en place un système de protection pour notre artiste.

— On s'en occupe. Sur cette dernière phrase, le trio quitta la pièce.

— Pas besoin de revenir au bureau, après la livraison, vous rentrez chez vous, souligna Vallin.

Il était presque 21 h. Avant d'interroger Myriam Despoix, les trois officiers décidèrent conjointement par téléphone avec les autorités du G.I.G.N. et de la D.G.S.I. les procédures pour neutraliser les occupants du bungalow dans le camping de Boeschepe. L'intervention était programmée le lendemain au lever du soleil à 6 h 35, heure du début de la surveillance par les drones dont l'autonomie n'était que de 12 minutes. Après cette conversation, Sénéchal, qui avait pris la communication, raccrocha.

— Notre matinée est programmée, donc terminons cette soirée avec madame Despoix, souligna Vallin. Elle doit être attendrie depuis qu'elle mijote. Elle ne sera que plus loquace !

— Espérons-le ! Cette journée commence à me peser. Entre mon manque de sommeil de cette nuit, le martyre de Roussel et la fusillade de cet après-midi, s'exaspéra Wallaert, j'ai mon compte.

— Nous sommes tous dans cet état, répliqua Sénéchal, mais nous entrevoyons une faible lueur au bout du tunnel. Alors courage !

— Oui ! Au début de l'enquête et à plusieurs reprises, il me semble l'avoir dit aussi, que nous avions avancé. Mais en ce moment, j'ai plus l'impression de me retrouver avec le tonneau percé des Danaïdes, rétorqua Wallaert.

— Qu'est-ce qui t'arrive d'un seul coup pour être pessimiste à ce point ? Pense plutôt à demain matin, quand nos collègues vont donner un bon coup de pied dans la fourmilière.

Cette discussion prit fin quand les deux commandants et le commissaire divisionnaire se dirigèrent vers une petite pièce contiguë à la salle d'interrogatoire. En ouvrant la porte, ils découvrirent la mère de Bertrande complètement effondrée. Vallin jeta un rapide coup d'œil malicieux à Wallaert qui semblait lui faire comprendre : *« là ! elle est aux petits oignons. N'avais-je pas raison ? »*

Larmoyante, Myriam Despoix fut conduite dans la salle d'interrogatoire et Sénéchal demanda de rester seul avec elle.

— Bonsoir, la journée a été dure pour vous comme pour nous, commença-t-il par lui dire.

Pour aller au plus vite, je souhaiterais connaître votre degré d'implication dans cette affaire de fusillade. Je pense que Dany Despoix, votre neveu, vous a entraînée malgré vous vers un chaos épouvantable. Ai-je raison ?

Sans attendre la réponse, il mit en marche le magnétophone. Après deux ou trois reniflements, elle passa aux aveux.

— Il était si gentil quand il était petit, avoua-t-elle avec une candeur désarmante entre deux sanglots.

— Oui, peut-être, mais le petit est devenu un grand méchant. Vous avez dû vous en rendre compte puisqu'il a déclaré que sa résidence principale était chez vous. Oui ou non ? Et si c'est le cas depuis quand ?

— Il y a environ deux mois. Il est arrivé avec ma fille, Bertrande. C'est elle qui m'a demandé de l'héberger.

Sénéchal profita de l'occasion lorsqu'il vit son interlocutrice s'effondrer au moment où elle avait énoncé ce prénom, pour lui annoncer.

— Je pense que nous devrions la prévenir de ce qui s'est passé ici. Savez-vous comment la contacter ?

— Malheureusement non, elle a disparu depuis plusieurs jours, je n'ai plus de nouvelles.

Je l'ai cherchée dans toute la ville, sans résultat.

— Et qu'a dit Dany de cette disparition ?

— Chaque fois que je l'évoque, il m'envoie sur les roses. Il me fait comprendre que je dois la laisser vivre sa vie. Pensez-vous qu'il sait où elle se trouve ? demanda-t-elle en s'agitant fébrilement.

Devant cette question Sénéchal garda une attitude impassible. Sans lui donner de réponse, il poursuivit son interrogatoire.

— Avant d'habiter chez vous, où logeait votre neveu ?

— À droite, à gauche, avec des amis… mais comme il avait trouvé un travail bien rémunéré, d'après ce qu'il m'avait dit, il lui fallait une adresse fixe. C'est pour cette raison en fait qu'il s'était installé chez moi, en même temps cela m'arrangeait. Financièrement, il m'avait promis de m'aider pour payer le loyer et tout le reste… maintenant que vous m'y faites penser, ma grande m'avait dit aussi que Bertrande avait trouvé un bon travail. Elle m'a même dit qu'elle voulait me faire une surprise…

— Vous m'avez signalé qu'il vous aiderait pour le loyer et tout le reste… qu'est-ce le reste ?

— Les courses et l'alcool. Il y avait des gens qui venaient souvent à la maison. Il leur offrait à boire, puis il me demandait de sortir de l'appartement sous prétexte que c'était pour son boulot.

— Il vous mettait dehors !

— Oui ! on peut voir les choses de cette façon, mais je comprenais, puisque c'était pour son travail. Je n'ai pas à me mêler de ça !

Sénéchal arrêta l'interrogatoire et déposa les portraits que Lucien avait réalisés devant son interlocutrice.

— Vous connaissez ces personnes ?

— Plus ou moins. Je me souviens très bien de l'un d'entre eux. Surtout celui-là, dit-elle en désignant un croquis. C'est Antoine.

— Antoine. Antoine comment ?

— Ça, je ne sais pas. Je ne connais pas leurs noms de famille.

— Et votre rôle dans la fusillade de cet après-midi ?

— Moi, je n'ai rien à voir là-dedans ! J'ai même été surprise quand j'ai entendu tambouriner à ma porte et que le mot Police a été prononcé. Surtout quand j'ai vu Dany, devenir comme fou furieux et qu'il a récupéré un pistolet dans un holster fixé à sa cheville. Je lui ai crié dessus, mais il m'a repoussée avec violence et il m'a enfermée dans la salle de bain. Tout de suite, j'ai entendu des coups de feu, je me suis terrée dans la baignoire jusqu'à l'arrivée des agents.

— Vous n'étiez pas au courant de l'arme ?

Myriam s'adossa à la chaise comme si elle cherchait ses mots.

— Bien sûr que non. Comment aurais-je pu me douter de ça ? Je ne savais pas ce qu'il trafiquait dans son coin. Sa chambre était toujours fermée à clé. Pensez-vous que c'est lui qui a entraîné Bertrande dans une folie ? Finit-elle par lui demander, en le regardant l'air affligé.

— Il me semble que dans votre question il y a la réponse, répliqua sèchement Sénéchal en soupirant et en se levant de sa chaise. Bon, finit-il par lui dire : je n'ai plus d'autres questions pour l'instant, je vais vous laisser entre les mains de mes collègues. Ils vont vous présenter le trombinoscope, à partir de ça, peut-être reconnaîtrez-vous d'autres… visiteurs ?

Aussitôt, il sortit de la pièce. Au fond du couloir, il vit Vallin et Wallaert en pleine discussion avec l'inspecteur principal belge : Rudi Vanchoonbeek. Au moment où Vallin l'aperçut, il lui fit signe de s'approcher.

— Y a-t-il encore un problème, demanda

Sénéchal, en les rejoignant ?

— Non, non, tout va bien ! Comme prévu, tout est prêt pour demain matin. Par contre ajouta-t-il avec un mouvement vif et un regard particulièrement attentif, je viens d'apprendre, par l'inspecteur Vanchoonbeek qu'un nouveau système informatique serait capable, par rapport à un fichier, de donner l'identité exacte d'une personne. Tout cela est basé sur une simple photo… il va vous expliquer.

— Bonsoir, le commandant vient de me montrer les photocopies des dessins de votre simplet et je dois vous avouer qu'il est plus que doué… mais je ne suis pas là pour vous parler de ce personnage, je suis là pour vous parler d'un système qui est en expérimentation dans votre pays et également dans le mien. C'est le couplage du fichier des délinquants avec un logiciel de reconnaissance faciale D'après eux, le scan des photos et les essais sont déjà très avancés, je me demandais s'il serait possible de comparer vos dessins avec la base de données. Si cela s'avère exact, on aura tous les éléments pour les… Sénéchal le coupa :

— Je suis au courant de ce projet, mais le temps d'avoir l'accord ministériel, la guerre, je l'espère, sera déjà terminée.

Vanchoonbeek, qui pensait avoir apporté un élément essentiel pour l'enquête, fut profondément déçu par la réaction de Sénéchal. Mais au fond de lui, il reconnaissait qu'il avait raison quelque part.

— Je l'espère aussi, intervient Wallaert qui ne s'était plus exprimé depuis un moment. Puis il reprit la parole en évoquant le cas de Myriam.

— En parlant d'autre chose, quel est le verdict pour la mère, lui demanda-t-il ?

— Je pense qu'elle est plus la victime qu'une actrice de cette affaire. Quand elle aura fini de consulter la galerie des portraits, on sera obligé de la relâcher. Si on la garde plus longtemps, nous n'avons que vingt-quatre heures pour la présenter devant un juge, lui seul pourra procéder à une mise en détention provisoire et…

— Ça va, on connaît notre boulot, le coupa Vallin qui était agacé par son ton. Mais excuse-moi d'insister, elle était quand même présente pendant la fusillade.

— Oui, répliqua Sénéchal. Mais on n'a rien contre elle et pendant l'interrogatoire elle a été très coopérative. Autant que je sache, aider les forces de l'ordre n'est pas un délit. Bien au contraire…

— Bon, fit Vallin, qui ne tenait pas compte de cette dernière remarque. Pour clore le débat, on va lui offrir l'hospitalité pour cette nuit et la libérer demain matin. Le chef de poste s'en chargera.

— OK, ça marche. Demain, on se donne rendez-vous à 5 h 30 au point de rassemblement dont voici les coordonnées GPS. Il se trouve à environ 500 m de notre objectif, c'est pour être plus discrets, insista-t-il.

— Merci, on avait compris, souligna Vallin.

— Une petite marche à la fraîche ne nous fera peut-être pas de mal, ajouta Wallaert avec un air désabusé. Il tapa du bout de l'index sur sa montre pour mieux souligner l'heure tardive. Et sur ce dernier geste, les policiers quittèrent le commissariat.

Samedi 13 mars 2010 à 05h30

Comme d'habitude, les nuits de Wallaert avaient été peuplées de cauchemars. Il avait repensé à Roussel, en particulier lorsqu'en rentrant hier soir, il avait trouvé un emballage de chewing-gum avec une adresse GPS et un horaire dans sa boîte à lettres. *« Il a dû le mettre dans la matinée »*, avait-il pensé.

Avant de se coucher, il avait juré à voix basse et après avoir avalé une rasade de genièvre, il s'était levé de son fauteuil. Chancelant et plus ivre que jamais, il s'était écroulé lamentablement sur son lit. À 4 h 30, lorsque son réveil sonna, il s'était réveillé trempé de sueur. Sa courte nuit avait été peuplée de pénitents qui se flagellaient en procession lente et solennelle vers le Golgotha où les corps de Tulou et Roussel étaient crucifiés. Ils entouraient une croix vide.

— Putain de nuit !

Il se leva machinalement comme un robot et après avoir fait sa toilette, il se dirigea vers la cuisine où il prit un café. Puis, au volant de sa voiture, il se rendit au lieu du rendez-vous.

— Ça va ? demanda Vallin en voyant Wallaert, le visage blafard et les yeux cernés.

— Tout va bien, répondit-il d'une voix atone. J'ai mal dormi, c'est tout.

— Sénéchal est déjà en place, allons le rejoindre.

Aux abords du camping, les forces de police étaient déjà omniprésentes. Tapies dans les bosquets, elles attendaient le début de l'action. En s'approchant du camping, Vallin distingua un point noir qui ressemblait au vol du Saint-Esprit des faucons.

— Ça doit être un de ces fameux drones, dit-il d'un ton ébahi. C'est beau, la technique. À quand les robots pour arrêter les malfrats ?

Wallaert resta silencieux et observa à l'orée du petit bois entourant le camping une camionnette hérissée d'antennes. Pour plus de discrétion, un filet de camouflage la recouvrait. Soudain, il vit sortir Sénéchal, équipé d'un gilet pare-balle accompagné de deux personnes entièrement vêtues de noir qu'il distinguait à peine dans l'aube naissante. Mécaniquement, il regarda sa montre. Elle indiquait 6 h 30. À ce moment-là, il ne put s'empêcher de prononcer sa phrase fétiche :

— Bon ! on ouvre le bal.

Dans le ciel, deux autres points noirs apparurent. L'un se positionna à la verticale de l'entrée faiblement éclairée, l'autre se posta à l'arrière du camping. Dans la pénombre des fossés, des formes humaines rampèrent vers la clôture, tandis qu'une dizaine d'autres lourdement équipée s'accroupissaient près du portail. Vallin et Wallaert avaient rejoint Sénéchal qui leur expliqua la situation en quelques mots :

— Pour l'instant, les drones n'ont rien remarqué d'inhabituel. Les agents infiltrés dans le camping ont recensé dans le bungalow huit personnes, dont une femme. Ils sont à l'intérieur. Je pense qu'ils dorment à poings fermés, hier soir ils ont fait une nouba d'enfer jusqu'à deux heures du matin. Comme prévu, les logements adjacents sont libres.

Dans son casque, Sénéchal entendait crachoter des numéros suivis d'un RAS. L'énumération s'arrêta à 30.

— L'offensive va commencer dans quelques secondes, précisa-t-il à ses collègues.

Effectivement, en un clin d'œil, la section

devant le portail avait pénétré dans le parc et les ombres des fossés avaient franchi la clôture en voltigeant. Ils entendirent un choc sourd puis des altercations.

— Apparemment, ils ont forcé la porte au coup de bélier. Comme nous n'avons pas entendu de coup de feu, il me semble que la surprise a été totale. L'expression de son visage s'éclaircit. Ouf ! Finit-il par leur annoncer, je viens d'avoir la confirmation que l'opération est terminée.

Dans le ciel, les points noirs s'étaient évanouis. Les trois hommes se dirigèrent vers l'entrée et à l'intérieur du site, les forces d'intervention se rassemblaient pour être évacuées. Dans l'allée principale du camping, huit individus, mains liées derrière le dos, avec un sac opaque sur la tête étaient agenouillés. En voyant arriver les trois policiers, un homme casqué interpella Sénéchal :

— On a eu de la chance qu'ils dormaient tous à poing fermé. Car ils étaient équipés d'un arsenal impressionnant : fusils d'assaut, roquettes, détonateurs… sans ça, ils auraient pu transformer le secteur en Fort Alamo. D'autre part, on a trouvé un gars en triste état, mais il est vivant. Notre médecin s'en occupe et un hélico va bientôt arriver pour l'évacuer.

— Merci pour l'info. On va aller voir de qui il s'agit avant son EVASAN (évacuation sanitaire).

— Âmes sensibles s'abstenir, précisa l'intervenant. Mais je pense que vous avez l'habitude. Il est dans le bureau du camping.

Sénéchal et Vallin se dirigèrent vers l'accueil et Wallaert les suivait d'un pas traînant en se remémorant le cauchemar de cette nuit. En arrivant dans la pièce faiblement éclairée, ils découvrirent sur un lit picot un corps enveloppé dans une couverture de survie. Des compresses de gaze couvraient partiellement son visage. Il était branché à des perfusions et près de sa tête, un moniteur cardiaque émettait un bip régulier. En s'approchant de plus près, ils le reconnurent, c'était Roussel inconscient.

— Putain de merde, putain de merde, jura Wallaert, vivant oui, mais dans quel état !

Un homme sans cagoule vêtu de noir portant un caducée sur la manche s'approcha d'eux.

— Je suis le médecin du groupe d'intervention, vous connaissez cet homme ?

— Oui, c'est un des nôtres, il s'agit du

lieutenant Bernard Roussel, répondit Sénéchal d'une voix profondément émue.

— Va-t-il s'en sortir ? demanda Wallaert avec la même intonation et le regard empreint de lassitude.

— Normalement, si le cœur tient, il y a une chance sur deux. Pour l'instant, on l'a mis dans un coma artificiel, mais je ne sais pas si vous êtes au courant de ce qu'il lui est arrivé ?

— Malheureusement, oui, nous le savons ! nous avons reçu des photos de cet acte odieux, répondit Vallin qui depuis leur arrivée était resté silencieux. Et même s'il arrive à s'en tirer, comment va-t-il réagir ?

— Je ne sais pas ! Tout ce que je peux vous confirmer c'est que la médecine fait des miracles aujourd'hui.

— C'est-à-dire ?

— Il existe une technique de reconstruction de pénis qui est balbutiante, mais qui a déjà eu de bons résultats, c'est le phalloplastie. Nous avons aussi retrouvé un sexe dans le frigo, par contre je ne suis pas en mesure de vous dire s'il est possible de faire une greffe à partir de cet organe. Il y a également des donneurs, mais les seules interventions à ce jour ont été pratiquées en Chine et aux États-Unis. Maintenant, je vais vous demander de sortir, on vient de m'annoncer par radio que l'hélicoptère est en approche.

En sortant, les trois policiers remarquèrent les feux de balisage lumineux dans le champ voisin. Toutes les conversations furent couvertes par le bruit fort et saccadé du brassage de l'air des pales de l'hélicoptère du SMUR qui faisaient jaillir du sol des mottes de terre avant d'atterrir en douceur. Le bruit alla decrescendo, seul le rotor de queue continua lentement à tourner. Ils virent trois personnes sortir de l'engin en courant. L'une transportait une coque rigide servant de civière et les deux autres du matériel technique. Un quart d'heure plus tard, Roussel s'envolait vers le CHU de Lille.

Wallaert complètement déboussolé, laissa exploser son désarroi profond :

— Quand il est venu chez moi, je ne lui ai même pas demandé son prénom. Vous vous en rendez compte, je ne savais même pas qu'il s'appelait Bernard. « *Bernard, comme si c'était si important de le savoir…* » Ce qui est terrible, c'est qu'on devait se voir aujourd'hui à 11 h. Il m'avait donné rendez-vous par un mot que j'avais trouvé dans ma boîte à lettres.

— Où était ce rendez-vous ? demanda Sénéchal.

— Il m'avait indiqué des coordonnées GPS, mais je n'ai pas eu le temps ce matin de chercher le point de rencontre.

— On étudiera ça plus tard, en priorité il faut qu'on s'occupe de Roussel. On va annoncer à la presse qu'il est mort pendant son transfert à l'hôpital pour le protéger. Il doit savoir des choses… On va également rendre visite à nos clients.

Ils se dirigèrent vers le lieu d'intervention. Dans l'allée, les bourreaux de Roussel étaient toujours agenouillés. En arrivant, les trois policiers remarquèrent que des véhicules aux vitres teintées ainsi que des motards de la gendarmerie se tenaient prêts à embarquer tout ce petit monde. Un intervenant tête nue arborant les insignes de commandant alla à leur rencontre.

— Nous avons reçu l'ordre du ministère de l'Intérieur de les conduire au quartier de haute sécurité de Vendin-le-Vieil. Pour éviter qu'ils parlent entre eux, on va les séparer, ils ne seront qu'un par véhicule. Le départ est programmé dans un quart d'heure avec une couverture aérienne. Le Centre Interministériel de Crise va également envoyer des spécialistes pour la recherche de preuves sur les armes et les explosifs. Avant leur arrivée, la mobile va assurer la protection du site. On m'a aussi dit de vous prévenir au sujet de votre inculpé d'hier. Il a été transféré dans le même établissement que les autres et tout passe sous la coupe du Pôle antiterroriste. Messieurs, je viens d'apprendre que nos huit clients sont embarqués, nous allons partir. Merci pour ce coup de filet !

— Attendez… on aimerait bien les identifier, notamment la jeune fille, pour savoir s'il s'agit bien de Bertrande Despoix, s'enquit diligemment Wallaert.

— Malheureusement, c'est impossible. Vous n'avez pas le niveau d'accréditation dans cette affaire. Je sais que c'est stupide, mais je pense que le pôle va rapidement prendre contact avec vous pour vous donner toutes les informations nécessaires. Désolé, mais nous devons partir.

Une dizaine de véhicules ainsi que huit motards s'engagèrent sur la nationale. Dans le ciel, un hélicoptère décrivait des cercles. Il était 8 h 30, le soleil commençait à montrer timidement le bout de son nez et les petits oiseaux à gazouiller.

— Bordel, nous sommes vraiment que les éboueurs de la société, s'énerva Vallin.

— Avant d'avoir des nouvelles de Paris, je propose que mes quatre agents qui étaient en planque pour surveiller le camping passent au commissariat pour examiner les dessins. Cela nous donnera déjà une idée pour savoir si l'on est sur la bonne piste, répliqua Sénéchal.

— C'est une bonne idée, soupira Wallaert.

Samedi 13 mars 2010 à 09h00

Pendant ce temps, l'équipe de Duchamp n'avait pas chômé. L'abribus avait été examiné sous toutes les coutures. Différentes lampes à spectres lumineux avaient été utilisées. Le résultat était fructueux. Un total de 29 immatriculations avait été recensé.

Quand le trio de policiers arriva au commissariat, le chef de poste leur signala que la libération de Myriam Despoix avait été effectuée à 8 h ce matin.

— Très bien répondit Vallin. Puis en s'adressant à Sénéchal : il vaut mieux prendre contact avec Beauvau tout de suite pour que l'on ne soit pas oublié dans la remontée d'informations, dit-il d'un ton amer.

Wallaert n'avait pas attendu pour se diriger vers son bureau où l'ensemble de son équipe ainsi que Duchamp l'attendaient. À son arrivée, ils étaient en grande conversation.

— Tiens ! c'est le dernier salon où l'on cause, dit-il avec une pointe d'humour dans la voix. Mais honneur à notre invité, je suis content de te voir dit Wallaert en s'adressant à Marcel Duchamp. Qu'est-ce qui t'amène ? Bonne nouvelle, j'espère.

— Oui et non, comme tu sais, on a étudié l'abribus. Mais tu ne vas jamais me croire, non seulement on a trouvé 7 immatriculations supplémentaires à ce qui avait été annoncé et en plus on connaît les propriétaires qui demeurent dans toute l'Europe. Clou de l'affaire, un des véhicules appartient à quelqu'un de la maison poulaga. Il s'agit d'une fliquette qui dépend du service de Sénéchal. Après renseignement, elle est actuellement en arrêt maladie.

— Putain Pichon, s'esclaffa Ligier, je te parie que c'est la petite gironde du sous-marin. Elle a dû détourner l'attention de son collègue pendant que ses amis fracturaient le domicile de la mère de Marie-Ange, puisqu'apparemment ils n'avaient rien remarqué. Ce qui est assez étonnant…

— Trêve de plaisanterie aboya Wallaert. On a du pain sur la planche et c'est du sérieux. Vous nous attendez ici, dit-il en s'adressant à son équipe, on revient tout de suite ! Duchamp, il faut qu'on avertisse sans attendre Sénéchal au sujet de la taupe dans son service. Puis, il faut qu'il prenne toutes les dispositions pour que Paris prévienne les capitales de l'Espace Schengen. On doit pouvoir s'attaquer simultanément à tous les maillons de la chaîne, car c'est la seule façon de couper toutes les têtes de l'Hydre. Suis-moi, il est actuellement dans le bureau de Vallin.

Les deux policiers se hâtèrent vers le bureau du commissaire où Sénéchal était toujours en communication téléphonique. Wallaert lui fit signe et l'interrompit :

— C'est impératif, lui chuchota-t-il au creux de l'oreille en lui présentant la liste des 29 immatriculations. Devant l'urgence, la communication fut coupée.

— Qu'est-ce qui est si urgent, demanda Sénéchal ? J'étais en pleine conversation avec le président du Pôle antiterroriste pour négocier les remontées d'informations.

— Je sais, mais Duchamp a des billes qui vont nous permettre d'être davantage en position de force face à l'Hydre. Il va t'expliquer.

— Voilà, nous avons analysé au peigne fin l'abribus et découvert 29 immatriculations que nous avons rattachées aux propriétaires demeurant dans 6 pays. Il s'agit de la Belgique, de l'Allemagne, de l'Angleterre, du Luxembourg, de la Hollande et la France. Je vais vous surprendre, mais parmi cette liste figure une de vos collaboratrices : Sophie Loiseau.

— Cela me rappelle les propos de Marie-Ange sur des ripoux dans nos rangs, ajouta Wallaert.

— Au début de l'enquête, j'avais déjà eu un doute à ce niveau, renchérit Vallin. C'était au moment où le véhicule de Marie-Ange a été incendié devant le local d'expertise. C'était une façon radicale d'effacer les empreintes. Par contre, on n'a jamais su qui a agi !

— Il faut tirer cela au clair, souligna Sénéchal d'une voix étouffée, sans oser regarder ses interlocuteurs. Je vais demander son interpellation immédiatement, mais avant de la confier à la police des polices, on essaiera de laver notre linge sale… en famille.

— Ne faudrait-il pas plutôt la surveiller, suggéra Wallaert ? Elle va être prochainement au courant du coup de filet dans le camping, si ce n'est pas déjà fait, et si elle est complice, elle va réagir et nous amener là où il faut !

— Bonne idée. Mais, qui va s'en charger ? Elle connaît beaucoup de monde de mon service. Tu penses à quelqu'un de particulier qui se portera volontaire pour cette mission ?

— Je ne prendrai pas l'imprudence de mettre un gars de mon service, mais il y a peut-être une possibilité avec le service de contre-espionnage. Ils ont une équipe dans le secteur. Ces mecs-là ne font pas dans la dentelle, donc il y a peu de risque qu'ils leur arrivent la même tuile que Roussel.

— Très bien, on fait comme ça. Je vais contacter les autorités compétentes pour avoir leur accord avant de prendre contact avec la piscine. Merci, de me laisser seul pendant que j'appelle se contenta de souligner Sénéchal.

Les trois hommes sortirent du bureau. Duchamp regarda Wallaert d'un air étonné.

— Tu m'expliques. Roussel, qui est-ce ? Que lui est-il arrivé ?

— C'est un gars infiltré qui fait équipe avec Sénéchal. Il a été repéré… on l'a retrouvé vivant, mais dans un état… je ne te dis pas.

— Quand il parlait de piscine, je suppose qu'il faisait référence à la DGSE.

— Évidemment.

Ils se dirigèrent machinalement vers le bureau où l'équipe les attendait. Vallin leur emboîta le pas en suivant la conversation, sans piper mot. En arrivant, alors que Wallaert venait à peine de saisir de sa main la poignée de la porte, Justine se précipita vers lui.

— Je viens d'avoir un appel téléphonique du docteur Bouchard. Elle m'a dit que Lucien a dessiné toute la nuit des portraits. Il tient à te les remettre en main propre. Je n'en reviens toujours pas, dit-elle en ouvrant grand les yeux. Pour moi, c'est tout simplement incroyable !

— Il commence à me plaire le gribouilleur, s'exclama Vallin. Quelqu'un peut-il aller le chercher ?

Justine observa Wallaert du coin de l'œil, d'un air de lui faire comprendre : *« je peux m'en charger »*. Le commandant qui avait compris le message acquiesça. Puis il fit signe à Martin de l'accompagner. En sortant, ils croisèrent Sénéchal.

— Tout est réglé, dit-il en rejoignant le groupe. Une équipe est déjà sur place en embuscade. Maintenant, il faut attendre qu'elle bouge… Je vous laisse, les affaires courantes m'attendent à Lille, mais on reste en relation. Sur ces mots, il quitta la pièce.

— Moi aussi, mes affaires m'attendent, dit Duchamp en souriant. À la revoyure.

— Attends avant de te sauver ! T'as des nouvelles des corps des deux frères De Jong ? Ont-ils été retrouvés ?

— Non ! rien de nouveau. À part comme tu le sais : leurs têtes et leurs sexes… Une certitude : ils sont bel et bien morts. C'est mon épitaphe… enfin pas écrite, mais orale. Bon, cette fois-ci, il faut vraiment que je vous quitte, lança-t-il à l'ensemble des agents.

Il était à peine sorti de la pièce que le portable de Vallin sonna. C'était Sénéchal.

— Les politiques ont pris l'affaire en main et le ministre de l'Intérieur fait une conférence de presse à 12 h pour commenter l'opération menée ce matin, lui expliqua-t-il. Je l'ai dissuadé d'évoquer une complicité policière pour éviter de faire foirer la souricière qu'on a mise en place. D'autre part, je vais vous transmettre le pedigree des personnes appréhendées, mais je peux déjà attester que parmi elles figure bien Bertrande Despoix. Je vous tiens au courant si j'ai d'autres informations.

Après avoir raccroché, Vallin se tourna vers Wallaert.

— C'était Sénéchal, je viens d'avoir la confirmation que Bertrande fait bien partie de la bande. La liste complète des incarcérés de ce matin, doit me parvenir par mail. Il faudra recenser ceux qui relèvent de notre juridiction et lancer les enquêtes de routine. Autre nouvelle, le ministre va bomber le torse en faisant une grand-messe à 12 h.

— Très bien, lui répondit Wallaert. Ligier, Pichon, vous connaissez la route… vous me ramenez : la mère Despoix.

— O.K. chef. Bon, Pichon, mon petit lapin, j'espère que cette fois-ci, on n'essaiera pas de nous farcis aux pruneaux, plaisanta Ligier en s'adressant à son collègue.

— Oui ! moi non plus. Les pruneaux me foutent la chiasse.

— Allez, les mecs, on s'active, au boulot, l'interrompit le commandant avec un léger sourire au coin des lèvres.

Après leur départ, le commissaire et le commandant se retrouvèrent seuls. Contrairement à Wallaert, Vallin n'avait pas vraiment apprécié l'humour et la rigolade de Ligier, et un silence de glace régnait dans le bureau. Dans le but de mettre fin à cette ambiance pesante, Wallaert le rompit aussitôt en disant d'un ton neutre :

— En attendant l'arrivée de notre artiste et de la mère Despoix, la liste est peut-être arrivée dans vos mails, lui dit-il.

Vallin n'était pas stupide, il avait très bien compris le message et sans un mot il quitta le bureau. Seul à présent, le dos appuyé contre la cloison, le commandant contemplait ses murs recouverts de post-it et observa minutieusement son paperboard. Puis il mit machinalement ses mains dans ses poches, et retrouva l'emballage que Roussel avait laissé dans sa boîte à lettres : « *Avec tous ces retournements, je l'avais complètement oublié* », se dit-il. « *Il faut que je vérifie…* » Il se dirigea vers son bureau et entra les coordonnées dans l'ordinateur : 50.79582-2.67479. En se retrouvant sur Google Maps, il localisa le point référencé dans un petit bois adjacent au camping où ils étaient intervenus ce matin : *« C'est bizarre, je me demande pourquoi m'avoir donné rendez-vous dans cet endroit perdu au milieu des bosquets ? »*

— Il faut que je m'absente un petit moment, dit-il en appelant Vallin au téléphone. Si je ne suis pas revenu avant le retour des agents, merci d'accueillir nos invités.

— Ce n'est pas le moment de quitter les lieux. Cela ne peut-il pas attendre ?

— Non ! j'ai le pressentiment que c'est important pour l'enquête.

— C'est-à-dire ?

— Je n'ai pas le temps pour l'instant de te l'expliquer, je suis pressé. Et il raccrocha.

En montant dans sa voiture, il regarda sa montre, elle indiquait 10 h 50 : « *Vu l'heure, je vais arriver sur les lieux pile-poil au rendez-vous fixé par ce pauvre Roussel* ». 10 minutes plus tard, Wallaert se garait sur le bas-côté d'un chemin vicinal. D'après son GPS, le point programmé se situait environ à 150 m, au milieu des taillis mêlés de quelques arbres : « *Merde, je n'ai pas la tenue adéquate pour ce genre d'aventure. Tant pis, j'y vais quand même* ». En s'approchant du but, une odeur pestilentielle se répandait dans l'atmosphère. Au centre d'une minuscule clairière, il détecta une zone où la terre avait été fraîchement remuée. Il se saisit d'une branche et en raclant la surface, il découvrit une main décharnée à demi rongée par les insectes. En grattant davantage, il observa deux corps amaigris et cruellement ravagés, sans têtes ni sexes. Étrangement, devant cette scène il n'éprouva aucune répulsion morale et resta parfaitement impassible : « *Je vais me faire une joie d'appeler Duchamp juste avant son repas* ». C'était sa première et dernière pensée et le sourire aux lèvres, il l'appela.

— Duchamp, c'est Wallaert.

— Que se passe-t-il ? Je viens de te quitter il y a à peine une heure ! Je vais commencer par croire que ma présence te manque, lui dit-il en plaisantant.

— Ne rêve pas ! C'est juste pour t'informer que tu peux graver deux épitaphes sur des pierres tombales. J'ai retrouvé deux cadavres. Je pense qu'il s'agit de nos deux « kaaskop » comme disent nos voisins flamands.

— Nos deux, quoi ?

— Les deux têtes de fromage, les deux Hollandais. J'ai retrouvé leur corps…

— Où ça ?

— Je t'envoie les coordonnées GPS par sms. Je ne peux pas rester sur place, Vallin m'attend au bureau… Un conseil ! Prends tes bottes.

Vingt minutes plus tard, il était de retour. Vallin avait l'air furibard. Par contre devant la tenue boueuse du commandant, il se ravisa.

— Mais, d'où viens-tu ? lui demanda-t-il, en l'observant minutieusement de la tête aux pieds.

— J'ai joué au fossoyeur. J'ai retrouvé deux corps enterrés pas trop loin du camping. Je crois qu'il s'agit des deux Hollandais. J'ai appelé Duchamp pour qu'il se rende sur les lieux.

— Et ça t'a pris comme ça, sur un coup de tête, d'aller creuser la terre, dans un endroit au hasard ? À moins d'avoir des dons de médium ou l'avoir vu dans une boule de cristal, je ne vois pas d'autre explication. En tout cas la prochaine fois, j'aimerais mieux que tu m'en parles avant.

Vallin était visiblement lassé du comportement imprévisible de son subordonné.

— J'ai retrouvé dans ma poche le papier que Roussel avait mis hier dans ma boîte à lettres, répondit Wallaert d'une voix brève et d'un ton parfaitement calme. D'où ma précipitation et ma soi-disant intuition. Cette découverte macabre m'amène à me poser ces questions : comment a-t-il été mis au courant ? Et par qui ?

— Oui ! tout comme toi, j'espère avoir des réponses à ces interrogations, finit-il par lui répondre plus sereinement.

La conversation fut interrompue par l'arrivée de Lucien Vermeulen qui tenait dans sa main droite un petit classeur format A4.

— Ah ! Bonjour Lucien, dit Vallin sur un ton calme en s'approchant de lui doucement comme par peur de l'effrayer. Alors, vous nous amenez d'autres dessins…

— Oui, le docteur Sabine a dit qu'ils étaient magnifiques. J'ai également enlevé mes piercings qui décoraient mon visage. Je préfère un look, plus adapté, pour travailler avec la police, ajouta-t-il.

— Très bonne initiative, répliqua Wallaert avec vivacité, en adressant un clin d'œil complice à Vallin.

— Oui ! répondit le commissaire tout excité qui d'un seul coup sortit de ses gonds, sans tenir compte de la dernière remarque. Je vais regrouper les dessins, et contacter le ministère pour que ses politicards réagissent immédiatement. Je leur demanderai de les passer, dans…, comment il dit Vanchoonbeek ? Ah oui ! dans la reconnaissance faciale. Si leur réponse est négative, je vais les prévenir que je vais diffuser les portraits dans la presse. Ils vont vite comprendre !

À cet instant, Vallin sembla se déplier dans un mouvement lent comme s'il puisait l'ensemble de ses forces pour combattre un dragon imaginaire. Soudain, contre toute attente, il se dirigea vivement vers son bureau, en laissant pantois son auditoire. Vue, sa façon de s'emporter, il était clair qu'il craignait de ne pas être entendu en haut lieu. Wallaert avait compris, mais le premier à réagir fut Lucien :

— J'ai fait une bêtise, dit-il en évitant le regard de Wallaert.

— Non, ne vous inquiétez pas. Au contraire, vous nous avez beaucoup aidés. Il ne faut pas tenir compte de la réaction du commissaire, il est parfois…, il ne finissait pas sa phrase en s'apercevant de l'absence de Martin et

Martens. Les deux policiers qui vous ont ramené ici, où sont-ils, lui demanda-t-il l'air surpris ?

— Je ne sais pas, je ne les ai pas vus. Ce matin, j'étais de bonne heure dans le jardin avec un écureuil pour lui montrer mes dessins, ensuite je suis venu ici en stop. C'était trop tôt pour mon train de 19 h 13, précisa-t-il avec un regard qui semblait de nouveau vagabonder dans ses rêves.

— En stop ! Comment ça ? s'étonna Wallaert.

— En montrant mon pouce, lui dit-il. Et il fit le geste de la main comme une évidence.

— Putain de merde ! C'est quoi ce binz ? jura Wallaert en se dirigeant à toute vitesse vers son téléphone qui était posé sur son bureau. Il essaya sans succès de joindre les portables de ses adjoints. Désemparé, il héla Lucien.

— Connaissez-vous le numéro du docteur Sabine ?

— Dans mon carnet, mais à cette heure-là, elle est absente.

— Qui s'occupe de vous quand elle est absente de l'hôpital ?

— Je suis un adulte, je n'ai besoin de personne, moi ! Pour les autres, il y a la chef de secteur, c'est mademoiselle Pierrette. J'ai son poste où la joindre si vous voulez !

Lucien n'était pas toujours plongé dans son monde imaginaire. La plupart du temps, il était capable d'avoir une conversation sensée, et il savait très bien à ce moment-là prendre toutes les mesures pour se prendre en main. Wallaert composa le numéro. Il dut attendre la dixième sonnerie pour qu'enfin une voix masculine lui répondît.

— Commissaire Guidoni. À qui, ai-je l'honneur ?

— Guidoni ! mais, qu'est-ce que tu fais à l'hôpital psychiatrique ? C'est Wallaert à l'appareil du commissariat de Bailleul, je suis à la recherche de deux de mes coéquipiers et…

— Salut, Wallaert, il y a eu un remake d'OK Corral dans l'établissement. Pendant un moment donné, j'ai vraiment cru me retrouver au far-west. Quand tes gars sont arrivés sur le palier du premier étage, ils ont essuyé des tirs auxquels ils ont répondu. Tes deux flics sont blessés, mais apparemment, vu ce qu'on m'a dit, rien de grave. Le gars a été touché à la cuisse et la fille pour éviter les projectiles a fait une chute spectaculaire. Elle a dégringolé dans l'escalier. Elle est un peu dans les vapes, mais ça va. Ils sont actuellement en transit vers les urgences du CHU de Lille. C'est Lucky Luke cette nénette. Lors de sa cabriole, elle a refroidi d'une balle dans la tête l'un des deux agresseurs armés d'Uzi qui s'étaient introduits dans l'hôpital. Le second à mon avis a pris peur, et il s'est sauvé en sautant par la fenêtre du premier étage. D'après les témoins, ils recherchaient dans les chambres un certain Lucien Vermeulen. On a également trouvé un agent en uniforme ligoté dans un placard, mais à part un œuf de pigeon sur le crâne, il va bien. Par contre, on n'a pas encore localisé ce nommé : Lucien Vermeulen. On ne sait pas où il est !

— Il est avec moi. Je préviens le commissaire et nous arrivons.

Suivi par Lucien, il pénétra dans le bureau de Vallin. Le commissaire était assis, le regard vide avec une main posée sur le combiné.

— Je n'ai pas eu le courage d'appeler Beauvau, si c'est cela que vous venez me demander, dit-il en voyant pénétrer Wallaert et Lucien dans son bureau. J'ai seulement transféré le fichier des dessins avec une note explicative de la situation par mail. Ils se débrouilleront avec ça, après tout, c'est leur affaire.

— Je ne suis pas venu pour cette raison, répondit Wallaert en expliquant ce qui venait de se passer.

Trente minutes plus tard, les deux policiers

et Lucien étaient en présence du commissaire Guidoni.

— Vous avez une réponse à ce qui se passe ici ? Deux agresseurs qui s'introduisent dans un hôpital, équipé comme un porte-avions pour rechercher un f… Il ne finit pas sa phrase en observant d'un œil attentif Lucien Vermeulen. Selon ce que tu m'as précisé par téléphone il serait capable de reconnaître le mort dans la pièce de repos.

— Lucien est l'un de nos collaborateurs, avait précisé Wallaert en regardant Guidoni et Vallin avec un air plein de sous-entendus. Il sera ravi de nous donner un coup de main. N'est-ce pas Lucien ?

— Oh oui !

Son enthousiasme était débordant, on avait l'impression que cette reconnaissance était jubilatoire et effaçait de nombreuses années de vexation.

Dans la pièce voisine, un corps dans une housse mortuaire était posé sur un brancard. Guidoni fit glisser le zip, découvrant un homme d'une trentaine d'années de type européen, au crâne rasé, vêtu de noir, équipé d'un gilet pare-balles.

En le voyant, Lucien l'observa longuement :

— Il est sur un de mes dessins, finit-il par avouer. Je l'ai déjà vu dans mon immeuble. C'est un ami de Bertrande.

— Y a-t-il un tatouage sur sa nuque ? demanda Wallaert à Guidoni.

— Aucune recherche d'indices n'a été effectuée sur le corps, mais si l'envie te dit de l'examiner, tiens, voilà des gants !

Wallaert les enfila, puis souleva le cadavre par les épaules pour étudier l'arrière de son crâne.

— C'est le même club, dit-il à Vallin. Il faut prévenir Sénéchal, ce n'est pas normal qu'ils s'en prennent à Lucien. Certainement qu'ils sont au courant des dessins. Ils ont toujours un coup d'avance sur nous. La fuite d'informations apparemment n'est pas tarie.

— Sénéchal… c'est celui qui est détaché à la brigade antidrogue de Lille ? demanda Guidoni. Parce que si c'est lui, je le connais. Il est venu dans nos bureaux il y a quinze jours pour se présenter.

— Oui, c'est lui, répondit Vallin, on travaille ensemble sur l'affaire d'un réseau.

— Ah oui ! l'Hydre. On ne parle plus que de ça dans les services. Si je comprends bien, votre

Lucien est un témoin clé dans l'affaire ?

— En quelque sorte, lui répondit Vallin sans en dire davantage à son sujet

Aussitôt, les trois hommes s'engagèrent vers la sortie.

— Que fait-on de Lucien ? demanda Wallaert. Il faut à tout prix assurer sa protection.

— Je passe un coup de fil aux services sociaux, le responsable pourra peut-être nous trouver une solution.

L'affaire fut réglée en quelques secondes. Lucien avait été pris en charge temporairement par les services départementaux. Le trajet de retour se fit en silence et à l'arrivée des deux policiers, les visages étaient fermés dans l'ensemble du commissariat. La nouvelle du drame s'était vite répandue. Ligier et Pichon avaient l'air préoccupés :

— Comment vont Justine et Jean-Philippe ? demanda Pichon.

— Ils sont au CHU de Lille, répondit Vallin. Si vous voulez aller les voir, allez-y pendant votre moment de pause. En attendant le commandant s'occupera de madame Despoix pour la prévenir au sujet de sa fille. D'ailleurs, où est-elle ?

— Au service d'accueil, répondit un agent.

— O.K. dit-il. Puis il se tourna vers Wallaert.

— De mon côté, j'appelle les urgences pour connaître l'état de santé de nos deux agents et je contacterai madame Martin pour l'informer.

— D'accord, ça marche. Je vais voir madame Despoix tout de suite, je n'en ai pas pour longtemps. Merci de me tenir au courant.

— Oui, à tout à l'heure.

À l'accueil, la mère de Bertrande avait l'air angoissée, elle était accompagnée de sa fille Éloïse.

— Ma fille a voulu être présente. Vous ne voyez pas d'inconvénient ? demanda-t-elle d'une voix mal assurée.

— Non, venez toutes les deux dans mon bureau.

En entrant, Éloïse parcourut du regard les documents affichés sur les murs ainsi que les photocopies des dessins de Lucien qui étaient posées sur une petite table.

— Madame, je vous ai fait venir pour vous annoncer une mauvaise nouvelle : votre fille a été arrêtée. On ne sait pas encore son degré d'implication, ce qu'on sait, c'est qu'elle était en relation avec un groupe qui a torturé sauvagement plusieurs personnes jusqu'à leur mort.

À cette déclaration, les deux femmes pâlirent.

— C'était donc ça, l'argent. Ma pauvre petite a été entraînée par Dany. Elle ne voit pas la malice du démon. Elle est innocente, cria-t-elle… Où est-elle ? On peut la voir ?

— Non, je crains que ce soit impossible, en tout cas pas dans un premier temps. Vu les fortes présomptions et dans le cadre d'une procédure pour attentat, elle est incarcérée en quartier de haute sécurité. Je ne sais pas où exactement.

La mère resta comme figée pendant que sa fille s'approchait des photocopies.

— Ces dessins, je suppose que c'est la tête des connards qui ont entraîné ma sœur. Je peux les regarder ?

Wallaert hésita un instant puis acquiesça. Après les avoir observés, elle énonça d'une voix terne :

— Je crois que certains d'entre eux fréquentent un bistrot qui fait club de tir. Il se trouve en face de l'église de la rue de la Belle Croix. Françoise Diallo, ma copine, fait partie de la chorale. Je l'accompagne souvent à ses répétitions et ces deux-là, dit-elle en les montrant du doigt, je m'en souviens. Je les voyais régulièrement sortir d'un Hummer bleu nuit pour se rendre dans ce troquet.

— Vous vous souvenez de son immatriculation ?

— Non, je sais que c'est une plaque française, mais c'est tout.

— Coincez ces salauds qui ont entraîné ma petite, ajouta la mère.

— Madame, nous ferons de notre mieux.

Il raccompagna les deux femmes vers la sortie. Près de l'accueil, le commissaire était volubile, en voyant Wallaert il ne put s'empêcher de faire éclater sa joie :

— Ils sont sortis d'affaire. Martin n'a qu'une blessure en séton à la cuisse avec 5 jours ITT et Martens un gros hématome à la tête. L'IGPN a conclu à la légitime défense. Par contre, il faut qu'elle passe un test psycho pour réintégrer ton groupe.

— Comment ça ? riposta Wallaert sur un ton irrité.

— C'est la procédure en cas de tir…

— Toujours ces conneries de papiers. On croule sous les papiers, les justificatifs et rapports

… D'ailleurs, en parlant de papier. Dans la liste des 29 véhicules y a-t-il un Hummer ?

— Pas à ma connaissance, je peux vérifier sur l'ordinateur. Mais pourquoi cette question ?

— La sœur de Bertrande qui accompagnait sa mère a reconnu deux types sur les dessins qui possèdent cette marque de véhicule.

Vallin accompagné de Wallaert regagna son bureau et lança une recherche sur le SIV (Système d'immatriculation des véhicules) avec les renseignements donnés par Éloïse. Un seul véhicule de cette marque et de cette couleur était immatriculé dans le secteur. Il appartenait à un homme, propriétaire d'une société spécialisée dans le survivalisme.

— J'ai trouvé ! Il s'agit de Franck Ferrano. C'est le patron de Survivor.

— Survivor, répéta Wallaert.

— Oui, c'est le nom d'une chaîne de magasins. L'année dernière, le représentant de cette société est venu nous présenter des holsters qu'on pouvait éventuellement personnaliser. Je vais passer un appel à Sénéchal pour le tenir au courant avant toute intervention et connaître sa stratégie.

— En même temps, ce serait bien de lui poser la question concernant la surveillance de

Sophie Loiseau. À savoir, si elle a quitté son domicile. Pendant que tu l'appelles, je vais reprendre contact avec Duchamp pour savoir où il en est avec les deux macchabées…

— C'est gentil de penser à moi, dit une voix derrière lui. Wallaert se retourna et se retrouva devant Duchamp. Je te confirme, ajouta-t-il, que les têtes et les parties génitales ont retrouvé leur corps. Tu es le roi du puzzle. Il s'agit bien des deux Bataves : Hans et Henk De Jong. Ils ont été tués par une arme à feu identifiée comme celle que Dany Despoix a utilisée pendant la fusillade. C'est aussi leur sang que nous avons trouvé sur le socle du calvaire au cimetière.

— Bon, je bigophone tout de suite à Sénéchal et je le mets en même temps au courant de cette nouvelle.

L'appel fut long. Pour faire suite à l'interrogation de Vallin, Sénéchal avait mis ce dernier en attente pour prendre contact avec l'équipe de surveillance de Sophie Loiseau. Lorsqu'il raccrocha, Vallin était au comble de l'excitation.

— Les dessins de Lucien ont fait un tabac au ministère. Ils ont lancé un test avec leur machine moderne et des noms sont sortis. Par contre, les types de gardes devant l'immeuble n'ont pas vu sortir notre fliquette. Leur rapport stipule :

Qu'un vieillard est sorti à 9 h, pour revenir un quart d'heure plus tard avec une baguette ! Qu'une femme d'âge mûr a promené son chien en début d'après-midi ! Et il y a environ une demi-heure, une blonde aux cheveux longs en training rose à capuche avec des baskets qui clignotaient à l'allure de ses pas est montée dans une fourgonnette portant le logo de la société Survivor. Apparemment, d'après eux, Sophie n'a pas quitté son domicile ni passé un appel téléphonique, puisqu'elle est sur écoute. J'ai dit à Sénéchal que c'était drôlement étrange cette coïncidence de trouver deux fois le nom de cette boîte dans notre enquête. Ma remarque a été envoyée à un de ses gorilles planqués devant le bâtiment. Il vient de commencer à faire du porte-à-porte en prétextant une vérification des lignes téléphoniques au cas où quelque chose lui aurait échappé. Il va me rappeler.

Il est 14 h 30, ça te dit d'aller casser une petite graine ? proposa Duchamp. Quand j'ai découvert la scène après ton appel, c'est rare, mais sur le coup, ça m'a coupé l'appétit.

— Tu m'étonnes, lui répondit Wallaert avec le sourire aux lèvres. Ceci dit, pourquoi pas ? J'arrive, mais avant tout, il faut que je contacte mon binôme. Normalement, il devrait être de retour de la visite de nos deux éclopés.

— Bon, moi j'y vais, tu me rejoindras plus tard… je serai au café le Penalty. Si je ne te vois pas dans un quart d'heure, je commence sans toi.

— O.K., ça marche, à tout à l'heure.

La conversation téléphonique avec son équipe fut brève.

Ligier et Pichon arrivèrent au même instant au commissariat accompagnés de Martens et Martin. À peine arrivée, Martens se précipita pour expliquer que Martin avait été blessé à cause de sa bienséance qui dicte qu'un homme doit toujours précéder une femme dans un escalier. La galanterie peut parfois faire des ravages, avait-elle précisé. Après cette courte explication, en boitillant, le galant prit congé de l'assistance. Quant à Justine, bien qu'elle eût accepté une ITT de 48 heures, cette dernière n'était pas pressée pour rejoindre son domicile, elle écoutait Wallaert sur les dernières évolutions de l'enquête. Mais Vallin, qui apparemment avait d'autres chats à fouetter essaya de mettre fin à cette conversation.

— Pour l'instant, ce n'est plus trop votre problème, lui signala-t-il. Vous allez devoir passer un test psychologique avant de reprendre votre service…

— J'ai appris ça, dit-elle avec un air narquois. Je suis convoquée lundi matin à 9 h 30. Pure connerie, mais… elle voulait en dire davantage, par contre son intuition lui conseilla de se taire. Bien que les propos que Vallin lui tenait sans cesse, comme ses attitudes réactionnaires, arrogantes, hostiles, ses réactions négatives, la heurtaient profondément, elle se tut.

Wallaert, qui comprenait parfaitement sa façon de réagir, poursuivit la conversation en jetant un regard froid à l'adresse de Vallin.

— Est-ce que tu es en mesure de reconnaître le tireur qui s'est enfui ? demanda-t-il à Justine.

— Je n'ai pas le don de Lucien pour le dessin, mais devant une photo, peut-être, que je pourrais l'identifier. En parlant de lui, tu as de ses nouvelles ?

— Oui, il va bien, les services sociaux l'on prit en charge. Ce matin, il s'est présenté au commissariat avec ses dessins. Il était venu tout seul en stop. Je me demande comment on peut sortir d'un hôpital psychiatrique aussi facilement ?

— Lucien n'est pas fou… il a peur de la foule, c'est tout. Il est en secteur ouvert, c'est-à-dire qu'il est libre d'aller et venir. Il y va juste quand il éprouve le besoin de se reposer. Il souffre d'une forme d'autisme qui lui permet de faire la reproduction exacte des personnes rencontrées, d'où ses dessins. Il paraît qu'un nommé Stephen Wiltshire, qui souffre de la même pathologie, est capable de dessiner au détail près la perspective d'une ville entière.

— Comment as-tu su ?

— C'est le docteur Bouchard qui me l'a expliquée.

— Avant de partir, je vais te présenter ses derniers dessins. Peut-être a-t-il croqué le fugitif. Si c'est le cas, on pourra rapidement l'interpeller. Les photocopies sont dans mon bureau, je vais les chercher.

— Non ! Attends, je viens avec toi.

Arrivé dans son bureau, Wallaert déposa devant elle le dossier avec les croquis.

— Désolée, je ne le reconnais pas. Il faut dire aussi que tout s'est passé à une vitesse stupéfiante. En plus, il était derrière le gars que j'ai neutralisé, s'en excusa-t-elle presque comme si elle s'en voulait à mort.

— Ce n'est pas grave, ne t'inquiète pas, rentre chez toi et repose-toi. Et un conseil : reste cool pendant ton évaluation.

— Oui, dit-elle en quittant le bureau, j'essaierai.

Cinq minutes plus tard.

— Cette garce a filé ! Elle a filé ! vociféra Vallin en entrant dans le bureau de Wallaert.

— Qui ? Qui a filé ? demanda Wallaert surpris.

— Sophie, celle de l'équipe de Sénéchal ! Il vient de m'appeler pour me prévenir qu'elle a disparu. Prétextant une panne de téléphone, elle est allée chez une voisine pour passer un appel. Il devait être aux environs de 8 h 15. Vu ce que cette personne nous a signalé, elle n'a pas dit grand-chose. Par contre à un moment donné, elle a parlé en anglais et cette voisine qui ne comprend pas cette langue se souvient juste d'un prénom : Lucien ! Sénéchal a fait une rapide enquête dans son service. Il a appris que le flic qui faisait la planque avec elle dans le sous-marin a passé la nuit à son domicile. Il n'est pas impliqué, seulement amoureux et il a été muté sur-le-champ. Il a révélé qu'il a vu sur la table de nuit de cette Mata-Hari, une tête de mannequin coiffée d'une perruque aux cheveux longs blonds. À mon avis, elle s'est déguisée en blondasse sportive pour quitter son domicile et échapper à la surveillance. Ils ont fait quand même une grosse erreur en utilisant un véhicule siglé : Survivor. Cela étaye nos soupçons sur Franck Ferrano et sa société qui apparaît pour une seconde fois dans cette affaire. Cette constatation a déclenché en haut lieu une procédure d'exception sur ses ramifications à l'international, et le fisc fait également une recherche de blanchiment de capitaux et de financement du terrorisme. Une enquête approfondie du personnel et des dirigeants est en cours. La même procédure est lancée pour les propriétaires des véhicules référencés sur l'abribus. Sénéchal m'a donné une consigne et son message était clair : ne rien entreprendre avant lundi matin et attendre son appel. Comme cette enquête touche plusieurs pays, une rencontre des chancelleries concernées est prévue ce dimanche pour une action simultanée. On va coincer ces salauds avant leur ultimatum du jeudi 25 mars 2010. Ça, je vous le garantis.

Vallin regagna son bureau en esquissant un pas de danse, « *voilà ! qu'il se prend pour Fred Astaire* », se mit à penser Wallaert en rejoignant

Ligier et Pichon qui étaient en grande conversation à l'accueil.

— Bon, les gars, comme la journée a été chaude, je pense qu'on a tous besoin de se détendre. Si ça vous tente, je vous invite à boire une petite mousse bien fraîche au Penalty.

— Pas de problème-chef, nous, on est toujours partant, même pour deux ou trois petites pintes… Comme le dit le dicton : (la soif du cœur ne s'apaise pas avec une seule bière). Et ça, ce n'est pas moi qui le profère, c'est le Professeur Choron, précisa Ligier.

Il fallait bien qu'il sorte une blague, c'était sa façon à lui de détendre l'atmosphère. Il était 18 h quand ils quittèrent le bistrot et chacun regagna son domicile ragaillardi.

Dimanche 14 Mars 2010

Pour Jean-Philippe Martin, le réveil fut dur comme l'avait été la nuit. Entre les pleurs du bébé, sa douleur à la cuisse et les jérémiades de sa femme sur les dangers de cette profession, il était à bout de force. Il se posait continuellement la question s'il avait choisi la bonne voie pour sa carrière. Il se souvenait de la réaction de Sénéchal quand il lui avait parlé de son cursus. C'est vrai, pensa-t-il : mes études en sciences humaines et sociales auraient pu me conduire vers les métiers d'archéologue, philosophe, professeur de collège ou de lycée, sociologue, psychologue scolaire, historien, assistant des ressources humaines… Il y en a pour tous les goûts. Mais policier ? Quelle bizarrerie, ce choix ! Pour calmer son épouse, il lui avait promis de passer des concours en interne pour quitter le terrain et obtenir entre guillemets un poste plus protégé. Il n'avait pas osé lui dire le fond de sa pensée. Elle n'aurait pas compris qu'il se sentait vivant dans ce métier, que la décharge d'adrénaline au moment des opérations le subjuguait, et que ce n'était pas seulement à ces moments-là, que sa vie prenait un sens ! Non, il aimait aussi cette fraternité qui existait dans l'équipe, mais comment lui faire comprendre ?

Quant à Justine Martens, elle non plus n'avait pas dormi de la nuit, mais pas pour les mêmes raisons. *« Connard de Vallin »* s'était-elle mise à cogiter. *« Non seulement il ne comprenait rien à la réalité du service, mais il ne s'était jamais coltiné la réalité du terrain. Il était installé définitivement à un poste où il était censé avoir l'aptitude pour diriger une équipe, mais il n'en avait pas les compétences. Il devait sa fonction uniquement à son habileté à caresser les politiques dans le sens du poil »,* jura-t-elle dans un bref conciliabule. En prenant son café, elle se demanda pourquoi elle avait accepté de s'infliger ça. Consulter un psy. Elle regrettait de s'être fourrée dans ce guet-apens prétendument thérapeutique, *« j'aurais dû refuser tout net »*. Puis elle se remit à penser au conseil de Wallaert : *« reste cool. Oui ! Je dois agir de cette façon afin d'obtenir l'attestation dont j'ai besoin »*. Justine Martens est apte. Elle se montre coopérative, ouverte au dialogue et comprend l'ampleur des problèmes. Une réintégration dans ses fonctions et une reprise du service sont conseillées à effet immédiat. Il n'y a pas d'autre solution. Elle avait passé une grande partie de sa journée à laver son esprit en faisant les quatre cents pas dans son appartement et en jurant tous les diables avant de se décider à aller faire un footing avec l'enthousiasme d'un flic en détresse. Ce dimanche n'avait pas été de tout repos, ni moralement ni physiquement.

Quant à Paul Ligier, après avoir quitté Wallaert, il ne s'était pas rendu directement chez lui. Il avait rencontré sur son chemin de retour un ami de longue date et à eux deux ils avaient fait le tour des bistrots. Ce n'est que vers 21 h qu'il avait regagné son foyer. En essayant de rentrer chez lui, il avait eu toutes les peines du monde à glisser la clef dans la serrure. Complément bourré, il avait juré à voix basse en réussissant enfin à l'enfoncer dans ce foutu trou de souris. En pénétrant dans l'appartement, il avait essayé d'accrocher son blouson à une patère, mais avait raté son coup. En chancelant un instant dans le couloir il se demanda s'il devait filer dans la chambre à coucher ou migrer plutôt sur le canapé. C'est finalement là qu'il avait échoué lamentablement. Il avait passé toute sa nuit sur le sofa, dans son salon. Ce jour-là, il s'était réveillé en sursaut : « *merde, il est déjà 8 h !* » Il s'était débarbouillé en quatrième vitesse avant de filer à la boulangerie.

— Deux pains au chocolat et deux croissants, s'il vous plaît.

En revenant, il s'était dépêché de mettre la table. Paul était marié, sans enfant. Le couple s'était rencontré sur les bancs de l'école et malgré le temps passé ils avaient gardé leur caractère de jeunesse. Lui était expansif, elle était plutôt renfermée. Elle exerçait la profession d'infirmière et travaillait souvent de nuit. C'était le cas cette nuit-là. Valérie, son épouse était arrivée vers 9 h du matin à leur domicile. Dehors, il faisait jour et le soleil mollasson de mars avait inondé son visage. Elle n'avait que 27 ans, mais elle en paraissait 10 de plus. Ses yeux bleus délavés étaient cernés. Les conséquences du travail de nuit, sans doute. L'obligeant à affronter la réalité, en arrivant, elle avait jeté un coup d'œil rapide à son logement et avait levé les yeux au ciel.

— Dans quel état étais-tu encore hier soir ? demanda-t-elle à son mari sur un ton désespéré. Ne t'avise pas de me mentir, je vois que tu n'as pas dormi dans ton lit.

Incapable de se justifier, il resta là les bras ballants.

— Tu sais pourquoi je ne veux pas d'enfant ? ajouta-t-elle. Parce que j'en ai déjà un à la maison. Tu es irresponsable Paul… je suis fatiguée… et ce n'est pas avec tes viennoiseries que tu vas te racheter, lui dit-elle en observant la table, la mine désappointée.

Paul savait que quand elle était comme ça, il n'avait qu'une solution : faire profil bas et surtout ne pas plaisanter comme il avait l'habitude de faire. Valérie n'avait pas touché à son petit déjeuner. Visiblement fâchée, elle était allée directement se coucher. Quatre heures plus tard, elle s'était levée. La fatigue et la mauvaise humeur avaient disparu. Elle comprenait malgré tout que Paul n'avait pas non plus un travail facile.

François Pichon, quant à lui, était rentré directement dans son petit appartement où il vivait seul. Il avait fait récemment connaissance de Julia. Il en était tombé amoureux, de cette fille descendante de mineurs de fond italiens. Il l'avait rencontrée au moment du carnaval le 14 février. C'était un jour prédestiné au coup de foudre, c'était la Saint-Valentin. Spectateurs dans la foule, ils s'étaient retrouvés par hasard face à face sous une pluie de confettis lancés par les fenêtres qui tombaient comme neige en tempête. Elle avait souri en levant les bras au ciel et en balayant d'un revers de main les cotillons posés sur la tête de Pichon. Surprise par son geste instinctif, elle avait rougi.

— Je suis désolée, je ne sais pas ce qui m'a pris, lui avait-elle dit en bafouillant.

— C'est un réflexe que j'ai fortement apprécié, lui avait-il répondu d'une voix mal assurée.

De nouveau, elle avait souri. Elle avait ce regard, un regard pénétrant et sensible qui avait augmenté la timidité du jeune homme et en même temps avait conquis son cœur.

La veille, en quittant Wallaert, son premier geste fut d'appeler Julia pour lui dire qu'il était de repos le lendemain. Ça tombait bien, lui avait-elle répondu au téléphone. Il y avait comme tous les dimanches un repas de famille et elle voulait lui présenter ses parents.

Ravi et inquiet à la fois, il s'était levé tôt le lendemain et avait enfilé son pantalon marron fraîchement repassé, une chemise au col ouvert et une veste par-dessus. Aux pieds, des chaussures de ville. Il était arrivé plus tôt que prévu, mais le bouquet de fleurs qu'il tenait dans ses mains avait tout de suite détendu l'atmosphère. Le père, un Italien dont la famille était originaire de Calabre, l'avait accueilli d'abord avec méfiance. Puis au fil de la journée, cette inquiétude s'était dissipée. François avait passé une excellente journée.

Pour Wallaert, cette enquête avait bouleversé son train-train hebdomadaire. Les quelques heures qu'il consacrait habituellement à l'entretien de son intérieur n'avaient plus eu lieu depuis qu'il avait reçu l'appel de Vallin ce lundi 8 mars à son retour de la laverie. Il n'était pas maniaque, seulement perfectionniste ! Et ses trois pauses dans la semaine étaient un exutoire pour son bien-être. Une question le taraudait : son linge sale, ces chemises. Pourra-t-il les amener demain midi ? Non, il savait parfaitement que cette éventualité était à écarter, tout comme ces deux pauses fée du logis. En conclusion, une seule alternative pour son linge… comme la laverie était ouverte sans discontinuité, il allait commencer par ça. Ensuite, il attaquerait le ménage, s'était-il mis à penser. Il avait pris son petit déjeuner en quatrième vitesse et il était à peine 9 h lorsqu'il quitta son appartement en emportant son paquet de linge sale. Vingt minutes plus tard, tranquillement installé sur une chaise, il regardait ses vêtements tournoyer dans la machine quand une bande de jeunes entra dans le local. Ils portaient tous un sac de style paquetage militaire à l'épaule. Cela fit sourire Wallaert intérieurement. Il se souvenait de son premier jour à la caserne, en particulier, quand il avait perçu son paquetage. Une profusion de matériel qui lui avait été distribué comme une trentaine de gars et qu'ils devaient ranger à toute vitesse dans ce fameux sac fourre-tout. Au moment où ils commencèrent à déballer le matériel à la recherche vraisemblablement de leurs tenues sales, ils avaient jonché le sol de masques, lunettes, gants, casques, protections ressemblant à des gilets tactiques pare-balles et des chaussures de style rangers. Wallaert commença à avoir un doute en observant leurs ensembles paramilitaires de couleur noire étalés par terre. Après avoir mis leurs habits sales dans un des tambours, ils se mirent à raconter leurs exploits de la nuit. Le commandant écoutait discrètement leur conversation. À un moment donné, ils décapsulèrent des canettes de bière en lui en proposant une.

— Merci, dit-il en acceptant. Mais puis-je vous poser une question ?

— Bien sûr.

— Vous avez fait du paintball ?

— Non ! nous nous entraînons à l'airsoft, répondit un jeune au visage sympathique.

— L'airsoft ?

— Oui ! L'airsoft est souvent assimilé au paintball, mais ces deux activités sont en réalité très différentes. Le paintball est un divertissement, avec une action rapide et peu coordonnée. L'airsoft, en revanche, met l'accent sur le réalisme du matériel utilisé, comme l'armement, les tenues, le matériel de communication, etc. Le but : c'est le travail en équipe avec l'application d'un plan d'attaque.

— Si je comprends bien, c'est un peu comme un jeu de guerre ?

— Oui, en effet. Mais la pratique de l'airsoft fait également partie des entraînements de tout survivaliste. Pour eux, c'est un excellent moyen de se familiariser avec le combat armé et les tactiques militaires. Pour ceux qui embrassent cette théorie, contrairement à nous, c'est plus qu'un jeu.

— Les survivalistes… sont-ce ces personnes qui envisagent qu'un chaos va s'installer dans le monde ?

— Oui ! mais encore une fois, nous, nous ne sommes pas dans cette mouvance. Nous nous entraînons pour le fun, nous sommes des anciens du paintball. Par contre, nous avons constaté au fil du temps que les survivalistes purs et durs ont des côtés sombres.

— Des côtés sombres ?

— Oui, répondit un autre participant. Certains adeptes se radicalisent et dans certains stages de survie, se mêlent aussi du complotisme et des théories très extrémistes, avec, en toile de fond, une volonté d'armement qui doit faire plaisir à la NRA américaine.

— Et cette théorie, progresse-t-elle en Europe ?

— Ben, oui ! vous n'en avez jamais entendu parler ? s'étonna un jeune barbu.

— Non ! Par contre, cela me rappelle les années soixante quand les Suisses se faisaient construire des abris antiatomiques. Les gens avaient peur surtout au moment de l'affaire de Cuba. Ils craignaient un conflit russo-américain.

— Actuellement, il y a des sociétés qui se gavent avec des chiffres d'affaires qui tournent jusqu'à 15 millions d'euros. Les produits vont du petit canif à l'abri haut de gamme. Une société de la région a le vent en poupe : c'est Survivor.

— Vu le matos étalé par terre, vous en êtes de bons clients, répliqua Wallaert.

— Pas de cette société ! Elle n'existe que depuis 10 mois. Mais il paraît qu'elle a des ramifications dans toute l'Europe, ce qui leur rapporte beaucoup d'argent et de notoriété, et avec leurs stages qui se passent en Pologne, il y a de quoi faire ! C'est loin d'être une petite entreprise !

— Vous êtes déjà allé faire des stages ?

— Nous, non ! Nous n'avons pas les moyens et de toute façon comme nos équipements sont obsolètes nous ne pouvons pas y participer. Comme nous n'avons pas l'intention d'en racheter, je pense que bientôt on va arrêter de jouer aux petits soldats. D'autant plus que ce milieu devient un peu trop bizarre. Cette dernière phrase fut saluée par des grognements d'approbation.

— Comment ça ? Trop bizarre, c'est un jeu, non ?

— On a remarqué dans le club que nous fréquentons, qui a été racheté par Survivor, que certains ne sont pas là que pour prendre du bon temps. En particulier, les équipes sponsorisées par cette chaîne de magasins. On se demande s'ils tournent à l'eau claire.

— Ah bon, répliqua Wallaert qui fit mine de ne pas trop prendre leurs conversations au sérieux pour éviter d'éveiller le soupçon sur son métier. Justement, en parlant d'eau claire, mon linge est sur la fin de la phase essorage. Dommage, je vais devoir bientôt vous quitter, mais c'était un plaisir. À peine cinq minutes plus tard, le commandant quitta l'endroit. Le visage rayonnant il avança d'un pas rapide vers son domicile en sifflotant entre ses dents un petit air de contentement tout en pensant : *il y a un truc qui ne va pas avec cette société, mais quoi ? Bon, on réglera ce problème demain.*

Lundi 15 Mars 2010 à 9h30

Sous sa fine moustache, Justine Martens vit bouger la bouche de l'homme derrière son bureau. Elle n'avait pas la force de l'écouter. Les mots n'arrivaient pas à ses oreilles. Elle soupira et essaya de comprendre ce que le type venait de lui dire. Elle devait répondre, mais elle n'avait pas entendu la question.

— Qu'est-ce que vous voulez dire ? Pouvez-vous reformuler votre question ?

— Avez-vous des antécédents suicidaires ? répéta le psychologue, sans doute pour la troisième fois.

Il s'enfonça dans son fauteuil et retira ses lunettes. Un geste d'empathie. Un signe censé lui montrer qu'elle pouvait se sentir en sécurité. Il ne savait sûrement pas à qui il avait affaire. Toute petite déjà, elle avait eu l'occasion de voir ce que cachait vraiment l'âme humaine.

— Non, je n'ai aucune tendance suicidaire,

affirma Justine, en espérant qu'elle donnait une bonne réponse.

— Vous n'hésitez pourtant pas à vous exposer au danger, insista le psy, en remettant ses lunettes.

— Dans les deux cas où j'ai sorti mon arme, c'était pour sauver une personne. La première fois, c'était la victime d'un féminicide. Dans le cas que vous évoquez, c'était pour sauver mon collègue qui était à terre et qu'on menaçait d'achever. La police des polices a conclu que j'ai dû tirer pour sauver mon partenaire.

Elle jeta un œil à la pendule. Les aiguilles, qui avançaient trop lentement à son goût, lui indiquaient qu'elle allait devoir rester ici encore un bon moment. Elle maudit d'abord Vallin, puis ce spécialiste qui lui posait trop de questions. Mais elle le regretta aussitôt : ce dernier n'y pouvait rien, c'était son métier de venir en aide à ses patients. Vingt minutes s'étaient écoulées avant qu'il précisât :

— Nous allons devoir parler de votre jeunesse…

Justine qui venait de baisser sa garde se raidit aussitôt. Il avait beau déployer des trésors de gentillesse et de prévenance, elle n'avait aucune envie de lui parler des blessures du passé. Ce qu' elle voulait, c'était retourner au travail. C'est pour ça qu'elle était là ! Intérieurement, non sans un petit sourire, elle fit un doigt d'honneur imaginaire au thérapeute. « *Va te faire foutre !* » Voilà, la première pensée qu'elle eut. Mais en se rappelant les conseils de Wallaert, elle se ravisa. Elle savait qu'elle n'allait pas pouvoir y échapper. Puis, elle jeta à nouveau un rapide coup d'œil vers l'horloge, remonta la fermeture éclair de son blouson et d'un mouvement de tête, désigna la pendule au-dessus de la tête du psychologue.

— Absolument, répondit-elle sans rien laisser paraître. Mais on parlera de tout cela la prochaine fois.

Le psy prit un air un peu déçu quand il vit à son tour les aiguilles annoncer la fin de la séance.

— D'accord, fit-il en posant son stylo sur son bloc-notes. Demain, même heure.

— O.K.

— Il est important, que…

Justine l'ignora en se dirigeant déjà vers la porte.

Dans son bureau, Wallaert écoutait Pichon raconter son dimanche sous l'œil attendri de Ligier. L'équipe respectait le statu quo imposé par

Sénéchal. C'est-à-dire : ne pas agir avant son appel. Mais le téléphone n'avait pas tardé à sonner dans le bureau de Vallin. Il était à peine 9 h 30.

— Mauvaise nouvelle, fit Sénéchal au bout du fil. Je viens d'apprendre qu'un appel se réclamant de l'hydre est arrivé ce matin à 6 h dans les organismes de presse. Ils ont annoncé que suite à l'arrestation des huit individus du camping… huit assassinats seront programmés dans notre secteur. Ils n'ont pas précisé qui ils viseraient ni où cela se passerait exactement.

— Bordel de merde ! et la fliquette de ton équipe a-t-elle été retrouvée ? demanda Vallin.

— Non, elle a totalement disparu de la circulation. À mon avis, c'est elle qui a dû les renseigner.

— Sinon, y a-t-il du nouveau sur les souricières qui ont été mises en place concernant les propriétaires des véhicules, ou sur la société Survivor ?

— Rien pour l'instant. Ah ! si, je me trompe. Concernant les véhicules, on n'a rien, mais au sujet de cette société, elle a signalé dimanche matin le vol d'une de ses fourgonnettes. Avant d'avoir des précisions sur les meurtres des huit personnes, il faudrait que Wallaert s'occupe de ce vol. Je sais que ce n'est pas son job, mais il

a du flair et par chance la société se trouve dans votre secteur. La communication terminée, Vallin se précipita au bureau de Wallaert.

— La guerre reprend, expliqua Vallin, la mine morose il exposa les faits de tout ce qui avait été évoqué par téléphone. Ils sont au courant de tout ce qu'on fait. Alors il faut mener les enquêtes avec prudence, sinon, on va se retrouver avec une hécatombe sans fin. Je propose, dit-il en s'adressant à Wallaert, que tu t'en charges pendant que tes deux agents sont en couverture.

— De toute façon, répondit Wallaert sur un ton passablement ironique, il n'a pas beaucoup d'autres solutions, étant donné que nos effectifs se réduisent à peau de chagrin. J'espère le retour de Justine très rapidement.

— Cela ne dépend pas de mes compétences, riposta Vallin sur la défensive, qui se sentit visé par cette remarque.

— C'est quand même toi qui l'as envoyée voir un psy.

La discussion s'arrêta là. Wallaert et ses deux collègues, après avoir récupéré une copie de la plainte pour vol, se dirigèrent vers leurs véhicules.

La société Survivor était implantée dans la

zone industrielle située près de l'autoroute A25. L'établissement composé d'un entrepôt et d'une boutique était construit sur un terrain clôturé dont le portail était ouvert. Avant de s'y diriger, Wallaert avait donné les consignes claires et nettes à ses deux coéquipiers :

— Vous ne bougez pas d'ici, sauf si je ne reviens pas d'ici une demi-heure.

Après que Ligier et Pichon eurent acquiescé frénétiquement d'un mouvement de la tête, il s'en alla.

En arrivant devant le bâtiment, la devanture du hall d'exposition attira Wallaert. Des mannequins entièrement équipés de pied en cap et armés jusqu'aux dents trônaient derrière la vitrine. Une publicité vantant la qualité du matériel pour pratiquer le bushcraft l'intriguait. En entrant dans la boutique, il ne put s'empêcher de prononcer haut et fort :

— Bushcraft, mais c'est quoi ce truc ?

Derrière lui, une voix le fit sursauter.

— Le bushcraft est défini comme étant la vie en pleine nature. C'est un concept mis au goût du jour par des aventuriers et des survivalistes, lui expliqua la voix.

Wallaert se retourna. Un homme se tenait là. Il avait une quarantaine d'années, bronzé

d'allure sportive, la barbe de trois jours et un sourire éblouissant qui lui donnait un air avenant. Un seul élément dénaturait le personnage : son regard. Un regard froid qui tranchait avec cette figure charismatique.

— Merci pour l'information. Je suppose que vous travaillez ici ?

— Je me présente, Franck Ferrano. Je suis le gérant de cette société. Si je peux vous conseiller, je suis l'homme qu'il vous faut.

— C'est très intéressant ce que vous vendez, vos armes sont des copies parfaites. Je ne peux malheureusement pas m'attarder pour assouvir ma curiosité, car je suis venu vous voir par rapport à votre dépôt de plainte pour la disparition d'un véhicule. Je suis le commandant Wallaert. Nous vivons dans une société où la violence, le vol et l'incivilité sont omniprésents, dit-il avant d'aborder le sujet en détail.

— Un commandant qui se déplace pour un simple vol ?

— Oui, j'ai pris cette affaire à cœur quand j'ai appris la raison sociale de votre société.

— C'est-à-dire ?

— En fait, mon petit-fils fait des études en Angleterre et il a découvert une émission qui s'appelle « Born Survivor ». Il m'en parle à chaque fois, qu'il me voit ! Donc, j'étais curieux de découvrir votre univers. C'est joindre l'utile à l'agréable, ajouta-t-il en plaisantant.

— Votre petit-fils doit être un grand fan de Bear Grylls ! Je connais bien son émission. C'est par hasard, lors d'une prospection de matériel aux États-Unis, que je l'ai découverte sous une autre appellation : Man versus Wild. Dommage qu'elle ne soit pas diffusée en France, ce serait bon pour mes affaires. Enfin, nous ne sommes pas là pour parler de ça. Je suppose que votre temps est précieux, tout comme le mien, alors revenons à la raison de votre déplacement.

— Oui, fit Wallaert sur un ton passablement ironique, ne perdons pas de temps et allons à l'essentiel ! Pouvez-vous me dire à quel moment vous avez constaté le vol ?

— C'est mon livreur qui m'a prévenu. Il s'était garé aux abords d'une boulangerie pour acheter un sandwich et quand il est sorti de la boutique le véhicule avait disparu. D'après ce qu'il m'a raconté, des personnes ont vu une jeune femme en jogging rose s'engouffrer dans le véhicule et démarrer en trombe. C'était samedi dernier, en début d'après-midi.

— Si je comprends bien, cette personne a forcé la portière et mis en route la fourgonnette, s'étonna Wallaert.

— Ni moi ni mon livreur ne savons ce qui s'est passé exactement. Une chose est certaine, le véhicule a disparu, lui répondit-il avec conviction.

— Hum ! fait le commandant en s'éclaircissant la gorge. Et pourrais-je rencontrer votre livreur ?

— Je l'ai licencié, j'avais des doutes sur sa probité. Je pense même qu'il a laissé le moteur tourner, mais si je peux vous demander un service, ne le mettez pas dans votre rapport, sinon l'assurance ne fonctionnera pas.

— Oui ! c'est sûrement ce qui s'est passé dit Wallaert. À moins que… Il ne finit pas sa phrase guettant la réaction du gérant.

— À moins que… ?

Le visage de Franck Ferrano exprimait à la fois un regard fermé comme un tombeau et une forme d'inquiétude. Wallaert avait saisi le malaise, et sa pensée n'avait fait qu'agrandir son soupçon. Lorsqu'il prit congé de son interlocuteur en lui signalant qu'il allait le tenir au courant de l'enquête, le visage de l'homme ne trahissait plus aucune fébrilité. *« J'ai raison, il y a quelque chose de pas très net dans son comportement »,* se disait-il. En montant dans son véhicule, il fit discrètement un geste de la main à ses deux anges gardiens. Il était midi quand il arriva au bureau et l'intuition de Wallaert ne lui avait pas fait défaut : la camionnette de Franck Ferrano avait été retrouvée calcinée. « *Duchamp aurait du mal à trouver des empreintes ou des indices, mais il fallait s'en douter* », pensa-t-il. Il fut ramené à la réalité par Vallin.

— Était-il franc du collier ton bonhomme ? demanda le commissaire.

— Je peux me tromper, mais j'ai la certitude qu'il y a anguille sous roche. Pour moi, c'est lui qui est l'auteur de cet incendie. Peut-être pas directement, mais je suis certain qu'il y est pour quelque chose, ce type n'est pas clair.

— D'accord ! Mais on ne condamne pas quelqu'un sur une présomption de culpabilité ou sur une intuition personnelle.

— Voilà tout le problème.

— En parlant de problème, j'ai le retour d'autopsie des deux Hollandais que tu as retrouvés. Ils ont été tués d'une balle en plein cœur. Le décollement des têtes s'est fait post-mortem. Ce qui a intrigué la scientifique, ce sont les bras des deux hommes, ils étaient porteurs de très nombreux petits hématomes dont ils ne connaissent pas la cause.

— Ce sont des marques qui me rappellent

une discussion que j'ai eue avec des jeunes qui pratiquaient l'airsoft.

— Ah bon ! fit Vallin surpris.

— Oui, je les ai rencontrés dans une laverie automatique. Ces jeunes sont arrivés avec leur linge à laver et nous avons discuté pendant un bon moment. J'ai constaté qu'ils avaient tous des marques sur les bras. Intrigué, je leur ai posé la question et j'ai appris que c'était dû aux impacts des billes en plastique qui déboulent avec une puissance de deux joules. C'est la force de la percussion qui leur laisse ces hématomes, m'ont-ils répondu.

— Je croyais que c'était des taches de peinture.

— Non, ça, c'est le paintball, là nous sommes dans un jeu plus violent.

— Un nouveau jeu ?

— Non un nouvel indice ! La société de Franck Ferrano est spécialisée dans le matériel nécessaire à cette activité et il sponsorise même des équipes. Il organise des stages en Pologne qui d'après mes interlocuteurs ont un côté obscur. On peut en déduire selon les traces trouvées sur leurs bras, que les deux Hollandais devaient certainement pratiquer ce sport. Peut-être étaient-ils, au courant de quelque chose qu'ils auraient mieux fait de ne pas savoir !

— D'accord, mais on n'a toujours pas de preuve pour l'inculper. À mon avis, tout ce qu'on peut faire dans un premier temps, c'est d'introduire deux ou trois personnes dans ce milieu. On va appeler Sénéchal pour voir ce qu'il en pense.

Trois quarts d'heure plus tard, la conversation avec Sénéchal avait permis d'élaborer un plan que Wallaert était en train de noter sur une feuille de son paperboard.

- Une équipe de Sénéchal va s'infiltrer dans un des clubs de la société Survivor.
- Des contacts vont être pris avec la Pologne pour connaître les identités des participants aux stages organisés par Survivor.
- Dans le cadre du rappel des mesures de sécurité et du transport des armes, la même opération sera menée en France et dans les pays dont les immatriculations avaient été notées par Léger sur le montant de l'abribus et ensuite on va faire le recollement

- avec les trois listes.
- En parallèle, la photo des deux frères De Jong sera présentée à tous les responsables des clubs.
- Les mesures de protection pour l'éventuelle attaque des écluses en Hollande sont opérationnelles depuis 24 heures. Les mêmes mesures sont appliquées aux Moëres en région dunkerquoise.
- Les enquêtes sont toujours en cours sur les attaques du Prytanée Militaire de la Flèche et du collège Eton.
- Les huit suspects arrêtés dans le camping sont restés muets.
- Concernant les huit futures dernières victimes, à ce jour aucune nouvelle.

Après avoir tout noté, il jeta un regard à Vallin et lui dit :

— L'Hydre est normalement plus dans l'esbroufe lorsqu'elle commet une action, cette fois-ci à part la revendication téléphonique… rien ! C'est bizarre.

— Comment ça, c'est bizarre, ils ont quand même tué ou eu l'intention de tuer huit personnes.

— Ça, c'est ce qu'ils ont dit.

— Tu peux étayer ta théorie ?

— Non, c'est un simple pressentiment.

— De toute façon, pour l'instant, on doit attendre le résultat des éléments glanés par les équipes de Sénéchal avant d'agir. En attendant, je te propose que tu rendes visite à nos éclopés pour connaître leur état d'esprit.

— C'est vrai que nous n'avons aucune nouvelle de ce pauvre Roussel. Mais je vais d'abord aller voir Martin et Martens.

— Et Ligier et Pichon, que font-ils ?

— Ils sont partis déjeuner, puis je leur ai demandé de faire une planque discrète autour du site de Survivor pour surveiller les allées et venues. Ils y seront vers 14 h.

— D'accord, tiens-moi au courant

La visite chez Martin fut brève. Wallaert n'a pas voulu s'attarder davantage. Le jeune couple était entièrement dévoué au nouveau-né. Dans un certain sens, Jean-Philippe Martin semblait aller bien. Il avait l'air de profiter pleinement de sa convalescence pour s'initier à l'art d'être un jeune père. Cependant, avant que Wallaert le quittât, sous le regard approbateur de sa femme, Martin annonça :

— J'ai pris une balle, mais pas dans la tête… j'ai eu de la chance, une chance qui ne se représentera peut-être plus jamais. Je suis désolé, dit-il avec un air presque triste, mais je vais passer tous les concours de la fonction publique pour changer de poste. Je ne veux plus que ma femme ait peur quand je reprendrai le service.

— Je comprends ton choix, la police et la famille ne sont pas compatibles, répondit Wallaert en partant.

Il conduisait sa voiture, agacé. Cette nouvelle ne l'avait pas forcément réjouie. Arrêté à un feu rouge, il vit un jeune couple sourire en traversant le passage piéton en poussant une poussette. Il n'avait jamais connu ça… il ne le regrettait pas, non, mais il était très contrarié que Martin envisageât de quitter son service pour cette raison, c'est-à-dire pour sa famille. Il alluma une cigarette et secoua la tête en se disant qu'après tout, il avait d'autres soucis : Roussel et Justine. C'était sans doute ça qui l'énervait le plus. Son équipe était excellente, il n'y avait pas à dire, et elle resterait performante, même sans Martin. Il sortit de sa rêverie quand la voiture derrière lui klaxonna. Le feu était vert, le jeune couple avait disparu. Wallaert passa la première et tourna à gauche. Il se retrouva à quelques pas de chez Justine. Il se gara, descendit de sa voiture et ferma sa portière. Il regarda l'appartement de Justine. Les fenêtres n'étaient pas éclairées. Il avait essayé de l'appeler par téléphone, mais elle n'avait pas répondu. Wallaert se dirigea vers la porte d'entrée et examina les sonnettes. Il ne vit pas le nom de Martens. Bien sûr. À quoi s'attendait-il ? Il recula de quelques pas et jeta un nouveau coup d'œil aux fenêtres plongées dans l'ombre. Étrange. Il n'habitait qu'à quelques minutes d'ici, pourtant il ne lui avait jamais rendu visite. Wallaert recomposa son numéro. Toujours pas de réponse. Il pensa un instant à sonner à toutes les portes en espérant tomber sur la bonne, mais il fut sauvé à la dernière minute par la porte qui s'ouvrit. Un jeune homme en costume gris en sortit. Wallaert en profita pour entrer. Troisième étage. Ça, du moins il le savait. Ils étaient rentrés ensemble à pied un soir après le travail. C'est ici que je vis, c'est ma nouvelle maison. Elle avait dit ça d'une façon bizarre, comme si elle en avait honte. Essoufflé, Wallaert monta les escaliers. Heureusement, il n'y avait que deux appartements à cet étage. Sur l'un, une plaque : Michel et Catherine Dumont. L'autre porte ne portait aucune indication. Wallaert déboutonna sa veste et sonna deux fois. Il attendit qu'on lui ouvre. Après avoir sonné une deuxième fois et frappé plusieurs fois, il allait partir quand la porte s'ouvrit brusquement. Justine apparut dans l'entrebâillement, vêtue d'un peignoir.

— Qu'est-ce que tu fais là ? Bien que tu es mon chef, tu te crois où pour réveiller les gens ?

— À quatre heures de l'après-midi un lundi ! rétorqua Wallaert avec ironie. Bon, tu me laisses sur le seuil ou je peux entrer ?

— Ben oui ! puisque tu es là, entre.

Il essuya ses pieds sur le paillasson et chercha vainement un endroit où accrocher sa veste qu'il décida finalement de tenir d'une main par-dessus de son épaule. Puis, il emboîta le pas de Justine, jusqu'à son salon.

— Désolée pour le bazar, dit-elle. Je n'ai pas eu le temps de mettre de l'ordre dans mes affaires. Tu veux boire quelque chose ? Un café ? J'imagine que tu évites l'alcool pendant tes investigations !

Wallaert perçut un sous-entendu dans sa dernière phrase, une allusion subtile qu'il était là uniquement pour l'interroger et non pas pour s'inquiéter de son état moral.

— Je m'apprêtais à m'habiller quand tu as frappé… ça ne te dérange pas d'attendre un peu ?

— Non, pas du tout.

— Je reviens dans un instant.

Elle s'éclipsa, laissant Wallaert au milieu du salon. Il examina le désordre qu'elle avait mentionné. Il éprouva un sentiment de malaise. Il n'appréciait pas du tout ce qu'il voyait et encore moins le fait que Justine lui semblait très épuisée. La jeune femme, habituellement forte et dynamique, paraissait à bout de forces. Elle réapparut avec un sourire aux lèvres, finalement elle avait l'air contente de sa visite.

— Je suis allé voir Martin, il se porte bien, mais il pense à changer de poste. Sa femme lui met la pression à cause de ce qui est arrivé.

— Je me dis sincèrement que je porte la poisse à mes coéquipiers. Un mort et un blessé, beau palmarès ! Non !

— Tu as sauvé Jean-Philippe, lui et sa femme te sont reconnaissants. Sincèrement.

— Eux, oui peut-être ! mais Vallin voit les choses différemment et demain matin je dois retourner me faire tester chez les dingues. Elle lui lança un regard anxieux. Le doc veut que je parle de mon enfance, et ça pour moi c'est dur. Je n'y arriverai pas.

— C'est toujours dur de parler de soi. Mais dans ce milieu, il ne faut pas se fermer. Il faut que ton discours soit logique sans jamais laisser entrevoir tes émotions. Cela les empêchera de fouiller dans ta vie privée.

— Facile à dire quand on n'est pas impliqué, lui rétorqua-t-elle avec véhémence. Wallaert la regarda avec un air de vieux chien fatigué, un peu las d'aboyer. Surprise par son attitude, elle changea aussitôt de ton. Si je comprends bien ce que tu essaies de me dire… c'est qu'il faut faire diversion en disant : J'ai perdu ma mère à 4 ans, je n'ai aucun souvenir d'elle, je suis devenue orpheline à 14 ans après la mort de mon père. N'ayant plus personne, j'ai été prise en charge par les services sociaux. Ils m'ont placée dans une famille d'accueil, qui n'avait pas d'enfant, et dont le chef de famille était policier. Ils m'ont donné beaucoup d'amour… et c'est pour cette raison que j'ai voulu moi aussi devenir policière. Mes parents adoptifs sont morts dans un accident de voiture, il y a peu de temps, mais ils ont eu le bonheur de me voir finir première de ma promotion.

— C'est bien résumé dit Wallaert, tu ne dramatises pas trop et tu termines par du positif.

— À t'écouter, on dirait que tu as vécu ça dit Justine presque en souriant.

— *« Je préfère l'avenir au passé, car c'est là que j'ai décidé de vivre le reste de mes jours ».*

Ce n'est pas moi qui le dis, c'est une citation de Victor Hugo, répondit Wallaert d'un ton sérieux.

— Hum… je devrais la suivre, répliqua-t-elle sur le même ton.

— Au fait, je peux te demander un service ?

— Oui, vas-y !

— Est-ce que tu peux venir avec moi au CHU ? Je vais voir Roussel, mais je n'ai pas le courage d'y aller seul. Il doit être dans un état lamentable, et je redoute surtout de ne pas trouver les mots pour lui parler.

— Ben, je croyais qu'il était mort ?

— On a répandu cette rumeur pour le protéger d'un éventuel attentat. Sénéchal ne voulait pas revivre l'épisode de Léger.

— OK, si je saisis bien c'est à moi de monter le moral de tout le monde.

Sa plaisanterie étonna Wallaert qui ne savait pas à quoi s'en tenir

— Je rigole bien sûr, ajouta-t-elle en voyant son air abattu, allez, on y va !

Pendant le trajet, Justine lui posa un tas de questions sur le rôle de Roussel dans cette affaire et sur les raisons d'un tel secret. Wallaert lui raconta les objectifs de sa mission et les succès qu'il avait remportés sur d'autres opérations.

— Il n'y avait que Vallin et moi au bureau

qui connaissions son implication. Personne d'autre ! Ce qui me surprend, c'est qu'il m'a envoyé un dernier message avec les coordonnées GPS où trouver les corps des deux hollandais. Je me demande comment il a pu repérer deux cadavres enterrés, aussi rapidement ? Et comment s'est-il fait démasquer ?

— Je pense que tu vas bientôt le savoir, on arrive.

Après avoir garé leur voiture, Wallaert et Martens se rendirent à l'accueil de l'hôpital. Une secrétaire d'un certain âge à l'allure stricte les observa d'un œil indifférent.

— Bonjour, nous venons voir, monsieur Bernard Roussel, dit Wallaert en montrant sa carte de police.

— Montez à l'étage, un médecin va vous accueillir, répondit-elle d'un ton impersonnel.

— Merci, lui répondait Wallaert, comme un spectateur au regard déçu avec une pointe d'amertume dans la voix. Il avait horreur des gens qui se croyaient au-dessus des autres.

Arrivé à l'étage, le médecin leur expliqua que l'état du patient était satisfaisant.

— Après ce qui lui est arrivé nous avons essayé une greffe. Actuellement, le patient est en chambre stérile. Si vous souhaitez le voir, il faudra vous munir d'une combinaison intégrale. Son moral n'est pas au beau fixe, comme vous pouvez le comprendre ajouta le praticien en levant machinalement les mains au ciel. C'est normal pour tous les patients qui ont subi ce type d'opération, mais après, tout s'arrange. Je vous demanderais juste de limiter votre visite à une demi-heure maximum.

— Il n'y a pas de problème, répondirent ensemble les deux policiers.

— Très bien, je vous emmène au vestiaire. Quand vous serez prêt, je vous ferai entrer dans un sas et de là vous accéderez directement à la chambre stérile. Je reviendrai vous chercher dans une trentaine de minutes pour la sortie.

Devant la porte de la chambre de Roussel, Justine ne put résister à faire une petite remarque, cocasse :

— Tu es très mignon avec cette charlotte sur la tête, dommage que je n'ai pas mon téléphone avec moi pour immortaliser ce moment.

— Je vois que tu n'as pas perdu ton sens de l'humour dit Wallaert d'un ton évasif, mais ce n'est pas le moment.

— Oui, pardon.

Quand ils entrèrent dans la pièce, ils furent choqués par l'atmosphère. Une obscurité apaisante y régnait. On apercevait, dans une faible lumière bleutée, Roussel couché sur un lit. Il était entouré de nombreux appareils munis de diodes lumineuses qui donnaient une impression irréelle à l'endroit. Roussel était conscient, il était bel et bien éveillé. D'un regard plein de tendre compassion, Wallaert le contempla. La lumière tamisée ne parvenait pas à cacher son émotion. Et il resta là ! comme figé.

— Je sais, c'est impressionnant… on pourra finir par croire que j'ai obtenu un rôle dans un épisode de robocop, plaisanta Roussel. Quoi qu'il en soit, je te remercie d'être venu avec un ange, dit-il en s'adressant à Wallaert tout en observant discrètement Justine.

— Pour un mort, il raconte beaucoup de conneries, répliqua-t-elle.

— Chère amie de Gérard, je ne suis pas mort. Du moins pas encore… Et je peux vous rassurer qu'après 12 h de billard, plus rien ne me manque à mon anatomie. Le plus dur dans cette histoire c'est la rééducation, va-t-il m'obéir au doigt et à l'œil ? C'est la question que je me pose.

Un peu choquée par ces propos, Justine jeta un rapide coup d'œil en direction de Wallaert en lui précisant et en hochant la tête :

— Je crois qu'il est sous l'effet des médocs,

ce n'est pas possible autrement !

Son geste de la tête fit glisser quelques-unes de ses boucles cuivrées de sa coiffe médicale.

— Moi, je pense, surtout que je dois vous présenter lança le commandant le sourire aux lèvres. Lieutenant Bernard Roussel, voici la lieutenante Justine Martens qui a été major de sa promotion.

— Enchanté ! les conditions ne sont pas idéales pour flirter, mais cela me permet de rester optimiste. Félicitations pour votre classement. Moi, j'étais le dernier de ma promotion, dit-il pour essayer de détendre l'atmosphère.

— Les présentations étant faites, continua Wallaert plus sérieusement, Bernard j'ai deux questions à te poser. Si tu es en état de me répondre bien sûr ?

— Vas-y, pose-les-moi !

— Comment as-tu su où étaient enterrés les deux corps ? Et comment t'es-tu fait repérer ?

— Cela s'est passé bêtement, c'est une erreur de ma part, j'aurais dû être plus discret. Tu m'avais demandé de surveiller Myriam Despoix. Mais le lendemain matin vers 8 h, par hasard, j'avais fait la connaissance de son voisin. Un ancien, qui a fait l'Indochine et qui m'a invité chez lui. C'était un moyen parfait pour m'approcher discrètement de la cible. Et comme tu le sais, j'ai mon truc pour me faire des amis, donc ce fut facile. Le problème, avant d'arriver chez lui, sur le palier de Despoix, une voix masculine s'était mise à crier. Je n'ai pas pu m'empêcher d'écouter à la porte. Le sujet de la conversation portait sur une distance par rapport à un camping. À un moment donné, cette voix a dit :

— D'accord, si vous ne trouvez personne je vais les déplacer. Je vous donne quand même les coordonnées, c'est le 50.79582-2.67479, dans le cas, où ! Par contre, il faudra me payer aussi pour l'hôpital. J'ai fait mon boulot, j'ai pris tous les risques, je ne suis pas responsable si le client a survécu, je l'ai quand même plombé de deux balles…

— Cette voix devait être celle du neveu, Dany Despoix, précisa Wallaert. Mais tu as une sacrée mémoire pour te souvenir des coordonnées, comment tu fais ?

— Par des moyens mnémotechniques. Il y a des formations prévues pour des personnes, qui faute d'habitude n'apprennent pas facilement ! C'est mon cas. Bref, pour revenir à l'histoire, la conversation était téléphonique. Là où j'ai été nul, c'est quand le vieux m'a appelé en hurlant dans l'escalier et que le gars au même moment a ouvert sa porte. Je ne sais pas ce qui m'a pris, j'ai paniqué, et au lieu de rejoindre le voisin à l'étage je me suis sauvé. Le gus devant sa porte m'a couru après. J'ai réussi à le semer, j'ai noté en quatrième vitesse les coordonnés et je me suis dépêché pour glisser le message dans ta boîte aux lettres. Mais là où ça a vraiment dérapé, c'est deux ou trois rues plus loin. D'une camionnette sont sortis quatre types dont le gars du palier et un autre que j'avais déjà arrêté lors d'une mission d'infiltration dans le secteur automobile et qui m'a reconnu. Il s'agit de Franck Ferrano. Ils m'ont attrapé et jeté dans le fourgon, puis, ils ont commencé à me tabasser jusqu'à ce que je perde connaissance. À mon réveil, je me suis retrouvé nu bâillonné et ligoté avec un sac opaque sur la tête. Puis ils se sont à nouveau acharnés sur moi. J'entendais leurs cris de haine adressés à ceux qui osaient s'opposer à leur révolution. Ces suppôts de Satan qui devaient être une demi-douzaine parlaient de leur monde meilleur. Avant de sombrer dans un état second, j'étais surpris qu'ils ne me posassent aucune question. Sur l'enquête ou les noms des policiers chargés de l'affaire par exemple ! Puis je me suis demandé pourquoi, Ferrano, petit truand sans importance, se trouvait dans ce monde de fanatiques. Par contre, je n'avais pas l'impression qu'il était là quand ils m'ont torturé, j'en suis même sûr, même si j'avais perdu conscience à ce moment-là. Tout ce dont je me souviens parfaitement, c'est quand je me suis réveillé. J'étais plongé dans un bain de sang, avec une douleur atroce qui me déchirait tout le corps. Une douleur que je ne souhaite à personne. La suite, tu la connais…

— Je crois pouvoir répondre à ta question sur le désintérêt pour la progression de l'enquête. Il y avait une taupe dans ton équipe. C'est elle qui devait les informer.

— Dans mon équipe ? C'est impossible !

— Plus précisément, si tu préfères dans le groupe de Sénéchal. Elle s'appelle Sophie Loiseau.

— Sophie, je la connais bien, elle jouait le rôle de ma compagne quand j'ai démantelé un réseau dont faisait partie Ferrano.

— Si je comprends bien, ils se seraient connus à ce moment-là !

— Oui, à ma connaissance, mais de là à passer du côté obscur…

— Vous n'avez pas compté sur la force de l'amour dit Justine qui était restée silencieuse depuis la mauvaise plaisanterie de Roussel.

Roussel allait répondre, mais le médecin fit

son apparition annonçant la fin de la visite et invitant les deux policiers à quitter les lieux.

— Je suis désolé d'interrompre votre conversation, mais c'est l'heure des soins et il ne faut pas trop fatiguer le patient.

— Bon, on va te laisser dit Wallaert d'un ton compatissant.

— Merci pour ta visite, n'hésite pas à revenir pour me raconter la fin de cette enquête. Quant à vous, ma chère Justine, j'ai été ravi de faire votre connaissance et j'espère que ce n'est pas la fin du match, mais seulement la fin du premier round.

Justine lui sourit.

— Prends soin de toi vieux, dit Wallaert en lui faisant un signe amical de la main.

Les deux policiers ainsi que le médecin quittèrent les lieux laissant le champ libre aux infirmières. En sortant de l'hôpital, Wallaert, malgré sa tristesse pour Roussel, ne put s'empêcher de dire à Justine :

— Il faut espérer que tu ne vas pas faire le même effet au psy demain matin. Sinon tu risques de te retrouver avec un abonnement à l'année.

— Ha ha, très drôle. Quand il s'agit de me demander un service, tu es plus subtil. D'ailleurs, je n'ai pas servi à grand-chose, tu t'es très bien débrouillé sans moi. Mais si je peux servir à quelque chose, alors enlève cette adorable charlotte qui te donne un air ridicule. On dirait que tu as une tête de champignon.

— Tu n'aurais pas pu me prévenir avant que je me retrouve dans la rue, fit remarquer Wallaert complètement affolé en touchant son crâne pour s'en débarrasser. Il regarda autour de lui pour s'assurer que personne d'autre ne l'avait vu.

— Ça aurait été moins drôle si tu l'avais su avant, répliqua Justine ironiquement.

— Je suis content de voir Roussel dans cet état d'esprit dit Wallaert pour changer de sujet.

— Il est dans une phase positive, entouré par des gens compétents. Il faut espérer que l'après lui sera aussi favorable, moralement et physiquement.

— Je vais devoir prévenir Sénéchal de l'implication de Ferrano. J'avais mis Ligier et Pichon en place pour le surveiller, il vaudrait peut-être mieux que je les appelle pour leur dire d'arrêter leur mission. Pas besoin qu'ils prennent des risques inutiles, précisa aussitôt Wallaert.

— Oui, c'est mieux, vu ce qui est arrivé à Roussel, approuva Justine.

Il composa aussitôt le numéro.

— C'est fait, ils sont de retour au commissariat, tout s'est bien passé. Ils n'ont rien remarqué de bizarre. Je vais devoir les rejoindre, malheureusement tu ne peux pas m'accompagner, je vais donc te ramener chez toi. J'espère que tu seras bientôt de retour parmi nous.

— Pas autant que moi, répondit-elle, avec une expression dubitative.

Vingt minutes plus tard, Wallaert retrouva Vallin en pleine discussion avec Sénéchal et Vanchoonbeek. Il leur rapporta les propos de Roussel.

— Ça tombe bien, je venais justement vous informer. Tout ce que nous avions prévu ce matin est en pause pour le moment, sauf la surveillance des écluses en Hollande et dans la région dunkerquoise. Les hauts gradés sont nerveux. À 10 jours de l'ultimatum, ils ont décidé d'une nouvelle priorité. Demain matin, à 6 h, nous devons lancer une opération au niveau européen pour arrêter les membres présumés de l'Hydre. Ils ont tous été repérés par l'immatriculation de leur voiture ou par l'adresse IP de leur ordinateur ayant surfé sur le réseau crypté SKY ECCI. Bien que n'ayant aucun indice à part le témoignage de Roussel, je vais ajouter Ferrano à la liste des suspects. J'ajouterai également ses employés qui d'après les rapports sont en tout trois personnes. Je vais aussi prévenir mon équipe, pour qu'elle pose, des GPS magnétiques, sur le véhicule de Ferrano et ceux de la société Survivor, comme nous l'avons déjà fait pour nos ressortissants en France et pour les Européens par leur police respective. Le problème c'est que les rôles sont déjà attribués et qu'il n'y a rien de prévu pour l'arrestation de ce dernier suspect. J'ai besoin de votre collaboration, dit-il en s'adressant à Vallin, je vais demander aux équipes du RAID de s'occuper des employés, mais je voudrais que votre commissariat s'occupe de Ferrano.

— Je pense que Wallaert va être ravi d'arrêter ce petit bonhomme, lança-t-il en observant le visage du commandant s'illuminer avec un regard triomphant où l'on voyait sa colère et sa soif de vengeance.

— Je suis prêt et je réponds pour mes deux coéquipiers. Avec ma promesse que ce type ne nous échappera pas répliqua Wallaert d'un ton déterminé.

— Très bien, je vais vous mettre en contact avec le PC opérationnel pour coordonner votre action avec le reste du territoire. Nous devons couper toutes les têtes de l'Hydre pour mettre enfin

fin à ce massacre.

— Et nous y arriverons, ajouta Wallaert. Je vais prévenir Ligier et Pichon de se tenir prêts.

— Attends, dit Vallin, préviens aussi Justine, je la remets en service actif. On aura besoin d'elle.

— D'accord, je l'appelle tout de suite. Et j'organise une réunion dans mon bureau pour attendre les instructions du PC. Sur ces mots, il quitta la pièce pour rejoindre son bureau et rassembler son équipe.

Une bonne demi-heure plus tard, Wallaert les avait réunis. Justine était heureuse de réintégrer le staff, par contre Ligier et Pichon étaient moins enthousiastes. Ils n'avaient pas l'air d'aimer jouer aux petits soldats.

— Mon Pichon, je ne sais pas si ça te fait le même effet, mais le kevlar me donne de l'eczéma, plaisanta Ligier.

— Oui, mais ça évite le saturnisme si l'on se fait plomber le cul, répondit son acolyte.

— Vous êtes fans de l'almanach Vermot dit Justine en riant.

— L'alma, comment ? dirent-ils en chœur.

— Laissez tomber, fit Justine en levant les yeux au ciel.

Wallaert ne réagit pas. Assis à son bureau, devant son ordinateur il était en train de consulter Google Maps pour étudier les environs du domicile de Ferrano. Quand son téléphone sonna, tous les présents se figèrent. Il décrocha et commença à parler, sans mettre le haut-parleur. Les présents n'entendirent que des fragments de conversation :

— Wallaert… quatre… deux de plus… pas de souci… réunion à 4 h 30… arrestation à 6 h… OK, on fait le point à 5 h. Et il raccrocha.

— Je sens que la nuit va être courte, soupira Ligier.

— Ligier a raison. Réunion demain à 4 h 30. Pour éviter tout retard, je vous demande d'arriver un quart d'heure plus tôt. Le PC va nous renforcer de deux éléments des forces d'intervention pour l'opération. Notre objectif est d'arrêter Franck Ferrano. Nous serons donc six pour le faire. Le personnel et la fouille de l'entrepôt seront pris en charge par le RAID. Ce coup de filet doit se faire simultanément sur le territoire national et dans plusieurs pays européens pour pouvoir arrêter tous ceux qui sont impliqués dans cette affaire. Donc, il est très important de respecter le timing au moment de l'action. Le briefing de demain matin nous permettra de peaufiner notre attaque à la minute près. Des questions ?

— L'adresse de notre cible et le type d'habitation, demanda Justine.

— Une maison individuelle. Et par chance, elle est isolée. Je vais vous imprimer la carte des lieux pour que vous puissiez bien étudier l'endroit. J'espère que vous avez tous votre équipement d'intervention chez vous. Pour ceux qui ne l'ont pas, c'est le moment de le souligner. Il faudra aussi que vous m'accompagniez tout à l'heure à l'armurerie pour récupérer le matériel. J'ai prévu deux herses, un bélier, un bouclier et deux fusils Mossberg ainsi que des grenades assourdissantes. Si l'on arrive à les coincer, on pourra enfin souffler dit Wallaert avec un regard éteint. Il semblait courbé sous un poids écrasant. D'autres questions ? ajouta-t-il.

— …

— Bon, si tout est clair pour vous, on récupère les affaires qu'on va ranger dans l'armoire forte et ensuite dodo et rendez-vous à 4 h 15 demain matin. Il était presque 20 heures quand tout le monde fut rentré chez soi.

Justine était tout excitée à l'idée de ne pas avoir à retourner chez le psy. Mais aussi d'avoir retrouvé sa place dans l'équipe. Elle étala sur son canapé les éléments de protection et se mit à nettoyer son arme de service. Elle se rendit compte qu'elle n'avait pas mangé de la journée et commanda une pizza. Deux heures plus tard, après avoir réglé son réveil, elle s'endormit.

Le début de soirée de Ligier se passa comme d'habitude quand sa femme n'était pas de garde à l'hôpital. Elle préparait le dîner pendant qu'il regardait la télévision. Il quitta son canapé quand il vit qu'elle cuisinait son plat préféré.

— Oh ! quelle bonne surprise, dit-il en apercevant sur le feu une cocotte où mijotait un osso buco !

— Avec des spaghettis comme tu aimes, sourit sa femme. Il se hâta de s'installer à table et plongea gaiement sa cuillère dans un monticule de parmesan râpé. Il ne semblait pas inquiet pour le lendemain, ou alors il le cachait bien. De bonne humeur, il engloutit rapidement le contenu de son assiette puis se leva.

— Demain, nous avons un exercice qui commence à 4 h du matin. Tu t'en rends compte, ils ne nous ont jamais demandé ça. Mais après ton excellent repas, je suis prêt à affronter des montagnes. Par contre, ça va être une autre histoire au pas de course, je vieillis, dit-il en plaisantant. Bon, je vais préparer mon sac et je reviens.

Depuis qu'il exerçait ce métier, il avait toujours dissimulé les risques à sa femme, même si elle n'était pas dupe. Et de son côté, elle ne parlait jamais des drames qui se produisaient à l'hôpital. La différence entre eux, c'est que lui mentait et qu'elle se taisait. À son retour, elle rompit ce pacte tacite en lui demandant :

— Qu'est-ce qui se passe vraiment ?

— Rien, qu'est-ce qui te fait croire qu'il se passe quelque chose ?

— J'ai une collègue qui était en repos lors des coups de feu rue de Cassel et elle m'a dit qu'elle t'avait vu, c'était vendredi vers 15 h. Je sais ce qui se passe, Paul. C'est aussi ce jour-là à 4 h 30 du matin qu'il y a eu une fusillade sur un de mes patients et sur deux policiers à l'hôpital. Dis-moi la vérité.

— Je ne voulais pas t'alarmer, c'est tout ! lui dit-il d'un ton calme avant de tout lui révéler dans les moindres détails.

— Fais attention à toi, les cimetières sont pleins de héros, lui dit-elle avec un regard ému.

— Ne t'inquiète pas, je ne suis pas prêt à jouer les fantômes.

— Tu es vraiment bête ! Je suis sérieuse,

Paul.

— Moi aussi.

Cela faisait partie du caractère de Ligier, la plaisanterie à toutes les sauces.

Pichon, quant à lui, dès qu'il fut arrivé dans son appartement, se précipita sur son téléphone pour appeler Julia. C'était son rituel depuis qu'ils s'étaient rencontrés le jour de la Saint-Valentin. Elle se mit à lui raconter les réactions de ses parents après son départ dimanche soir.

— Ma mère t'aime beaucoup ! soit c'est ton bouquet de fleurs qui a fait effet, soit c'est ton charme. En tout cas, pour elle tu es le mari idéal.

— Et ton père ?

— Mon père veut t'apprendre le Terziglio et ça, c'est plutôt bon signe.

— Le Terziglio ? C'est quoi ?

— Le Terziglio est un jeu de cartes aussi appelé Calabresella. Il se joue avec 40 cartes tirées d'un jeu classique dont on a retiré les huit, les neuf et les dix. Normalement, il se pratique avec trois joueurs, mais on peut ajouter un quatrième joueur qui est le donneur et qui ne participe pas au jeu lui-même. Le but est d'arriver le premier à 21 points en remportant des plis contenant des cartes gagnantes. Pour cela, le joueur doit jongler avec des annonces qui sont toutes des mots italiens et savoir les utiliser à bon escient.

— Ah bon, fit Pichon d'une voix inquiète, mais comment on fait quand on ne parle pas italien ?

— Oh ! ne t'inquiète pas pour ça, ça aussi il veut te l'apprendre.

— D'accord, d'accord dit-il d'une voix lasse comme si une soudaine fatigue l'avait envahi. Et quand est-ce le début de cette formation ?

— Ils t'invitent dimanche prochain, il y a une grande fête à la salle paroissiale réservée aux Italiens pour l'unification de l'Italie. Normalement, c'est le 17 mars, mais comme ça tombe un mercredi et que ce n'est pas férié en France, ils le fêteront le 21. Je pense que ta première leçon d'italien est prévue pour ce jour-là, dit-elle sur un ton enjôleur. Mon père veut te présenter à ses amis, et il y aura un grand banquet avec un bal.

On sentait qu'elle était ravie de lui annoncer cette nouvelle. François Pichon était réticent, même s'il était fou amoureux d'elle, il était surpris par cette précipitation, car après tout, ils ne se connaissaient que depuis un mois, mais il ne voulait pas la décevoir.

— Dimanche prochain, je dois donc avoir l'élégance française avec le charme italien. J'espère pouvoir venir, dit-il.

— Pourquoi, tu ne pourras pas venir ?

— Ça dépendra, si je suis de permanence ou pas ! Tu sais dans la police, on doit toujours être disponible !

— Si tu ne viens pas, mes parents ne vont pas comprendre.

— Je ferai de mon mieux, je te le promets. Je t'appelle demain. De toute façon, j'ai besoin d'entendre ta voix qui sonne comme une mélodie au creux de mes oreilles, douce et profonde, qui enveloppe tout mon corps.

— Essaie d'être présent dimanche, lui précisa-t-elle avec une pointe d'humour. Et tu auras la version italienne.

Resté seul après avoir raccroché, il se précipita (avant de dévorer d'un trait son plat préparé qu'il avait acheté au chinois) pour vérifier son paquetage. Il était 22 heures quand il sombra dans un sommeil profond.

Wallaert était rentré chez lui à toute vitesse. Seul, plongé dans des pensées sombres, le vieux démon de son père sous la forme d'une bouteille d'alcool commença à le tenter. À quelques heures d'une opération qui engageait l'intégrité de son équipe, il ne pouvait pas se laisser emporter par ce diable en question. Pour éviter toute tentation, il vida sa bouteille, sa seule bouteille de genièvre dans l'évier. Il n'avait rien d'un ivrogne, non, mais il aimait bien boire son café en ajoutant un dé de genièvre, une bistouille comme on dit dans le nord. Ou en rentrant, boire sa petite bière tranquille chez lui dans son fauteuil favori. Très accro au petit écran, il alluma la télévision pour s'installer devant avec un plateau-repas, composé d'une baguette avec de la charcuterie, des cornichons et du fromage, accompagné d'une bière. Il regarda le journal d'information où se déroulait un débat sur les résultats du premier tour des élections régionales. À la fin de l'édition, le journaliste évoqua l'arrestation du frère de Mattéo Messina Denaro, le parrain de la mafia sicilienne et des dix-huit autres suspects lors d'une vaste opération de police dans les régions de Palerme et de Trapani. Dans son for intérieur, il se mit à penser *« J'espère que demain on fera aussi la une des infos »*. Sur cette dernière pensée, il éteignit son poste et alla se coucher.

En rentrant chez lui, Vallin eut une surprise. C'était son anniversaire, et sa femme avait invité des amis pour fêter ses 56 ans. Personne dans son milieu professionnel n'était au courant, même pas de son prénom « Raoul ». Non seulement il n'aimait pas les plaisanteries, mais ne parlait pas non plus de sa vie privée au commissariat. C'était sa dernière année avant de prendre sa retraite et il souhaitait que cette période se passe le plus calmement possible. C'était raté, hélas, il le savait. Sa femme ignorait ce qui se tramait, le commissaire avait, comme il l'avait fait au sein de son unité, cloisonné sa vie entre le travail et la famille. Mais les invités avaient commencé à l'interroger sur l'actualité, notamment sur la délinquance dans la région. Devant son air renfrogné, ils changèrent de sujet. Vallin avait un étrange pouvoir sur les gens, il n'élevait jamais la voix, un regard suffisait pour mettre fin à toute véhémence de ses interlocuteurs. Ses ennemis le surnommaient Kaa le serpent. Quant aux autres, au grand désespoir de sa femme qui aimait recevoir et qui avait besoin d'une vie sociale, lui contrairement à elle ne cultivait pas l'amitié. Les seuls discours de Vallin étaient basés sur les lois et les règles. Vers 23 h, il prit congé après avoir englouti son gâteau en précisant à l'assemblée que demain il se levait tôt, car la délinquance ne dormait jamais. Sur cette dernière phrase, il quitta la pièce sous le regard courroucé de son épouse.

Sénéchal, par contre, était parti pour une nuit blanche à coordonner l'ensemble des forces d'intervention pour le secteur nord de la France. Il savait parfaitement que la moindre erreur de sa part pouvait avoir des conséquences qui feraient échouer cette opération. Un peu comme dans un jeu de dominos où une pièce tombe et entraîne tout le reste. Pour l'heure, les remontées provenant du Centre Interministériel de Crise de Beauvau indiquaient que la situation sur les autres régions se mettait en place. Conformément aux plannings, une opération massive de 1800 policiers était mobilisée pour réaliser 200 interpellations en France. Environ, le triple était prévu sur le reste de l'Europe. À 5 h GMT, soit 6 h à Paris, les dés seraient jetés. Coutumier de ce type d'intervention, Sénéchal avait une habitude, il s'octroyait une pause méditation d'environ 5 minutes toutes les deux heures. C'était court, mais efficace et après chaque séance, sa ride léonine très prononcée chez lui, avait tendance à s'estomper. Sénéchal était comme Wallaert, un homme solitaire. Cela lui convenait parfaitement. Il avait été marié, il y a très longtemps, mais au bout de deux ans de vie commune, l'amour avait jeté l'éponge. Sa femme rêvait d'avoir des enfants, lui n'en voulait pas. Trop de contraintes, disait-il. Elle avait fini par le quitter quand elle avait rencontré l'homme de sa vie avec qui elle avait eu 3 enfants. Depuis, Sénéchal ne s'était plus jamais projeté dans une histoire sentimentale et cela ne lui manquait pas.

Mardi 16 mars 2010 à 3h15

Tous les participants, comme s'ils étaient liés par une même pensée, avaient réglé leur réveil sur 3 h 15. Sauf Sénéchal, qui n'avait pas fermé l'œil et qui était en train de mettre au point une dernière recommandation de la cellule de crise. Wallaert, lui, était debout depuis déjà une heure. N'arrivant pas à trouver le sommeil, il avait erré une partie de la nuit. Il tournait en rond comme un ours en cage, avec une angoisse profonde qui lui serrait la gorge. Ses artères battaient violemment au niveau de ses tempes et ses paupières étaient chaudes. Une insupportable chaleur brûlait ses mains desséchées et une émotion puissante contractait son diaphragme, il avait peur, oui, il avait peur d'échouer. Il parvint à se ressaisir en prenant une bonne respiration, puis se dirigea vers sa cafetière. L'arôme et le léger bruit d'écoulement du liquide noirâtre réveillèrent totalement ses sens « *Bon, il faut y aller. Dans quelques heures, ce ne sera plus que des souvenirs* ». Surpris d'entendre le son de sa voix, la riposte ne tarda pas à venir. « *Cette enquête me fait perdre la raison, voilà que je me parle à moi-même, tonna une voix intérieure* ».

Il se servit son petit noir, et contrairement à son habitude, il ajouta un nuage de lait et deux sucres. « *Pas de bistouille ce matin* », répliqua le son de sa voix en lorgnant du coin de l'œil la bouteille de genièvre vide dans la poubelle.

Pour Ligier, se réveiller de bonne heure dans une maison endormie était un moment de délectation. Cela lui donnait le sentiment d'être seul au monde. Après avoir fait sa toilette, il décida que le moment était opportun pour se mettre aux fourneaux et préparer une omelette au lard. « *La journée, va être longue. Et il y a de fortes chances que le repas du midi soit un mirage et les mirages manquent de consistance* » cette dernière pensée il l'eut avec un air embarrassé et un zeste d'amertume. Mais l'odeur du lard grillé qui avait commencé à lui frétiller les narines le ramena dans la bonne humeur.

— Hum, fit-il en humant les effluves émanant de la poêle. Il se précipita pour avaler son petit-déjeuner avant de se préparer moralement et psychologiquement pour l'intervention.

La première pensée de Pichon fut pour Julia, mais l'ombre de son père effaça le côté idyllique de cette vision en le ramenant à la réalité. « *Apprendre ce jeu débile en l'italien, grommela-t-il entre ses dents. Je ne sais pas à quoi cela va me servir, mais bon quand on est amoureux... Oui ! on le sait, c'est un sentiment qui nous rend tous gogols en nous rendant capables de tout. En fin de compte, c'est un petit sacrifice pour une vie de bonheur* », s'assura-t-il.

Regonflé à bloc, il se dirigea vers la salle de bain. Il était prêt pour entamer sa journée dans de bonnes conditions.

À son réveil, Justine se mit involontairement à penser à son père. Ce salaud qui avait anéanti une partie de sa jeunesse. Rien qu'à songer qu'elle allait contribuer à l'arrestation de ces individus malfaisants, ces troupeaux de crétins qui persécutent et détruisent la vie d'enfants et avoir le pouvoir de les mettre sous verrous la rendait de bonne humeur. À cette pensée, son visage fin, très pâle, un peu piqué de rousseur s'illumina. C'était aussi en grande partie pour cette raison qu'elle s'était engagée dans la police. Tout en préparant son thé, elle pensa à son psy, et sourit intérieurement. Une voix dans sa tête tonna : « *J'aurais bien aimé voir sa tronche quand on lui a annoncé que mes séances prenaient fin. Il croit pouvoir tout régler d'un coup de baguette magique. Ce n'est pas en racontant ma vie que je vais oublier ou accepter, bien au contraire, cela ne fait que raviver des souvenirs difficiles à effacer, mais, j'ai l'impression que cela le dépasse, il ne comprend pas. Enfin, mon calvaire se termine, il faut juste que j'arrive à contrôler un peu plus mes réflexes instinctifs, sinon, je repars à zéro* ». C'était sa dernière pensée avant de se replonger dans la réalité et d'enfiler sa tenue d'intervention avant de quitter son logement.

Vallin était routinier. Son premier geste en sortant du lit était d'allumer sa cafetière électrique. Pendant que le liquide coulait, il prenait sa douche, puis il se rasait. Sauf ce jour-là ! Ce jour-là, il ne s'était contenté que d'un coup de peigne, pas de toilette, ni de petit-déjeuner, et pour la première fois depuis sa prise de fonction comme commissaire il n'avait pas mis de cravate. En sortant de chez lui, il n'était pas allé directement à son bureau, il était passé sans s'arrêter devant la maison de Franck Ferrano. Pourquoi ? Même lui ne le savait pas !

Mardi 16 mars 2010 à 4h15

Tout le monde était à l'heure au rendez-vous. Ligier, en voyant les deux agents mis en renfort par Sénéchal qui attendaient à moitié endormis sur des chaises devant le bureau du commissaire, chuchota :

— Ils portent mieux la tenue que nous, dit-il à mi-voix en s'adressant à Pichon. Nous, avec nos casques on a l'air idiot.

Les deux agents se levèrent à l'arrivée du groupe. Apparemment, ils étaient déjà là depuis 2 h du matin. Vallin alla à leur rencontre en se présentant.

— Merci, messieurs, d'être venus nous aider. Nous allons passer dans le bureau du commandant Wallaert pour mettre au point notre stratégie d'intervention à l'aide des plans de la maison et de ses environs. Je vais également vous présenter les membres de mon équipe.

Les présentations étant faites il fut convenu

que les renforts pour plus de simplicité seraient nommés comme leur marquage dans le dos : 1A, et 1B, correspondant au numéro de la section et du groupe auquel ils appartenaient. Et qu'ils seront chargés éventuellement d'ouvrir la porte avec le bélier. À l'intérieur des lieux, ils protégeront la progression de Pichon et Ligier à l'aide du bouclier. Wallaert et Martens assureront la surveillance à l'arrière de la maison. Le commissaire donnera par radio le feu vert pour l'intervention, et il sera chargé de prévenir en cas de problème les secours.

À 5 h pile, le téléphone sonna. C'était Sénéchal. Il approuva la stratégie qui avait été mise en place, mais en incluant un dispositif de barrage des routes par ses unités et en rappelant qu'aucune course poursuite violente n'était tolérée.

— J'ai fait le nécessaire cette nuit pour mettre en place une équipe qui s'occupera de cette mission en cas de fuite, précisa-t-il. Grâce aux balises GPS, des hélicoptères sont prêts à prendre en chasse les conducteurs des véhicules qui passeront entre les mailles du filet, et nos unités au sol n'auront plus qu'à les cueillir. Est-ce que tout est clair ?

— Oui !

En raccrochant, Vallin exposa les dernières consignes en s'adressant particulièrement à Martens.

— Le message est formel : pas de faux pas, pas de coup de feu inutile. Les grenades et les deux fusils à pompe seront pour l'équipe qui entrera dans le pavillon. Les deux herses seront disposées dès notre arrivée aux abords du portail de la résidence. Si notre loustic s'enfuit, pas de conduite à la Fangio dans les rues. Nous avons deux véhicules banalisés à notre disposition, il est 5 h 20, mettons-nous en place. Autre chose, je suivrai le groupe principal pour donner par radio au commandant et à Martens des consignes de dernière minute. Je compte sur vous. Si vous n'avez pas de question, on peut y aller. Ne voyant personne réagir, il fit signe de partir.

Mardi 16 mars 2010 à 6h00

À 5 h 58 du matin au mois de mars, la nuit était comme un grand manteau noir qui estompait toutes les formes. Dans ce secteur peu urbanisé, l'éclairage public n'était pas encore installé. Aucune lumière ne filtrait aux jointures des volets de la maison qu'ils encerclaient. Tout était calme comme dans un lac sans vague ni remous, avant que dans l'oreillette de Wallaert retentisse la voix crachotante de Vallin :

— Plus que deux minutes, deux minutes…

Pour éviter de faire du bruit, d'un signe de la main, Wallaert pointa vers le ciel son index et son majeur à l'intention de Justine. À peine deux minutes plus tard, il leva son pouce en fermant le poing. Simultanément, un bruit sourd suivi du son d'une cavalcade et de cris s'éleva de la maison.

— C'est la police, la police… vous êtes en état d'arrestation.

Au moment où le bélier avait fracassé la

porte d'entrée, un flot d'adrénaline inonda les veines de Vallin. Il n'avait plus ressenti cette sensation depuis au moins une trentaine d'années. Il se souvenait de ce temps, où il faisait partie de l'unité de commissaire Broussard et que le 30 octobre 1979 porte de Clignancourt à Paris, il avait participé au piège tendu par la police qui avait mis un terme à la vie tumultueuse de Jacques Mesrine. Il voyait encore le fourgon qui bloquait la BMW de l'ennemi public numéro 1 de l'époque, et les rafales d'arme automatique le tuant, laissant un corps criblé de balles et un visage défiguré. « *On était considéré comme des héros. On paradait en bombant le torse devant la foule qui nous acclamait. Nous avions fait la une des journaux, en particulier celle de Paris-Match, éclipsant l'affaire Boulin. C'est à partir de ce jour que j'avais décidé d'être carriériste* », susurra une voix intérieure dans la tête de Vallin.

— Commissaire, commissaire, prévenez le commandant. Il y en a un qui tente de se tailler par l'arrière. La radio, bordel, hurlait le porteur du bouclier.

Vallin reprit rapidement ses esprits et se précipita pour envoyer un message à Wallaert en utilisant son talkie-walkie.

Postés à l'arrière de la maison, les deux

policiers entendaient les hurlements qui annonçaient une tentative d'évasion, qui fut confirmée par radio.

— Justine, fais attention, tiens-toi prête ! Ça va être à nous de jouer.

Cette phrase déclencha chez la policière un stress. Pas un stress de peur, mais la peur d'en faire trop… Tout tournait dans son esprit à une vitesse folle pour savoir comment agir. Un éventail de questions se posait dans sa tête, elle voyait sans cesse l'épée de Damoclès du psychiatre s'abattre sur elle. Elle vit une fenêtre voler en éclats, suivie d'une ombre qui se dirigeait vers elle. En une fraction de seconde, une petite flamme rougeâtre ponctuée de jaune suivi d'un claquement sec fut sa dernière vision, avant de sombrer dans le néant.

Au bruit du verre brisé, Wallaert s'était immédiatement décalé de quelques pas sur sa droite pour éviter d'être dans l'axe de la silhouette qui avait surgi soudainement de l'obscurité. Quand il prit conscience qu'un pistolet était braqué dans leur direction, il hurla un avertissement à l'intention de Justine, mais couvert par la détonation elle n'avait apparemment pas entendu. Instinctivement, il appuya deux fois sur la gâchette, et la silhouette s'arrêta net dans sa course avant de s'écrouler sur le sol tel un pantin de chiffon. Aussitôt, Wallaert se précipita vers Justine en allumant sa lampe torche.

Elle était à terre, le visage ensanglanté. De sa tempe gauche, des sillons rougeâtres accentuaient la blancheur de sa peau. Complètement affolé, il prit son téléphone et composa le numéro que leur avaient transmis les secours d'urgence.

— Commandant Wallaert à l'appareil, dit-il en haletant, nous avons une blessée par balle… à la tête au niveau de la tempe… elle a perdu connaissance, elle perd beaucoup de sang… venez, venez vite… cinq minutes… merci.

Il raccrocha, puis se pencha de nouveau pour tâter le pouls de sa coéquipière. En constatant qu'il était régulier, il se rassura et prévint Vallin de la situation. Ce dernier répliqua :

— Pour Martens, malheureusement, on ne peut rien faire. Il faut attendre l'arrivée de l'ambulance. Mais qu'en est-il de l'état du fuyard ? l'interrogea le commissaire.

— Je vais voir, dit Wallaert.

En arrivant près du corps plongé dans l'obscurité totale, sans chercher à l'identifier il lui asséna un coup de pied.

— Je crois qu'il est mort.

— Bon, on verra ça tout à l'heure, ici tout va bien, nous avons arrêté Ferrano, il s'est rendu sans résistance, les hommes de Sénéchal s'en occupent. Nous allons venir te rejoindre, dit-il sur un ton plus calme et compatissant.

— O.K. je vous attends.

Au loin, on entendait monter en crescendo la sirène de l'ambulance accompagnée par les aboiements des chiens des environs. L'équipe de Vallin arriva rapidement. Ils trouvèrent Wallaert complètement prostré près de Justine qui n'avait toujours pas repris connaissance. Le premier geste du commissaire fut de le rassurer sur l'état de la blessée :

— La balle l'a juste frôlée, elle a eu beaucoup de chance, la lieutenante est une dure à cuire, je pense qu'elle va se rétablir rapidement, lui dit-il d'une voix rassurante. Je vois qu'elle n'a pas sorti son arme, c'est donc toi qui as tiré ? Et sur qui ? demanda-t-il.

— Je ne sais pas, il faisait trop sombre.

Ligier qui s'était approché du corps inanimé avec une lampe qui éclairait la scène leur cria :

— Bingo ! J'avais raison, c'est la greluche

de l'équipe de Sénéchal !

Moins de cinq minutes plus tard, l'ambulance était sur place. Lorsque Justine fut installée sur un brancard, elle se mit à gémir doucement. Pendant que les infirmiers la mettaient dans le véhicule, le médecin-urgentiste s'adressa au groupe en confirmant les dire de Vallin :

— Votre collègue a été vernie, la balle a juste effleuré son crâne, comme cette zone est très vascularisée, elle provoque un fort saignement, c'est impressionnant, mais il y a de fortes chances que ce ne soit pas trop grave. Cela dit, seule l'IRM confirmera mon diagnostic.

Vallin bafouilla un remerciement qui se termina par un raclement de gorge mal improvisé.

— Je suppose que vos services vont s'occuper du corps qui est à terre ? l'interrogea le médecin.

— Oui, c'est exact ! Le légiste est prévenu, il ne va pas tarder, répondit le commissaire qui avait retrouvé son aplomb.

— D'accord, pas de problème. Alors, nous pouvons partir ?

— Oui !

Dans l'ambulance, Justine semblait avoir

repris conscience. Ils crurent même qu'elle leur souriait malgré son masque à oxygène. Cette dernière image s'effaça derrière les portes de l'ambulance, qui se refermèrent d'un claquement sec. La sirène monotone et bruyante se remit à retentir, éclairée par la couleur bleutée du gyrophare. Le véhicule de secours démarra, puis s'éloigna lentement en disparaissant dans le silence. Un silence immaculé, plus vaste que le désert, plus vaste que l'étendue du ciel avec à son bord une jeune femme.

— Bon, les hommes, il faut qu'on s'occupe sérieusement de Ferrano avant que l'équipe de Duchamp investisse les lieux.

Quand ils s'approchèrent du gérant de Survivor, ils le trouvèrent complètement affolé et en pleurs.

— Sophie, où est-elle ? demanda-t-il entre deux sanglots.

— Ta Sophie est ad patres mon gars, répondit Ligier en lui lançant un regard noir.

Devant cette réponse, Ferrano semblait se figer. Ses yeux vitreux étaient fixés sur Ligier. Seules ses lèvres en mouvement tremblaient, comme si les mots ne parvenaient pas à sortir de sa bouche.

— Crache le morceau Franck, le stimula

Ligier d'une voix passablement ironique, nous sommes entre nous et l'on va le rester pendant un bon moment.

— Ça suffit, l'interrompit Vallin d'un ton sec, on arrête là ! Messieurs, dit-il en s'adressant aux deux agents qui étaient venus renforcer l'équipe, nous allons l'emmener au commissariat, ensuite, je contacterai Sénéchal pour faire mon rapport. Pendant ce temps, dit-il en s'adressant à Wallaert, prends la deuxième voiture et va rejoindre Martens. Par contre, il faut que tu me rendes ton arme… Et vous, dit-il en s'adressant cette fois-ci à Ligier et Pichon, vous sécurisez les lieux jusqu'à l'arrivée de Duchamp. L'interrogatoire se fera ensuite dans nos locaux dans les règles de l'art, ordonna-t-il.

Resté seul après leur départ, Ligier regarda Pichon :

— Pour qui vais-je passer ? Pour un idiot !

— Je pense que Vallin a repris du poil de la bête depuis cette enquête. On n'était plus habitué à ses sautes d'humeur. Il faudra qu'on s'y fasse, souligna Pichon fataliste.

— Hum, fit Ligier. Alors, laissons tomber et allons faire le croque-mort, ou plutôt une veillée mortuaire près de Sophie.

Quelques secondes plus tard.

— Punaise ! J'ai une faim de loup. S'il y avait des cierges, je serais capable de les bouffer, piaffa Pichon pour détendre l'atmosphère. Tiens, une question pour passer le temps : tu ne parlerais pas italien par hasard ?

— Ben non, pourquoi me demandes-tu ça ?

— Non pour rien. Oublie.

En arrivant au commissariat, Vallin confia Ferrano aux bons soins du chef de poste en remerciant les deux agents venus en renfort avant de s'enfermer dans son bureau. Il avait besoin de se retrouver avant de contacter Sénéchal. Il laissa courir son regard sur l'horloge murale et sourit. Elle lui rappelait sa jeunesse : une reproduction de l'horloge de l'ORTF qui servait d'interlude dans les années 60. Elle indiquait 7 h 45. Il décida de s'accorder un quart d'heure de pause en allant prendre dans le bistrot voisin un café, pain beurre. Chose que 24 h avant il aurait considérée comme inopportune. Mais là ! apparemment, il avait rompu avec toutes ses habitudes.

Pendant le trajet vers l'hôpital Wallaert se sentait coupable et inutile. C'était la deuxième personne qu'il appréciait qui frôlait la mort en moins d'une semaine. Il se demandait : pourquoi ça n'arrive qu'aux jeunes et pas à un vieux bougon solitaire comme moi ?

Arrivé dans le hall de l'établissement il croisa le médecin-urgentiste qui le rassura :

— Elle est entre de bonnes mains. Ils vont lui faire un scanner et bonne nouvelle, elle a repris ses esprits.

— Pourrai-je la voir ?

— Je vais prévenir le service que vous êtes là. Ils viendront vous voir dès que les examens seront terminés.

— Combien de temps faudra-t-il compter ?

— Je ne peux pas vous dire, mais ne vous inquiétez pas. En attendant, installez-vous dans la salle d'attente et prenez un café. Ça vous remettra d'aplomb.

— Merci docteur, je vais suivre votre conseil.

Après avoir mangé, Vallin était retourné dans son bureau. Il était 8 h 15 quand il se décida à appeler Sénéchal :

— Bonjour… voici la situation ! Nous avons arrêté Ferrano sans difficulté. Mais il y avait aussi sur les lieux Sophie Loiseau qui a essayé de s'enfuir. Elle a tiré en blessant Martens. Le commandant Wallaert a dû la neutraliser. Elle est morte sur le coup. Et de votre côté, le bilan est-il satisfaisant pour l'ensemble de l'opération ? demanda-t-il. Les employés de Ferrano, ont-ils été arrêtés ?

— Je suis désolé pour Martens, j'espère que ce n'est pas grave. Pour l'opération, le succès est au rendez-vous. Nous avions environ 800 cibles dans l'espace Schengen et à cette heure précise, nous avons environ 780 interpellations. C'est un exploit auquel je n'aurais jamais cru pouvoir participer. On n'a jamais réussi quelque chose d'aussi grandiose depuis que je suis dans le service, dit-il fièrement. Selon les études, il reste encore une vingtaine de personnes en cavale, mais la traque continue. Quant aux employés de Ferrano, ils sont actuellement en garde à vue. Une équipe de spécialistes est en train de fouiller les locaux. Ils examinent aussi le serveur informatique. En attendant, tu me gardes Ferrano au frais, il vaut mieux que nous l'interrogions après le résultat de la perquisition. De mon côté, je ferai la même chose avec ses employés. Bon, il faut que je te laisse, il n'y a pas le feu au lac comme disent les Suisses, mais pour moi c'est la course jusqu'à la clôture officielle de cette mission. De toute façon, je te tiendrai au courant dès que j'aurai d'autres informations.

— Si l'on arrive à mettre fin à ce massacre, je pourrai partir à la retraite l'esprit tranquille, répliqua Vallin.

— On y arrivera, l'encouragea Sénéchal avant de raccrocher.

Le café que Wallaert avait bu n'avait pas eu beaucoup d'effet. Assis, sur une chaise de la salle d'attente il s'était assoupi. Une main posée sur son épaule le réveilla en sursaut. Il distingua devant lui un homme assez jeune vêtu d'une blouse blanche.

— Bonjour, lui dit-il. Je suis le neurologue qui s'est occupé de votre collègue. J'ai une bonne et une mauvaise nouvelle à vous annoncer. La bonne, elle a totalement repris connaissance, ses facultés neurologiques et cognitives sont intactes. La mauvaise, le choc a provoqué un syndrome V.P.T. à l'œil gauche.

Wallaert qui n'avait rien compris l'observa d'une étrange manière. Un peu comme un zoologiste qui étudie un animal qu'il voyait pour la première fois.

— Merci de me traduire, finit-il par lui dire ?

— Désolé. En fait, c'est un trouble visuel post-traumatique. Pour faire simple, il s'agit d'un léger décollement de la rétine. Le laser est utilisé quand le décollement est encore au stade de la déchirure ce qui est son cas, donc plus facile à soigner. Pour l'instant, on la garde en observation et dans quelques jours nous procéderons à des séances de laser. Sa vision sur son œil gauche est un peu floue, mais avec le temps tout rentrera dans l'ordre.

— Est-ce que je peux la voir ?

— Oui, mais pas longtemps… ! Je vais vous y conduire.

Arrivé devant la porte de la chambre, le médecin prit congé en rappelant à Wallaert de ménager la patiente. En entrant dans la pièce, le policier fut soulagé quand il vit Justine. Elle ne semblait pas trop affectée par sa situation. Malgré son œil gauche complètement caché par un pansement, elle avait même gardé un certain charme.

— Comment vas-tu ? demanda Wallaert.

— Si je n'avais pas hésité à tirer, je me sentirais peut-être mieux. Je me suis réveillée dans un flou total. J'ai perdu partiellement la vue de mon œil gauche, mais les toubibs sont confiants, il existe des traitements pour résoudre ce problème. Enfin, changeons de sujet. Qu'est-il arrivé à la personne qui m'a tiré dessus ?

— Elle est morte… c'était Sophie Loiseau, c'est moi qui ai mis fin à sa folle cavale.

— Eh bien, bienvenue au club. Vallin va t'envoyer chez les fous.

— Je vois que tu n'as pas perdu ton humour. C'est bon signe !

— Et pour le reste de l'opération ?

— Nous avons accompli notre mission. Franck Ferrano est derrière les barreaux. Je n'en sais pas plus pour l'instant, mais je te tiendrai au courant.

— Dommage que je ne sois pas dans le même hôpital que Roussel, on aurait pu organiser dans nos chambres une réunion des éclopés.

— Moi, je n'ai qu'un conseil à te donner : pense plutôt à guérir. Bon, sur ces belles paroles je vais devoir te laisser. Le médecin a été clair sur ce point, pas plus d'un quart d'heure, mais je suis rassuré sur ton état. Je vois que tu es en pleine forme !

— Ne t'en fais pas pour moi ! Prépare-toi plutôt à ton rendez-vous chez le psy, dit-elle en pouffant.

L'agitation était à son comble dans le commissariat quand Wallaert entra dans le bureau de Vallin.

— Comment ça ? Ils n'ont pas réussi à tous les arrêter. Encore vingt individus qui se promènent dans la nature, cria le commissaire dans le combiné. Je sais bien qu'il faut absolument les retrouver et les interroger en collaboration avec toutes les polices en remontant les informations, sinon qu'on ne va jamais s'en sortir, mais cela ne dépend pas uniquement de mon service !

Wallaert n'entendait pas ce qui se passait à l'autre bout du fil, mais il se doutait bien que l'affaire n'était pas terminée. En voyant Wallaert, Vallin bafouilla encore quelques mots avant de raccrocher.

— Comment va Martens ? dit-il l'air complètement abattu.

— Elle a le moral, c'est un bon point, mais elle a perdu temporairement la vue de son œil gauche. J'espère qu'elle s'en sortira.

— Oui ! il faut espérer, mais c'est une battante à la tête dure, lui répondit-il avant de déverser sa frustration avec une colère vive. C'est tout le contraire de l'espèce d'énarque du ministère que j'avais au bout du fil et qui voulait en plus m'apprendre mon métier. Enfin bref, entre-temps j'ai eu Sénéchal, trois fois au téléphone, normalement il doit arriver bientôt pour interroger

Ferrano. D'après les premières informations, ce type serait la clé de voûte du réseau. Il serait le seul à pouvoir nous renseigner sur les ramifications de cette organisation. Ses employés, quant à eux, sont restés muets comme des carpes en prétendant qu'ils n'étaient au courant de rien. Par contre, les spécialistes auraient trouvé des choses intéressantes sur le serveur informatique de la société. Il t'en dira plus que moi, il est 10 h 30 et il ne devrait plus tarder.

Quinze minutes plus tard, Sénéchal arriva avec Vanchoonbeek et un autre homme. Après s'être renseigné sur l'état de santé de Martens, il présenta l'inconnu :

— Je vous présente le superintendent de Scotland Yard Oliver Anderson. Il est responsable de l'enquête sur l'attentat du collège d'Eton. Il parle parfaitement le français et il maîtrise magnifiquement les subtilités de notre langue. Je pense que nous pouvons commencer à interroger notre suspect. Et si vous n'y voyez pas d'inconvénient, dit-il en s'adressant à Vanchoonbeek et à Anderson, j'aimerais que le commissaire Vallin et le commandant Wallaert nous accompagnent.

— Je n'y vois pas d'opposition, c'est grâce

à ce service que nous avons été avertis pour l'attentat d'Eton, même si nous n'avons pas été à la hauteur… Je serais également très honoré de rencontrer l'inspecteur qui a déchiffré le message, répondit le superintendent.

Vanchoonbeek se contenta de l'approuver d'un signe de tête.

Un peu plus tard, les cinq hommes se retrouvèrent face à Franck Ferrano. Ce dernier semblait avoir perdu de sa superbe lorsque Sénéchal l'informa qu'il était arrêté dans le cadre d'une procédure pour des attentats imputés à un groupement criminel qui se fait appeler la griffe de l'Hydre. Dans ces circonstances, le droit à un avocat est restreint, avait-il précisé. À cette annonce, l'inculpé baissa la tête et ses épaules semblèrent s'affaisser.

— Bon, commençons par le début, dit Sénéchal après avoir présenté les personnes assises à ses côtés. Vous êtes soupçonné de recruter et de former des terroristes par le biais de vos centres de formation en Pologne. Lors de la perquisition dans vos locaux, nous avons découvert sur votre ordinateur une liste de noms dont trois correspondent aux kamikazes qui se sont fait exploser le mercredi 10 mars vers 5 h du matin au Prytanée Militaire de la Flèche. Pour rappel, ce drame a fait sept morts dont cinq élèves et une vingtaine de leurs camarades sont encore hospitalisés. Nos amis anglais ont également, grâce à ce listing, la certitude de détenir l'individu qui a apporté du gaz sarin au collège d'Eton où il y a eu neuf morts et plus de 300 intoxiqués. Je viens vous présenter la partie visible de l'iceberg de merde dans lequel vous vous êtes enfoncé, et ce n'est que le dixième des éléments à charge. Les informaticiens de mon service ont constaté que sur les vidéos de votre entreprise il y avait l'image subliminale d'un texte : « mort aux reproducteurs pour un monde meilleur ». Texte que nous avons souvent trouvé sur les lieux des méfaits de cette organisation. Ce que nous voulons savoir, c'est votre degré d'implication dans cette affaire et surtout, d'où vient le financement de votre entreprise ? Sans vous faire injure, il y a cinq ans, vous étiez d'après les rapports de police qu'un petit escroc qui a fait l'objet de plusieurs plaintes pour tromperie frauduleuse dans un réseau de trafic d'automobiles. Vous avez été arrêté et le tribunal vous a infligé une condamnation assortie d'un sursis avec mise à l'épreuve ! mais là ! la situation n'est plus au même niveau. Alors, je vous demanderais de nous éclairer et d'expliquer votre parcours.

Au fur et à mesure de l'exposé de Sénéchal, Franck Ferrano avait troqué son costume de cadre dynamique pour celui d'un homme complètement abattu. Assis mollement sur sa chaise telle une poupée de chiffon, il avait l'air d'être dévertébré. Il regarda l'assistance, les yeux embués de larmes et commença sa narration :

— J'étais obligé d'organiser ces stages, je n'avais pas le choix, sinon je serais déjà mort depuis longtemps. Cela dit, c'est eux qui m'ont donné les fonds pour créer mon entreprise. Mon job consistait à sélectionner et recruter des sympathisants à leur cause. De leur proposer de faire un stage en Pologne pour les entraîner au combat et ensuite les enrôler dans le mouvement subversif de l'hydre. Au départ, c'était une société américaine qui était à l'origine. Ils voulaient créer le chaos pour vendre leurs produits aux adeptes du survivalisme et aux ultranationalistes des États-Unis, mais ils ont perdu le contrôle de la bête.

Sénéchal l'interrompit :

— Vous pouvez me donner le nom de cette société ?

— Je peux, mais ça ne vous servira à rien.

Le bâtiment à Houston au Texas qui l'hébergeait a sauté le jour d'un conseil d'administration, et le staff a été liquidé dans sa totalité par les fanatiques de la griffe de l'Hydre. Avant, cette société s'appelait Saving the World et l'ancien PDG s'appelait Ray O'Brian. C'est lui qui avait trouvé le slogan initial Saving the World fors a better world. Il avait eu cette idée en lisant un article sur la stérilisation des femmes dans le monde, notamment des femmes autochtones au Canada, mais aussi des 300 000 femmes majoritairement d'origine indienne quechua qui ont été opérées contre leur gré. Quand Saving the World a été cotée en bourse, elle a subi une OPA hostile d'une société basée aux îles Caïmans, appelée l'Hydre. Cette attaque a réussi et l'Hydre a pris le pouvoir. Très attachée à sauver le monde, cette nouvelle entité a rapidement changé le slogan en prônant leur radicalisme, et en affichant : « mort aux reproducteurs pour un monde meilleur ». Leur objectif était de faire comprendre à la planète qu'il fallait rééquilibrer les naissances pour survivre. Selon l'ONG américaine Global Footprint Network, ce déséquilibre se produit quand la pression humaine dépasse les capacités de régénération des écosystèmes naturels. C'est-à-dire, l'eau, l'alimentation, les ressources vitales à la survie… Le problème, c'est que lorsque l'humanité a déjà consommé la totalité des ressources que la planète peut renouveler en un an, elle vit à crédit. Au début des années 70, cette date était atteinte dans le mois de décembre, les ressources planétaires permettaient alors d'assurer la consommation de l'humanité pendant presque toute l'année. Le jour du dépassement est passé au mois de novembre dans les années 80, puis octobre pour les années 90. Aujourd'hui, en 2010, ce sera en août. En fait, pour l'Hydre c'est un mélange de survivalisme et de minimalisme. C'est à ce moment-là qu'on m'a contacté pour créer ma société et vendre du matériel pour l'Europe. Mais des gourous de différents groupes notamment les éco-guerriers du genre Earth-First, qui à l'origine défendait la cause animale, ont pris ça au pied de la lettre. C'est-à-dire tuer pour survivre. Ils ont affirmé que cette croisade était sans issue tant que la population humaine continuait de croître. L'Hydre a été phagocytée par ces radicaux.

Les cinq policiers avaient écouté le récit de Ferrano en silence jusqu'à ce que Vallin intervienne :

— Beau discours, mais ? Quelle est votre place dans l'organigramme de cette structure ?

— Actuellement, je suis le gérant de la société Survivor. Je ne fais pas vraiment partie de cette organisation, c'est pour ça que je suis constamment surveillé. Au travail par un de mes employés et chez moi, par Sophie. Je devais leur prêter main-forte à certaines occasions, mais je ne pouvais pas adhérer à leur mouvement, car je n'avais pas été opéré.

— Opéré ! Comment ça ? demanda Wallaert.

— Oui ! pour les hommes, il faut subir une vasectomie. Pour les femmes, c'est une ligature des trompes de Fallope et dans les deux cas, avoir du sang sur les mains. Ce qui n'est pas mon cas. Ils m'ont donné jusqu'au 1er mai pour me conformer à leur première condition. Sinon…

— Sinon quoi ? questionna Wallaert.

— Je subirai le même sort que Jean-Claude Tulou, qui lui croyait à l'époque que le fait d'avoir piégé Marie-Ange Olivares dans le système des drogues suffirait. Mais comme il l'a mise enceinte, il a fait une grave erreur. C'est de là qu'est venue l'obligation, depuis quelque temps, de se faire stériliser par un médecin dépendant de l'Hydre qui certifie l'acte pour être à l'abri de leurs menaces constantes de mort.

— Nous savons que vous avez participé à la

séquestration, à la torture et au meurtre de Roussel !

— Je connaissais bien ce policier, et je suis désolé pour tout ça. Je vais vous expliquer pourquoi. Car, quand j'étais jeune et con, je faisais partie d'une bande qui trafiquait et organisait des petits vols ici et là. Il m'a arrêté, mais il a été très correct avec moi. Il m'a donné comme il le disait, une deuxième chance. C'est à ce moment-là que j'avais fait sa connaissance et que j'avais rencontré Sophie Loiseau. Mais, en aucun cas, je l'aurais torturé ni tué. Je ne savais même pas qu'il était dans la région. J'ai participé à cet enlèvement sans savoir qui était la cible. Je suis un simple exécutant et quand j'ai réalisé qu'il s'agissait de Roussel, il était trop tard pour reculer. Si je l'avais fait, je serais comme lui : un cadavre. D'ailleurs, je pense que mes complices n'avaient pas confiance en moi. Après les avoir aidés, ils m'ont empêché de monter dans le véhicule. Je ne sais donc pas ce qui s'est passé ensuite.

— Ce n'est pas vous qui l'avez dénoncé ?

— Non ! pas du tout. J'ai même demandé à Sophie si elle savait quelque chose, mais elle n'a pas voulu me répondre. Je n'ai pas insisté, parfois elle me faisait peur, elle était très engagée dans le mouvement de l'Hydre. Au début, entre elle et moi c'était le grand amour, puis elle a changé et notre romance a pris fin. Personnellement, j'étais toujours très amoureux d'elle. J'avais envie de fonder une famille, mais elle me rappelait sans cesse que c'était hors de question et qu'en plus ce n'était plus possible… C'est là que j'ai compris qu'elle avait subi l'intervention. En fin de compte, mon arrestation est comme une libération. Car honnêtement, je ne savais pas comment j'allais pouvoir sortir de cet enfer.

— Le plus simplement du monde, en allant vous dénoncer à la police, le coupa Sénéchal.

— Pas si simple que ça ! il y a des complices de l'Hydre dans la police. Sophie en était la preuve, comment savoir à qui s'adresser ?

— Loiseau est un cas exceptionnel.

— Oui, peut-être…

— Vous avez dit qu'un de vos employés vous surveillait. Pouvez-vous me donner son nom ?

Au même moment, le téléphone se mit à sonner. Vallin décrocha et passa ensuite l'appareil à Sénéchal. Dans l'écouteur, on entendait le grésillement d'une conversation. Soudain, Sénéchal jeta le combiné sur son socle en jurant :

— Putain de merde, comment c'est possible

On reprendra l'interrogatoire plus tard, il faut que je vous parle, dit-il sur un ton énervé à l'assemblée.

Franck Ferrano fut immédiatement conduit dans une cellule adjacente. Restés seuls avec Sénéchal, les quatre policiers, surpris, demandèrent en chœur :

— Qu'est-ce qui se passe ?

— Je viens d'apprendre par le PC de crise que les huit personnes que nous avons arrêtées au camping sont mortes simultanément. C'est lors d'un transfert pour répondre à une convocation du juge d'instruction que le drame est arrivé. Les prisonniers ainsi que Dany Despoix étaient transportés, menottés, dans des cellules à l'intérieur de deux fourgons cellulaires accompagnés d'agents pénitentiaires. Deux véhicules de la gendarmerie les suivaient. À peine avaient-ils quitté l'établissement qu'ils ont commencé à se tordre de douleur en ayant des problèmes de respiration, entraînant aussitôt leur décès. Le seul qui n'avait aucun symptôme, c'était le cousin Despoix. L'autopsie pratiquée sur les corps a révélé qu'ils avaient été empoisonnés par du fugu.

— Du fugu ! s'étonna Vallin sans cacher son ignorance.

— Oui, il s'agit d'un poison issu du poisson-globe. Jusque-là, il n'a rien d'extraordinaire, c'est le mode d'administration qui est du pur délire, car ces huit prisonniers avaient subi une intervention de stérilisation. On suppose que le chirurgien a dû profiter de l'acte pour implanter une capsule de poison reliée à un mini-système explosif se déclenchant par une fréquence radio bien déterminée, c'est la seule explication et d'après les fragments trouvés dans les corps, il paraît que c'est un bijou de miniaturisation diabolique. Après ce drame, une consigne a été donnée de placer les prisonniers qui ont subi ce genre d'intervention dans des cages de Faraday, ce qui empêchera le déclenchement du dispositif. Mais vu le nombre de prisonniers, cela s'avère impossible. Alors, soit on interroge tous les prisonniers en expliquant la situation, soit on aura un grand nombre de morts sur notre conscience dans toute l'Europe. Mais là encore, c'est une mission impossible !

— D'autant plus qu'on ne sait pas s'il y a une ou plusieurs fréquences de déclenchement, a immédiatement réagi Vanchoonbeek. Quelqu'un doit savoir, mais qui ?

— Si on le savait, le problème serait vite réglé, répliqua Wallaert.

— Il faut agir vite et retrouver ce responsable, renchérit Vallin, c'est le seul moyen pour mettre fin à cette tuerie barbare.

— À mon avis, je pense que les cadres de l'Hydre ne portent pas en eux cet appareillage. Sinon, ils seraient aussi victimes du déclenchement, conclut Oliver Anderson.

— Ce qui veut dire… ? demanda Sénéchal.

— Qu'il faut rechercher dans la liste des suspects un chirurgien et un ingénieur spécialisé dans la miniaturisation ou l'électronique ! Sans oublier qu'apparemment il y en a encore une vingtaine dans la nature…

— On n'est pas sortis de l'auberge, répliqua Wallaert.

—What ?

— Non, rien. C'est qu'une expression française répondit Wallaert avant de poursuivre. Une chose reste concrète : il a fallu quelqu'un pour déclencher ces saloperies et comme la portée de l'émetteur ne doit pas couvrir une distance très importante, il devait se trouver à proximité. C'est notre seule piste actuellement. Ces fourgons sont-ils équipés de caméras périphériques ?

— Oui ! normalement, il y a une dashcam avant et arrière, répondit Sénéchal. Je vais demander qu'on nous envoie une copie de leurs fichiers. Celui qui a agi doit être encore en France.

— Mais bien sûr ! s'exclama Wallaert, à la grande surprise du groupe. Comment n'y ai-je pas pensé avant. Normalement, nous devrions avoir un exemplaire intact de ce dispositif.

— Je ne vois pas de quoi tu parles, s'étonna Vallin.

— Ferrano a laissé entendre que Sophie Loiseau avait subi une intervention, donc il est fort possible qu'elle soit équipée de ce colis piégé. Peut-être que Duchamp, en l'analysant, pourra trouver la fréquence de déclenchement ainsi que des indices sur la personne qui l'a confectionné.

— Bravo ! le félicita Vallin. Je vais immédiatement le mettre au courant, et aussi prévenir Pichon et Ligier de revenir au commissariat. Sur ces mots, il quitta la pièce pour se diriger vers son bureau.

— En attendant les résultats, nous pouvons peut-être reprendre notre conversation avec ce cher Franck, proposa Sénéchal.

— Oui ! faisons ça, fit Wallaert sans grand enthousiasme.

Quelques minutes plus tard, l'interrogatoire avait repris son cours.

— Bon, où en étions-nous ? Ah oui ! vous

nous avez dit qu'un de vos collaborateurs vous surveillait pour le compte de l'Hydre. Comment s'appelle-t-il et quelle était son activité dans votre structure ? demanda Sénéchal.

— C'est un type que la maison mère m'a imposé comme sous-traitant. Il était chargé d'assurer pour l'Europe la réparation et la maintenance du matériel électronique : GPS, talkies-walkies, radios, montres… Il est de nationalité belge et se nomme Charles Verbeeke.

Sénéchal se leva d'un bond en bousculant sa chaise qui manqua de se renverser.

— Merde, on ne l'a pas arrêté celui-là ! Où habite-t-il ? demanda le commandant en s'adressant à nouveau à Ferrano.

— Je ne sais pas. J'avais juste reçu comme consigne de lui fournir un petit local qui lui servirait d'atelier. Je n'en sais pas plus. C'est eux qui géraient tout, moi je faisais ce qu'ils me demandaient de faire… Par contre, je n'ignorais pas que c'était uniquement dans un but bien précis de me surveiller ! Puisqu'en cas de panne de matériel informatique de mes clients, nous nous passions de lui.

— Vous n'avez pas d'autre renseignement le concernant. Par exemple, le type de véhicule qu'il conduisait ?

— Il avait un pickup Dodge Ram noir immatriculé en Belgique. Je crois que la plaque portait les lettres RAE. Au premier abord, il était très sympa. Il nous a même offert à moi et à mes collaborateurs des montres avec des fermoirs personnalisés à nos initiales. Sénéchal regarda les poignets de son interlocuteur.

— Où est-elle cette montre ?

— Vu le réveil de ce matin, elle est restée sur ma table de chevet, plaisanta Ferrano. Pourquoi, c'est important ?

— Dans une enquête, tout est important, lança Sénéchal sur un ton sombre. Mais parlons des images subliminales sur votre site.

Ferrano l'observa d'un air ahuri.

— C'est quoi des images subliminales ? demanda-t-il.

— Vous ne savez pas ce que c'est ? dit Sénéchal en le fixant avec insistance.

— Non !

— Bien qu'elles soient sur votre site, je vais quand même vous rafraîchir la mémoire, peut-être que ça vous reviendra, rétorqua sèchement le policier. Si l'on prend l'exemple du cinéma où 24 images défilent par seconde, on peut décider d'insérer une image subliminale, de nature publicitaire, afin que cette dernière s'affiche à l'écran pendant un 24iéme de seconde. La durée de projection de cette image sera si faible qu'elle ne pourra pas être perçue consciemment par celui qui la voit. Mais l'incroyable machine que représente le cerveau humain, elle, elle s'en souvient.

— Je vous avoue que je ne saisis pas très bien ce que vous me racontez, répliqua l'accusé. Je ne suis pas responsable de la gestion ni de la mise à jour du site, c'est le service de l'Hydre qui s'en occupe. Alors, comment il fonctionne, je n'en ai aucune idée. Je ne sais rien, même pas l'adresse de leur siège social, pour vous dire… ! Et quand ils me contactent par mail, les adresses changent tout le temps. La seule chose que je sais, c'est qu'elles se terminent toujours par : ky.

— Et vous, comment les contactez-vous ?

— J'ai une adresse pour les urgences : *francesurvivor@survivor.ky*

— Vous n'êtes pas très curieux, comme garçon. Ky, c'est le suffixe des îles Caïmans. Une île où il y a 100 000 sociétés, mais qui ne possède qu'une boîte aux lettres. Donc, pas d'adresse où les retrouver !

— C'est exactement ce que j'essaie de vous faire comprendre, répondit Ferrano d'une voix enjôleuse et d'un ton presque cinglant.

— À votre place, je serais moins arrogant.

Sénéchal sorti de la pièce en faisant signe aux autres de poursuivre l'interrogatoire. Il se rendit au bureau de Vallin, qui était toujours en communication avec Duchamp.

— Excuse-moi de te déranger, dit-il en arrivant à la hâte… il faudrait aussi qu'il récupère une montre qui était sur la table de chevet dans la chambre de Ferrano. Il doit y avoir les initiales FF sur le fermoir.

— Quel est l'intérêt ? demanda Vallin en mettant son interlocuteur en attente.

— J'ai un mauvais pressentiment, je pense qu'il y a quelque chose qui s'y cache à l'intérieur du bracelet de cette montre.

— À l'intérieur, je ne comprends pas ! bon, dit-il… de toute façon vu la situation. Nous n'avons plus rien à perdre, finit-il par avouer en regardant Sénéchal d'un air étrange.

Après le départ de Sénéchal, il reprit sa conversation téléphonique, mentionnant l'intuition du commandant, et raccrocha. Mais sa curiosité prit le dessus, et se dépêcha pour rejoindre Sénéchal en l'interpellant :

— Au fait, tu peux m'en dire un peu plus sur cette histoire de montre ?

— Je crois qu'elle contient un dispositif pour éliminer les témoins. J'ai appelé mon équipe pour mettre sous scellés les trois autres. Celles qui appartiennent au personnel de Survivor.

— Tu crois vraiment qu'on peut piéger quelqu'un comme ça ?

— Ils ont bien réussi à tuer les huit prisonniers, dans des circonstances invraisemblables. Dans cette affaire, plus rien ne m'étonne.

— Oui, on peut voir les choses de cette façon. Mais, j'allais oublier, je viens de recevoir les vidéos des caméras des véhicules pénitentiaires. Ils ont repéré une voiture avec deux hommes à bord qui avaient un comportement suspect. Par ailleurs, il paraît aussi que Dany Despoix est très perturbé. On m'a dit que ce type craint vraiment pour sa vie et qu'il veut tout dévoiler pour bénéficier d'une protection. Il a été pris en charge par le pôle antiterroriste.

— J'espère qu'il va parler ! En attendant, le mieux à faire, c'est d'attendre les résultats des analyses scientifiques en visionnant les vidéos. Si mes soupçons sont exacts, je suis sûr que Franck va aussi nous révéler tous ses secrets. Allons le retrouver.

Quand ils entrèrent dans la pièce, ils virent

Vanchoonbeek tenant une pile de papiers dans ses mains. Ferrano était affaissé sur une chaise, sans bouger, le regard vide. En apercevant Sénéchal et Vallin, l'inspecteur principal belge leur dit :

— Je viens de présenter à monsieur Ferrano une copie des messages qui ont circulé sur le réseau crypté SKY ECC du Darknet. Il m'a confirmé que son pseudonyme au sein de l'Hydre était Shopkeeper. Je lui ai aussi fait voir quelques messages concernant son avenir. D'après ce qui est écrit, on dirait que notre ami, selon eux, n'a pas été très actif dans les opérations de l'Hydre et qu'il est sur la sellette. Plusieurs messages adressés à un certain Handyman lui ordonnent de l'éliminer s'il ne se plie pas aux exigences de l'Hydre avant le 2 mai. Il y a de fortes chances que Handyman soit : Charles Verbeeke.

— Qu'est-ce qui te fait penser ça ? demanda Sénéchal.

— Ce n'est pas moi qui le dis, c'est monsieur Ferrano qui a identifié le destinataire.

— Oui ! c'est comme ça qu'on l'appelle dans la société, confirma Franck. Comme ces ordures ont l'intention de m'éliminer et que je n'ai plus rien à perdre, je suis prêt à vous donner un coup de main, pour les arrêter.

— Vous vous souvenez peut-être d'autre

chose ? Ajouta Sénéchal.

— À part une liste que je viens de transmettre à votre collègue de la police belge… rien de plus ! Pour tout vous dire, c'est grâce à Verbeeke que j'ai eu accès à ces fameuses identités. Il a commis une grosse erreur en jetant un dossier dans sa poubelle sans le déchiqueter. Ce n'est pas son genre, par contre, moi j'en ai profité et j'ai fait une copie. J'ai remis l'original dans la corbeille et j'ai bien fait, car le lendemain le document avait disparu. Il a dû se rendre compte de sa bourde.

— Pourquoi vous êtes-vous méfié de lui, tout d'un coup ?

— Au début, je ne me posais pas trop de questions, j'étais aveuglé par l'argent sans voir les conséquences. Puis, petit à petit, je me suis rendu compte que j'étais pris au piège comme dans une toile d'araignée, mais trop tard. Donc, je cherchais à savoir qui tirait les ficelles, d'où mon geste. Ce que je regrette, c'est de ne pas avoir réagi lors de l'enlèvement de Roussel. Mais j'avais peur, j'étais devenu un pantin entre leurs mains. Ce que je ne comprends toujours pas, c'est comment Sophie a sombré dans cette spirale et en est devenue accro à ce point.

— On n'est pas là pour parler d'elle, mais

de vous. Qui devait faire l'intervention avant le 1er mai ? Et où ?

— Je sais que cela se passe aux Pays-Bas, mais je ne connais ni l'endroit exact ni le nom du médecin. Tout ce que je sais c'est qu'on vient nous chercher en ambulance.

— Comment le savez-vous ?

— C'est Sophie qui me l'a dit. Quand elle a su que je devais y passer, elle m'a rassuré en disant qu'elle avait subi cette opération qui était bénigne et indolore. « On nous endort pendant le trajet et l'on se réveille dans une autre ambulance, m'a-t-elle expliqué. »

— Comment a-t-elle su que cela s'était passé aux Pays-Bas ?

— Elle s'était réveillée dans l'ambulance et elle avait entraperçu à travers les caducées translucides des panneaux en néerlandais. Il y avait aussi beaucoup de vélos et de canaux. Quelques kilomètres plus loin, elle a aperçu les drapeaux des Pays-Bas et de la Belgique. En les voyant, elle a compris que cela se passait aux Pays-Bas. Elle m'a avoué avoir subi cette opération en novembre de l'année dernière. Elle ne m'en a pas dit plus. Ce n'était pas un sujet dont on parlait, mais plutôt un sujet de dispute.

Les cinq policiers se regardèrent, avec des

expressions qui signifiaient : *« Il a l'air de dire la vérité »*.

— Merci, monsieur Ferrano, pour les informations que vous nous avez fournies, dit Sénéchal. Dans un premier temps, vous allez être emmené au Palais de justice. Après on verra, mais vous pouvez être rassuré, vous n'êtes plus en danger.

Ferrano fit une grimace imperceptible, comme pour dire : *« J'espère, mais je m'en serais bien passé ! »*

Après avoir emmené le prisonnier, les policiers se retrouvèrent dans le bureau de Wallaert. Sénéchal lança la grande messe en s'adressant à Vanchoonbeek :

— Avant de regarder les vidéos des véhicules de la pénitentiaire, il faudrait comparer la liste de noms que Ferrano vous a donnée avec nos cibles de ce matin. Combien de noms avez-vous au total ?

— Sur le papier qu'il m'a remis, il y a neuf noms avec leur numéro de téléphone et adresse mail, dont certains à l'étranger. Je vous rappelle que la signature de l'Hydre est formée de neuf points. J'espère qu'il y a un lien et que nous avons affaire aux dirigeants (il sortit d'un médaillon un papier de soie minutieusement plié où l'on distinguait des caractères manuscrits). Bien joués, n'est-ce pas, dit-il à Sénéchal. Sans loupe, impossible de déchiffrer ce qui est écrit. J'ai l'impression que ce type est loin d'être idiot. C'est un double qu'il gardait toujours sur lui. La version originale écrite en plus gros caractère est cachée dans la barre métallique de sa penderie. On peut la récupérer, mais elle est identique, à mon avis dans un premier temps, celle que nous détenons fera l'affaire.

— Oui ! lui répondit Sénéchal.

— Pour éviter de l'abîmer, je vais d'abord faire une photocopie de cette pièce à conviction, suggéra Vanchoonbeek.

Il se dirigea vers une photocopieuse et revint quelques secondes plus tard en tendant la copie à Sénéchal.

— Il faut d'abord que je contacte la cellule de crise avant de pouvoir faire la comparaison avec le fichier central. C'est eux qui ont centralisé les renseignements au niveau européen. Sans attendre l'approbation des autres policiers, Sénéchal composa le numéro. Cinq minutes plus tard, le document était transmis à Beauvau. On attend le résultat, dit-il en raccrochant.

— Regardons les vidéos en attendant, proposa Vallin.

— O.K., fit Wallaert.

Après avoir allumé l'ordinateur, ils virent sur l'écran un fourgon cellulaire garé dans la cour de la prison. Devant lui se trouvait une voiture de la gendarmerie. Puis ils virent qu'ils démarraient et franchissaient les grilles pour s'engager sur la route, à quatre voies. La circulation était fluide. À un moment donné, un pickup noir qui était arrêté sur le bas-côté se rabattit devant les gendarmes. Ces derniers entreprirent de le dépasser en prenant la voie de gauche et la pénitentiaire fit pareil.

— Vous avez pu apercevoir la plaque d'immatriculation et le modèle du véhicule ? s'écria Sénéchal.

— Non, répondit Wallaert.

Le reste de l'équipe resta silencieux un instant, avant de faire une grimace de déception. Puis, le superintendent Anderson prit la parole :

— Le compteur d'écran indique 9 minutes et 47 secondes, précisa-t-il. En rembobinant le film d'une minute et ensuite en regardant les vidéos des autres caméras, surtout celles provenant de l'arrière, on devrait mieux voir.

Sénéchal s'exécuta, toutefois la plaque d'immatriculation arrière était couverte de boue, et le visionnage du premier film ne donna rien. La caméra avant du deuxième fourgon ne permit pas non plus d'identifier le véhicule. Et malheureusement, les caméras arrière des deux véhicules montraient que la plaque avant, était également illisible. Par contre, ils purent reconnaître le modèle et la marque de la voiture. C'était un Dodge Ram avec deux hommes à bord.

— C'est la même caisse que celle de Charles Verbeeke, s'exclama Sénéchal. Je vais faire une capture d'écran pour l'envoyer au procureur afin que Ferrano puisse reconnaître ces deux types. Ce serait formidable si l'on avait la réponse tout de suite. Pourras-tu, en attendant, contacter nos collègues belges pour localiser le domicile du propriétaire de ce genre de voiture dont la plaque contient les lettres R.A.E, dit-il à Vanchoonbeek ? Cela nous fera gagner du temps ! De mon côté, je vais essayer de relancer le proc., pour qu'il interroge au plus vite notre suspect. Je vais aussi transmettre les informations au pôle antiterroriste qui détient Dany Despoix, comme il est disposé à parler, espérons qu'il…

Il n'eut pas le temps de finir sa phrase, le téléphone se mit à sonner. Vallin décrocha :

— Attendez avant d'agir, dit-il à Sénéchal et à Vanchoonbeek. Peut-être que nous allons avoir d'autres informations ou des réponses à nos questions. À l'appareil, c'était Duchamp qui apportait effectivement des réponses. Vallin mit le haut-parleur.

— Bonjour, c'est Duchamp, dit-il d'une voix plus grave que d'habitude. Vous aviez raison au sujet de la montre. J'ai fait une radiographie du fermoir et nous avons détecté un système de picots. En les analysant, nous avons trouvé qu'ils contenaient un liquide. Il s'agit de la tétrodotoxine qu'on trouve dans le fugu. Ce fameux poisson qui a causé et qui cause encore de nombreux empoisonnements au Japon chaque année. L'ensemble du dispositif est commandé par une minuscule puce RFID UHF qui se déclenche par onde radio à une distance moyenne. Heureusement que le propriétaire ne l'avait pas au poignet, car le mécanisme s'est déclenché.

— Je suppose que c'est avec le même poison que les huit du camping ont été tués, répliqua Vallin. J'espère que celui que portait la demoiselle est intact !

— Oui ! il l'est ! Nous l'avons récupéré… Il s'agit du même processus, il est relié à un micro-implant trafiqué de la marque Essure et il est fixé sur les trompes de Fallope. C'est hyper sophistiqué, ce ne sont pas des amateurs qui ont fait ça, car c'est un sacré travail de miniaturisation.

J'espère que cela vous avancera dans l'enquête, car c'est tout ce que j'ai pour le moment comme renseignement, dit-il pour conclure.

— Ne t'en soucie pas, merci pour les infos, répondit Vallin, puis il raccrocha. Leur méthode est simple, fit-il en s'adressant aux autres policiers. Ils se débarrassent des poids morts. Nous avons presque la réponse à toutes nos questions, sauf..., sauf de savoir qui était dans la voiture et qui sont les neuf noms sur la liste de Ferrano !

— Bon, dit Vanchoonbeek, je vais me renseigner pour les adresses.

— Et moi, renchérit Sénéchal, je m'occupe d'envoyer une capture d'écran de nos deux inconnus ainsi que les informations sur le véhicule.

— Si mon français ne me fait pas défaut, je pense qu'on peut dire qu'on va enfin pouvoir sonner l'hallali de l'Hydre, lança le superintendent fier de lui d'avoir trouvé cette métaphore en observant attentivement la réaction de ses collègues.

— Bravo pour cette expression, répondit Wallaert qui avait remarqué l'attitude d'Anderson avant de s'engager à quitter la pièce. Quant à moi, ajouta-t-il, je vais voir si mes collaborateurs sont déjà rentrés. Je vous retrouve après.

Mardi 16 mars 2010 à 12h00

Wallaert venait de retrouver Pichon et Ligier qui étaient en train de rédiger le procès-verbal dans leur bureau. Il les informa de l'avancée de l'enquête, sans rien omettre, puis leur demanda :

— Tout s'est bien passé après mon départ ce matin ?

— Oui, il n'y a rien eu de majeur, répondit Ligier.

— Si, l'interrompit Pichon, le gros pick-up noir avec deux hommes à bord. Ils sont restés longtemps garés pas loin de la maison de Ferrano. C'est peut-être le même que celui que le commandant vient de nous signaler, celui qui a suivi les prisonniers.

— Peut-être ou peut-être pas, rétorqua Ligier d'un ton sec.

— Quoi qu'il en soit, vous savez ce qu'il vous reste à faire, dit Wallaert.

— Oui ! Aller voir nos amis du centre de supervision urbain pour pister ces types, répondirent en chœur les deux policiers.

— Voilà, c'est ça. Vous avez tout compris.

Après ces consignes Wallaert retourna aussitôt dans son bureau où Vallin et Anderson examinaient son paperboard.

— Il y a quand même une question qui reste sans réponse, dit Anderson à Vallin.

— J'ai l'impression qu'il y en a plus qu'une, répliqua le commissaire, mais tu peux toujours m'éclairer sur ton opinion.

— En lisant leur lettre de revendication datée du 10 mars, je suis persuadé que le sauvetage de l'humanité n'est pas la vraie raison de leur action.

— Alors, quelle serait la vraie raison, selon toi ?

— Je pense qu'il s'agit d'une sorte de secte, comme celle qui a sévi au Japon dans les années 1990 (Wallaert qui venait d'entrer dans le bureau écouta attentivement l'exposé du Britannique). Ils se faisaient appeler Aum Shinrikyô, un mouvement qui a perpétré un massacre massif avec l'attentat au gaz sarin dans le métro de Tokyo. Cela s'est produit le 20 mars 1995. Après cette attaque, je me souviens que les experts avaient élaboré deux théories : l'hypothèse idéologique et pathologique. En fait, l'hypothèse idéologique avait comme objectif de déstabiliser les gouvernements. Mais heureusement, je pense que nos gouvernements font assez souvent face à ce genre de situation et sont capables de gérer ces crises, donc pas de souci. Par contre, la seconde hypothèse reposait sur l'analyse de psychiatres qui avaient conclu à une forme de folie collective empêchant les personnes atteintes de maîtriser leurs actes. Cette pathologie serait due au lavage de cerveau ou à la surconsommation de drogues. Dans un rapport sur notre affaire, on mentionne le captagon. Cette consommation peut entraîner un comportement de désinhibition ou d'inadaptation sociale, et un déséquilibre émotionnel, dont la violence, dirigée vers l'extérieur, ne ferait qu'exprimer leur propre souffrance.

— Si l'on continue comme ça, on va finir par les plaindre, l'interrompit sèchement Wallaert. Moi je suis plus pragmatique. On ne rassemble pas autant de monde au niveau du vieux continent sans une raison sérieuse. La seule chose qui peut fédérer les gens, et cela depuis la création du monde, c'est le Veau d'Or.

— Le Veau d'Or ? répéta l'anglais.

— Oui, l'argent ! Je n'ai pas de preuve de

ce que j'avance, mais pour moi c'est la seule et unique raison. De toute façon, on le saura bientôt… au moment où l'on aura le profil des neuf individus figurant sur la liste. J'ai une autre info plus rationnelle, poursuivit-il en s'adressant à Vallin, Pichon et Ligier ont cru repérer le pick-up près du domicile de Ferrano.

L'anglais continua son discours, sans se soucier de la remarque sur le véhicule.

— Tu as raison sur un point, l'argent est le moteur de la guerre pour les exécutants, mais qu'est-ce qui motive les dirigeants qui les payent ?

Face à cette impasse dans l'enquête, Vallin, Wallaert et Anderson se plongèrent dans un silence profond qui fut interrompu par l'arrivée de Sénéchal, visiblement ravi.

— Vous n'allez pas en revenir ! Peut-être que la hiérarchie en a marre de cette enquête, mais les réponses à nos questions sont arrivées à toute vitesse. Ferrano a identifié le conducteur… c'est Charles Verbeeke. Par contre, il n'a pas su nommer le passager, mais Dany Despoix le connaît. Il s'agit de Luc Van Leeuwenhoek. C'est un Hollandais qui pratique les opérations chirurgicales dans une petite clinique à La Haye.

— Et d'où il tient ça ? demanda Vallin.

— C'est lui qui conduisait l'ambulance, il faisait ce travail depuis plus d'un an pour transporter les volontaires de l'Hydre vers la stérilisation. Il a aussi précisé, en plus d'avoir communiqué l'adresse de la clinique, que l'accompagnateur s'appelait Jean-Claude Tulou. Et qu'ils l'ont tué. Car après avoir mis enceinte Marie-Ange Olivares, il refusait de se soumettre aux dictats de l'Hydre. Cette mise en scène était un avertissement pour les récalcitrants. Il a également avoué qu'il n'avait pas subi cette intervention, parce que non seulement il n'avait jamais fauté, mais en plus il était à l'origine de la création d'une branche de l'Hydre dans la région. Ils avaient trop besoin de lui. Mais d'après son témoignage, il n'a jamais rencontré le grand patron. Une autre nouvelle intéressante, qui concerne l'attentat du pensionnat militaire. Un véhicule pick-up noir immatriculé en Belgique 1-RAE-813 a été filmé à 4 h du matin à la même date au péage à la sortie de l'A11 Sable-La Flèche, avec quatre ou cinq hommes à bord. Le même véhicule a repris l'autoroute direction Paris à 5 h 45 avec seulement deux hommes à bord. Il s'agit de Verbeeke et Van Leeuwenhoek.

— Ce dernier avait apparemment d'autres missions que de jouer du bistouri, l'interrompit

Wallaert sur un ton ironique. Quant aux passagers manquants, sans être madame Soleil, on peut supposer qu'ils ont été dispersés aux quatre vents par l'explosion lors de l'attaque de l'école.

— Et pour la liste de Ferrano, des nouvelles ? demanda Vallin.

— Oui ! Ils savent qui sont ces personnes, ils savent aussi où elles habitent, mais ces renseignements sont confidentiels. À mon avis, ils attendent pour nous informer. Ils ont compris qu'ils ont affaire à de gros poissons et non à du menu fretin. Ils sont prudents.

— Espérons qu'il y aura le boss parmi eux, dit Vallin en soupirant.

À ce moment-là, on frappa à la porte. Pichon entra dans la pièce en haletant :

— On a repéré le véhicule, dit-il fier de lui. Son immatriculation complète est 1-RAE-813. Ligier est resté sur place, il est en train de le surveiller. Je suis venu jusqu'ici parce qu'on a un problème avec nos talkies-walkies, ils n'ont pas l'air de fonctionner…

— La même voiture qui a été filmée au péage de Sable La Flèche fit remarquer Sénéchal. Où est votre collègue ?

— Place du cardinal Achille Liénart.

— Et les occupants ?

— Ils ne sont pas dans la voiture.

— Il ne faut pas tarder à s'y rendre, dit Wallaert. Il faut être sur place au cas où ils réapparaîtront et trouver un moyen de les coincer. S'ils résistent, il y a la maison de dieu juste à côté pour l'extrême-onction.

— Je ne sais pas si Dieu va nous aider, répliqua Vallin.

— Non, je sais, c'était de l'humour, précisa Wallaert avec une pointe d'ironie dans la voix.

— Bon, passons aux choses sérieuses, enchaîna Sénéchal.

À peine qu'il eût prononcé ces mots, Vanchoonbeek fit irruption à pas précipité dans le bureau avec des renseignements sur Verbeeke.

— J'ai appris, dit-il d'une voix haletante, que ce cher monsieur est un ancien instructeur artificier des SFG de l'armée belge. Il a quitté son poste à cause de problèmes avec la justice. Ces types-là sont surentraînés, ils doivent d'abord suivre la formation de para-commando puis une formation d'opérateur des forces spéciales. Cette formation dure vingt semaines et exige une endurance physique et psychologique. L'éducation physique repose sur des techniques de survie : la lecture de cartes, la tactique, les transmissions radio, la reconnaissance des matériaux et l'apprentissage du combat à mains nues. On leur bourre le crâne que c'est pour le bien-être. Ce type peut être très dangereux.

— Bon ! fit Sénéchal. Pichon et Ligier ont repéré sa voiture, apparemment il doit traîner dans le coin. Ligier est toujours sur place. Il a besoin de renfort. Anderson et Vanchoonbeek vous restez avec le commissaire Vallin. Il va former une équipe avec les policiers de son commissariat pour nous rejoindre plus tard. Pichon, Wallaert et moi-même, nous partons tout de suite sur les lieux.

Quelques minutes plus tard, en arrivant sur la place du cardinal Achille Liénart, ils virent Ligier en train de changer une roue sur sa voiture banalisée.

— Content de vous voir, fit-il l'air soulagé. J'avais peur que les loustics arrivent avant vous. Au cas où, je n'ai trouvé que ce stratagème pour les ralentir ! En observant la place, les policiers remarquèrent que la voiture sur cric bloquait le pick-up.

— Excellente initiative, le félicita Sénéchal. J'espère que les renforts ne vont pas tarder. En attendant, Wallaert et moi allons surveiller les passants pour essayer de les repérer, vous, vous continuez votre bricolage. Pichon guettera l'arrivée de vos collègues. La photo qui a été prise au péage n'est pas de bonne qualité, mais ils sont reconnaissables.

À peine 10 minutes plus tard, les lieutenants Pénard et Morvan accompagnés de Pichon, arrivèrent. Surpris, Sénéchal alla à leur rencontre.

— Vous n'êtes que deux ?

— Non, il y a trois autres collègues en uniforme. Je leur ai dit de rester discrets, répondit Pénard.

— Être discret en uniforme, ça va être compliqué, répondit Sénéchal. Par contre, on peut secouer le cocotier pour faire bouger le gibier. Allez leur dire de se montrer dans les cafés, les restaurants, les boutiques… ça fait toujours un effet perturbant sur les personnes qui soi-disant n'ont pas la conscience tranquille. De cette manière, on réussira peut-être à faire sortir les caïds au grand jour. Mais vous leur dites bien de ne pas jouer aux bravaches. Je pense que Vallin vous a fourni la photo des cibles.

— Oui, nous l'avons.

— Après avoir transmis le message à vos gars, je vous suggère d'aller à la pharmacie. Vous vous ferez passer pour des clients et vous surveillerez un accès de la place. Pichon, tu vas aider ton collègue à remettre la roue, pendant que Wallaert et moi-même, nous nous dirigerons vers l'autre accès pour continuer notre surveillance en nous cachant dans les locaux du service des eaux de la Noréade. Si nous, ou l'un de vous les reconnaissons, on communique par talkie-walkie. N'oubliez pas que l'un de ces individus est entraîné à tuer.

— Les nôtres ne fonctionnent pas, répliqua Pichon aussitôt.

— On n'a pas le temps de régler ce problème, il faudra faire preuve d'imagination !

En rejoignant Ligier, il vit son collègue en plein désarroi.

— C'est con, dit-il en s'adressant à Pichon. Je n'arrive plus à descendre mon cric, il est bloqué !

Au même moment, un type d'environ 1,80 m, d'allure plutôt athlétique aux cheveux coupés à ras, à l'accent belge l'interpella :

— Eh ! toi là-bas, dégage ta caisse, ducon. Tu bloques la circulation ! Et comme je n'ai pas de temps à perdre, t'as intérêt à bouger ton cul vite fait !

— Désolé monsieur fit Ligier qui avait reconnu la cible, je n'arrive plus à dégager mon cric, j'ai l'impression qu'à une certaine hauteur il se bloque.

Plus calmement et plus poliment, le type en se rapprochant de lui répliqua :

— Vous pouvez le monter et ensuite le descendre ?

— Oui, mais je n'arrive pas à poser la roue de la voiture sur le sol !

— J'ai une solution, je dois avoir une cale dans la benne de mon pick-up, dit-il. Je vais aller la chercher. En attendant, vous allez monter votre véhicule à fond. Après on va mettre la cale sous le pneu, ensuite vous allez baisser votre cric et là, je pense que vous le dégagerez.

— Bon, moi je file vite fait à la pharmacie, dit Pichon qui n'avait trouvé que ça comme excuse pour essayer d'avertir ses collègues. Je n'en ai pas pour longtemps, juste deux minutes.

— O.K., mais dépêche-toi, soupira Ligier. Monsieur attend.

— Je serai revenu bien avant, cria-t-il en s'en allant.

Aussitôt, Pichon avait averti ses collègues. À part les policiers en uniforme qui avaient reçu l'ordre de ne pas bouger, les autres se dirigèrent d'un air nonchalant vers le parking. Voyant Verbeeke à demi penché vers le hayon de la benne de son pick-up, ils se précipitèrent vers lui, le plaquèrent contre la carrosserie en lui mettant les menottes.

— Merci, monsieur le prévenu pour le coup de main, votre astuce est efficace, lui dit Ligier avec un léger sourire aux lèvres. Pour une fois, je suis content que les piles des talkies-walkies soient toujours aussi médiocres, dit-il en s'adressant à ses collègues. Sans ça, vos messages l'auraient alerté.

— Je n'y avais pas pensé, avoua naïvement Pichon.

Pendant que les lieutenants Morvan et Pénard fouillaient minutieusement le Belge. Sénéchal se présenta en lui indiquant :

— Vous êtes soupçonné d'être impliqué dans plusieurs affaires d'attentats en Europe. Avant de vous présenter au parquet anti-terroriste avez-vous des révélations à faire sur Van Leeuwenhoek ?

Brusquement, le visage de Verbeeke, qui était devenu violet de colère, commença à pâlir, sa lèvre inférieure se mit à trembler et son cou se crispa :

— Tu peux te brosser mon pote, tu n'auras rien de moi ! Après ces mots, il s'effondra comme une marionnette sans fils. Sénéchal s'agenouilla près du corps et constata avec stupeur qu'il était mort.

— Mais qu'est-ce que c'est ce délire ? s'étonna le lieutenant Morvan.

— Apparemment, même les cadres sont équipés de ce truc, répliqua Wallaert.

— Quel truc demanda-t-il d'un air surpris ?

— On n'a pas eu le temps de vous expliquer, mais… La conversation fut interrompue par l'arrivée du trio de policiers en tenue, qui encadraient un homme de grande taille, d'une allure très distinguée dégageant une certaine morgue aristocratique. En observant la photo que Wallaert tenait dans ses mains, il avait reconnu qu'il s'agissait de Van Leeuwenhoek.

— Bonne prise, les gars. C'est notre coupeur de couilles, s'esclaffa Wallaert. Celui-là, je parie qu'il n'est pas équipé de ce machin. Comment l'avez-vous repéré ?

— Il traînait dans le coin, puis il s'est mis à courir, lui expliqua le brigadier-chef. Quand j'ai vu ça, j'ai dit à mes deux gars : pourquoi cette grande folle se met-elle à sprinter à grandes enjambées ? En l'observant de plus près, ce qui m'avait le plus intrigué, c'était la petite mallette qu'il tenait dans ses bras. Et là, je me suis dit : « *il vient de commettre un vol à la tire pour qu'il se taille à cette vitesse »*. Quand on l'a arrêté, on s'est rendu compte que c'était un de vos objectifs. Vous par contre, vous n'avez pas été de mains mortes. Je vois que le deuxième court moins vite, ajouta-t-il en regardant le cadavre.

Wallaert et Sénéchal, sans tenir compte de la remarque, échangèrent un regard empreint d'une expression de soulagement palpable. Morvan et Pénard regardaient alternativement le cadavre et le nouvel arrivant sans vraiment comprendre ce qui s'était réellement passé. Quant à Pichon et Ligier, ils savouraient ce moment de gloire. Ligier qui aimait plaisanter avait fortement apprécié l'humour du brigadier-chef. Et pendant que Sénéchal refaisait le même discours à Van Leeuwenhoek qu'il avait fait à Verbeeke en demandant cette fois-ci des renseignements sur le dirigeant de l'Hydre, Wallaert téléphona à Vallin pour lui faire un compte rendu de la situation, en lui proposant de demander à Duchamp qu'il vienne récupérer le corps, le véhicule et la mallette.

— Si l'on arrive à comprendre ce qui s'est réellement passé, ça évitera peut-être une augmentation significative du nombre de décès, dit-il avant de raccrocher.

Aussitôt, il rejoignit Sénéchal qui avait commencé à transférer le chirurgien vers le commissariat.

— J'ai dit à mes gars de rester sur place pour attendre Duchamp pendant qu'on amène notre prise dans nos locaux. Il faut l'interroger sans attendre avant que le parquet antiterroriste ne nous dessaisisse de l'affaire.

— Oui, je suis tout à fait d'accord et comme je suis curieux je voudrais surtout connaître le fin mot de cette histoire.

— Comment ça ?

— Je pense qu'Anderson a raison, il y a autre chose que le problème de surpopulation, le sauvetage de l'humanité et je ne sais quoi d'autres…

— C'est-à-dire ?

— Justement si on le savait, l'affaire aurait sûrement déjà été réglée depuis longtemps.

— C'est pour ça qu'il faut mettre immédiatement la pression sur ce monsieur ! Allons-y.

Arrivée au commissariat, Vallin, Vanchoonbeek, et Anderson les attendaient ravis. Un rapide topo sur leur crainte de transfert fut évoqué avant de conduire leur prisonnier vers la salle d'interrogatoire. Après avoir fait les formalités en pareille circonstance ils furent étonnés quand Van Leeuwenhoek après s'être accordé un instant de réflexion commença à se confesser.

Mardi 16 Mars 2010 à 15h15

La prise de parole et la déclaration du chirurgien avaient totalement surpris les policiers présents dans la salle d'interrogatoire, lorsque d'un ton docte et un regard hautain il leur narra de A à Z la genèse philosophique du paradigme cosmopolitique en éthique internationale du mouvement.

— L'Hydre n'est qu'une clé du système, une façade visible de leur emprise sur le monde. C'est la science qui est à l'origine de cette engeance, de cette monstruosité. D'après la légende, c'est le délire fou d'un H.P.I. (personne à haut potentiel intellectuel) qui a persuadé un roboticien, un généticien, un entomologiste, un spécialiste de l'intelligence artificielle et quatre autres scientifiques tordus dont j'ignore le domaine de participer à ce projet. Ces personnages avaient tous un point commun, ils étaient très sensibles à la famine, à la pauvreté et lassé des turpitudes du monde, comme les guerres, la délinquance, les mouvements sociaux et j'en passe… Ils ont participé à la création d'un mouvement planétaire qui aurait pour but de dominer le monde en créant une race déshumanisée.

— Vous parlez d'eux comme si vous n'étiez pas concerné, l'interrogea Sénéchal.

— Oui ! parce que moi, j'agis pour l'argent et non pas pour diriger le monde !

— Pour moi, vous êtes pire qu'eux, vous tuez.

— Je fais ce qu'on me demande de faire. Pire qu'eux, je ne crois pas. Eux qui veulent faire un génocide sur les classes laborieuses pour les remplacer par des robots. Eux qui veulent se débarrasser des politiciens de toutes tendances pour régner sur la planète… Leur but, c'est de créer une société dans la lignée des romans dystopiques où seule la classe dirigeante profiterait de la planète. Et par-dessus le marché, pour le reste de l'humanité, une violente pandémie est prévue au programme.

— On a l'impression que vous haïssez leur façon d'agir alors que vous les servez. Même si l'argent est un argument, il y a d'autres moyens de s'enrichir, non ?

— Oui ! je suis d'accord, mais en étant à leurs côtés, je sauve ma peau.

— Si une pandémie est prévue au programme, personne n'est à l'abri.

— Ne les sous-estimez pas. Cette opération est déjà en cours, ils ont des liens avec différents laboratoires et l'antidote d'après ce que je sais est déjà injecté dans les vaccins pour les jeunes enfants. L'idée, c'est d'éliminer les adultes pour que cette jeune génération soit éduquée dans leurs structures en vue de les asservir dans le futur. D'autre part, des rabatteurs sont en train de sélectionner dans tous les secteurs d'activités des personnes indispensables à leur doctrine qui bénéficieront d'un traitement préventif pour survivre.

— Ce qui veut dire que vous l'avez eu ?

— Oui !

— Vous allez peut-être survivre, mais vous risquez de croupir, enfermé dans une cellule ad vitam aeternam, alors vous avez tout intérêt à nous communiquer le nom du responsable, s'emporta Wallaert qui jusqu'à présent avait écouté calmement.

— C'est peine perdue, notre dose nécessite un rappel annuel pour fidéliser les adeptes, donc je serai mort bien avant de croupir en prison. Et croyez-moi, si je connaissais le nom du personnage suprême, je vous le dirais. Car en plus d'être vénal, je suis veule.

— Ça, on l'avait compris ! lança Vallin.

— Vous dites ne pas connaître le nom du principal acteur de cette affaire, pourtant vous êtes au courant de tout ce qui se passe, insista Sénéchal.

— Oui et non. Ma connaissance de leur projet se limite au secteur médical. J'ai été l'adjoint du généticien qui a conçu l'agent pathogène.

— Donc vous connaissez le généticien.

— Oui.

— Et celui-là, je suppose, doit connaître l'acteur principal.

— Certainement. Mais je ne divulguerai plus rien. Je veux négocier avec un membre du gouvernement avant de me retrouver entre les mains de la cellule antiterroriste. Je voudrais aussi que vous me fournissiez un scalpel et des pansements.

— Vous n'êtes pas en mesure de nous demander quoi que ce soit, gronda Vallin. D'ailleurs pourquoi vous fournirais-je du matériel médical ?

— Pour éviter de me faire repérer.

— Qu'est-ce que vous nous racontez encore comme sornette?

— En clair, j'ai un mini traceur GPS implanté dans la cuisse. J'ai aussi, comme Verbeeke, une fausse dent contenant du cyanure. Lui, il a choisi de mourir, mais moi, j'aime trop la vie !

— Cela signifie que ce n'est pas vous qui l'avez tué ?

— Non, ce n'est pas moi. Mais je sais que vous faites référence à la mallette.

— En effet ! il me semble que c'est son rôle, de tuer les gens ?

— C'est exact, mais c'est réservé aux membres du troisième cercle.

— Troisième cercle, qu'est-ce que c'est ?

— Le premier cercle, ce sont les neuf personnes dont je vous ai parlé. Le deuxième cercle, c'est nous, c'est-à-dire les cadres dirigeants capables d'assumer nos responsabilités en cas d'arrestation, ce qui explique l'acte suicidaire de Verbeeke. Et le troisième cercle, c'est la piétaille sans conviction dont je m'occupe quand ils tombent entre les mains de la justice. Par contre, ceux qui dans un premier temps n'ont pas encore accepté l'intervention ont droit à une belle montre. Mais pour revenir à ma demande, je tiens à vous préciser que l'Hydre ignore ma capacité. C'est-à-dire ma maîtrise de la fabrication de l'antidote qui sauvera le monde. Si je peux payer ma dette en étant au service de l'État, je révélerai tout, mais il faut agir rapidement, car comme mon vaccin date d'une semaine, les taux d'anticorps présents dans mon sang sont élevés, ce qui veut dire que je peux dupliquer les antigènes qui entraîneront la production d'immunoglobuline.

Les policiers affichèrent un air interloqué, les regards se croisèrent, des pensées s'entrechoquèrent, l'enjeu était énorme. Après n'avoir constaté aucun dissentiment, Sénéchal se leva :

— Je vais prendre contact avec le cabinet du ministre de l'Intérieur pour expliquer la situation et proposer son marché, dit-il en s'adressant aux policiers. Pendant ce temps, emmenez-le à l'infirmerie. Puis il sortit de la pièce.

Le visage de Van Leeuwenhoek prit l'impassibilité d'un joueur de poker quand le pot devient énorme.

— Venez, on va l'emmener dans la pièce où se trouve le matériel de premiers secours, proposa Vallin à ses collègues.

Ils étaient à peine arrivés lorsque Van Leeuwenhoek s'adressa à Vallin.

— Y a-t-il quelqu'un dans le commissariat

qui a des notions de médecine ? demanda-t-il.

— Non ! répondit Vallin. Nous avons un brevet de secouriste dans le cadre de notre mission d'aide à la personne, mais c'est tout. Pourquoi ?

— Alors je n'ai pas d'autre choix, j'aurai besoin de votre aide.

— Mon aide, répliqua Vallin d'un ton complètement affolé.

— Je ne vous demanderais pas de m'opérer, mais de me tenir un miroir pour que je puisse faire une incision sur l'arrière de ma cuisse, afin de pouvoir récupérer le mouchard. Quand j'aurai terminé, il faudra juste nettoyer la plaie, et la souder avec de la colle forte. Puis mettre un bandage.

— De la colle fit Vallin surpris. Quel genre de colle ?

— Ne saviez-vous pas que la Super Glue devrait faire partie de votre trousse d'urgence ?

— Et bien non ! ça, je ne le savais pas, lui répondit-il avec une légère moquerie dans la voix. Il était clair que Vallin pensait qu'il s'agissait d'une plaisanterie, qui n'avait pas laissé Van Leeuwenhoek indifférent.

— Lorsque la plaie ne touche pas les muqueuses expliqua-t-il doctement et qu'elle est droite, peu profonde, d'une longueur inférieure à

5 cm, et qu'elle ne saigne plus, on peut appliquer une petite quantité de colle à base de cyanoacrylate afin de rapprocher les tissus et prévenir l'infection. Il existe un produit équivalent que l'on utilise dans les services d'urgences et qui s'appelle le Dermabond. C'est un excellent produit pour les sutures.

— Bon dit Vallin en levant un sourcil dubitatif et en se tournant vers Wallaert. Dans le tiroir supérieur de mon bureau, il y a un tube neuf de Super Glue, peux-tu me l'apporter ?

Quinze minutes plus tard, l'extraction était terminée et en sortant du local, Vallin chercha Sénéchal du regard.

— Il n'est pas encore sorti de mon bureau ? demanda-t-il à Wallaert.

— Non ! il était toujours en communication quand je suis allé chercher la colle, lui répondit-il. Bon, je vais mettre notre chirurgien en cellule, puis on ira le rejoindre.

— Moi, j'aurais d'abord une question à lui poser dit Vanchoonbeek.

— Quelle question ?

— Je voudrais savoir comment fonctionne son GPS.

Vallin regarda l'inculpé qui se hâta de répondre.

— Il envoie un signal toutes les douze heures avec la localisation du porteur par satellite au PC de l'Hydre. Il est alimenté par pile comme dans les pacemakers avec une durée programmée d'environ 12 ans.

— Donc il fonctionne toujours même s'il est extrait du corps ?

— Oui, même si l'on n'est plus de ce monde, comme dans le cas de Verbeeke, il émet des signaux. Sauf si l'on retire la pile ! Dans le cas contraire, les coordonnées restent figées pendant plus de 24 h, après ils prennent contact par le darknet avec le porteur du GPS. Sans réponse du sujet, une enquête est lancée. La même alerte est prévue si l'on ne consulte pas au moins une fois tous les deux jours notre boîte mail qui est intégrée à leur site.

— Vous avez parlé du PC de l'Hydre, ce qui veut dire que vous connaissez cet endroit ? souligna Anderson.

— La dernière fois que j'ai eu des nouvelles, ils étaient implantés à Tiraspol en Transnistrie, un État autoproclamé qui a fait sécession avec la Moldavie et qui n'est pas reconnu. Je pense que ce sera très difficile de lancer un mandat international dans un État qui est au ban des nations.

— Vous avez raison sur ce point, approuva l'Anglais.

Après cet échange, Van Leeuwenhoek fut conduit dans une cellule. Ils durent encore attendre une bonne demi-heure avant que Sénéchal ne fasse son apparition.

— Bon, dit-il fièrement, j'ai réussi à négocier avec le directeur du cabinet du Premier ministre. Apparemment, le gouvernement est d'accord, du moins pour l'écouter. Nous devons le conduire en toute discrétion vers l'héliport d'Hazebrouck pour qu'il soit héliporté par l'armée vers le fort de Vanves, dans la région parisienne, où il sera débriefé. Je suis chargé de l'accompagner pour présenter notre rôle dans cette affaire, j'aimerais aussi que Wallaert m'accompagne pour appuyer mes propos.

— Pourquoi Wallaert ? demanda Vallin d'un ton plus ou moins vexé.

— Parce que vous, vous ne pouvez pas, vous allez avoir les honneurs de la presse.

— Les honneurs de la presse ! Comment ça ? lui répondit-il surpris.

— Les directeurs de La voix du Nord et du Courrier Picard ont été contactés. Demain, en première page, il y aura un faux article, annonçant qu'un certain Verbeeke, trafiquant international notoire, et une personne inconnue ont été abattus lors d'un échange de tir avec la police. Dans la matinée, une équipe de FR3 viendra vous interviewer sur cette fusillade qui a entraîné la mort de ces deux individus qui transportaient une importante cargaison de cocaïne. Ne vous inquiétez pas, vous recevrez par courriel les questions et les réponses. Par contre, vous devrez les apprendre par cœur pour cet entretien. Il faudra aussi préparer les policiers qui étaient présents lors du décès de Verbeeke et de l'arrestation du chirurgien pour les informer qu'ils doivent affirmer que les deux hommes sont morts pendant l'intervention, et surtout ne pas divulguer le nom du soi-disant inconnu. Van Leeuwenhoek doit rester incognito. Il faut leur préciser que tout manquement de réserve sera considéré comme une faute grave à la sûreté de l'État. Un contact doit être pris avec une entreprise de pompes funèbres pour organiser la crémation des deux cercueils. Un corps a été récupéré à la fac de médecine de Lille pour remplacer celui de Van Leeuwenhoek, il faudra également placer dans le cercueil son GPS. Ah, j'allais oublier, une prime exceptionnelle est attribuée à l'ensemble des membres de votre commissariat et l'O.N.M. pour vous. Le but de la manœuvre, bien sûr, vous l'avez compris, c'est de protéger notre invité ainsi que ses secrets. Messieurs, dit-il en s'adressant à Anderson et Vanchoonbeek, vos gouvernements sont prévenus et toutes les informations que Van Leeuwenhoek nous confiera prendront la voie diplomatique. Notre collaboration s'arrête donc là. Merci à tous pour votre implication et une grande pensée aux blessés, en particulier à Roussel. Le combat continue jusqu'à la mort de l'Hydre, mais ce n'est plus de notre ressort, car l'affaire passe entre les mains des politiques. Bon, dit-il en s'adressant à Wallaert, on va récupérer notre transfuge et accomplir notre dernière mission ensemble.

Mardi 16 Mars 2010 à 21h30

Leur Caracal se posa sur le terrain de sport situé dans l'enceinte du fort de Vanves. Ils furent aussitôt pris en charge par les autorités de la direction de la protection et de la sécurité de la défense (DPSD) et conduits dans un dédale souterrain jusqu'à un endroit où trônait une immense table entourée d'une quarantaine de sièges. Des micros et des plaquettes nominatives à leur nom étaient disposés devant les sièges et la lumière bleutée donnait un ton froid à l'ensemble de la pièce. Cinq personnes étaient déjà assises à leur arrivée, mais la faible intensité de l'éclairage ne permettait pas d'identifier leurs visages.

— Messieurs, prenez place.

La voix était grave et la lueur rouge au bout du micro avait permis d'apercevoir l'homme qui avait parlé. C'était un homme d'une cinquantaine d'années qui se tenait au centre de l'assemblée. Sénéchal, Wallaert et Van Leeuwenhoek s'installèrent là où l'homme les avait invités.

— Je me présente, dit-il sur le même ton. Je suis le directeur de cabinet du ministre de l'Intérieur. Il faut savoir, dit-il en s'adressant au prisonnier que j'ai toutes les prérogatives au nom du gouvernement français pour évaluer les informations que vous pouvez nous révéler. Monsieur Luc Van Leeuwenhoek nous vous écoutons.

Le chirurgien répéta ce qu'il avait déjà révélé lors de son arrestation sauf que cette fois-ci il indiqua aussi le nom du généticien ainsi que le lieu en France de la première dissémination du virus.

— Le 25 mars 2010, lors de la messe de l'Annonciation à Lourdes, le professeur Peter Nash lancera une expérimentation grandeur nature. (À l'énoncé de ce nom, les deux policiers tressaillirent, Peter Nash figurait parmi les neuf noms de la liste fournie par Ferrano)

— Sauf si nous avons abondé dans leur sens, c'est-à-dire cédé à leur chantage pour débuter de la stérilisation du peuple, le coupa le directeur de cabinet.

— Ils savent parfaitement que c'est irréalisable dans nos démocraties et qu'il ne reste que neuf jours pour atteindre l'objectif, mais ils n'ont jamais voulu vous convaincre du contraire ni du bien-fondé de cette intervention. Comme je l'ai déjà expliqué à monsieur Sénéchal, leur décision est prise depuis longtemps de façonner un monde totalitaire à leur image. Ils vous ont mis la pression pour vous faire croire, mais en réalité c'était pour gagner du temps, car la préparation ne se fait pas du jour au lendemain. Pour motiver leur troupe, ils ont surfé sur l'idée de sauver la planète, mais rien n'était vrai. Car les dés étaient pipés d'avance.

— Lors de votre audition, vous avez déclaré avoir été l'adjoint du généticien qui a conçu l'agent pathogène : Peter Nash. Parlez-moi de ses travaux et de sa vie personnelle !

— Que dire à son sujet ? Sinon que c'est un spécialiste des virus zombies. Se rendant régulièrement en Sibérie depuis le réchauffement climatique, il a découvert un virus toujours infectieux après 48 500 ans d'emprisonnement dans le sol gelé du permafrost. Il a réussi à isoler 13 souches représentant cinq nouvelles familles de virus à partir de plusieurs échantillons de terre prélevés à sept endroits différents de la toundra. En les injectant dans des amibes, il a pu démontrer que ces souches avaient conservé leur capacité à contaminer. Le grand danger, c'est que notre espèce, donc notre système immunitaire, n'a jamais été en contact avec la plupart de ces microbes au cours de son évolution. Plusieurs hommes issus des peuplades nomades de cette région arctique lui ont servi de cobayes contre une grosse somme d'argent. Il leur a injecté le virus qui lui a permis de trouver l'antidote. Quant à sa vie privée, il est veuf et il a une fille d'une quarantaine d'années qui l'assiste dans ses expériences et dont j'étais très, très proche. C'est d'ailleurs la raison de la fin de notre collaboration. À ses yeux, je n'étais pas assez bien pour la fréquenter. Par contre, je conserve épisodiquement des relations avec elle.

— Donc, c'est par personne interposée que vous êtes au courant des faits et des recherches de Nash, en particulier sur ce fameux vaccin dont vous avez bénéficié récemment.

— Oui et non. Au début, j'étais directement au courant, car nous travaillions ensemble, même sur le terrain en Sibérie. Ce n'est qu'après que les informations me sont parvenues et me parviennent encore par sa fille. J'ai quand même bénéficié du vaccin par le biais de Nash. Même si nous avons rompu notre collaboration, il m'appelle parfois quand il est dans une impasse dans ses recherches.

— Avant de poursuivre, si vous êtes d'accord, nous allons procéder à un prélèvement sanguin pour confirmer que vous avez bien des anticorps.

— Je ne m'y oppose pas, je suis d'accord pour collaborer avec vous, donnant-donnant.

La porte s'ouvrit laissant passer deux hommes habillés en blanc.

— Dans ce cas, suivez ces messieurs. Nous nous retrouverons après.

Après le départ de Van Leeuwenhoek, l'éclairage de la pièce devint normal. Sénéchal et Wallaert purent enfin distinguer les hommes assis devant eux et le directeur prit la parole.

— Merci pour le travail que vous avez réalisé dans cette affaire. Je vais vous présenter les personnes qui composent cette assemblée. À ma droite, vous avez le directeur général de la santé qui est aussi le sous-directeur de l'OMS. À ses côtés, vous avez le chef d'état-major particulier de l'Élysée. À ma gauche il y a le directeur général de la DGSI. Et à ses côtés, le responsable des gestions de crise pour l'Europe. J'ai remarqué votre réaction quand il a mentionné le nom de Peter Nash qui figurait dans un document que vous a fourni Franck Ferrano. Grâce à vous, nous avons pu dresser le portrait des neuf noms. Nous avons constaté qu'il n'y en avait qu'un seul qui n'était pas issu du milieu scientifique. Il s'agit de Gidra Dimitri, un milliardaire américain d'origine russe qui possède une société dans la Silicon Valley. Accessoirement, il est aussi vice-champion du monde d'échecs. Fait étonnant, son nom Gidra se traduit en français par Hydre. Sa société est à la pointe dans le domaine de la robotisation et de l'intelligence artificielle. Il emploie le célèbre roboticien : Yang Lee qui figure sur votre liste. Au final, trois des noms sont employés dans le consortium de Gidra. Quant aux cinq personnes restantes, elles ont bénéficié de bourses d'études assez conséquentes, en particulier Peter Nash. Qui est d'ailleurs nominé pour le prochain prix Nobel de science. Dans ces conditions, vous comprenez qu'il nous sera très difficile de mettre ce beau monde derrière les barreaux avec de simples présomptions. Ce vil personnage qu'est Van Leeuwenhoek croit nous avoir à sa merci, il se trompe, nous avons déjà tous les renseignements sur les cadres qui dirigent l'Hydre grâce à votre liste et nous sommes capables d'élaborer un vaccin à partir de son prélèvement sanguin. La seule chose qu'il peut nous apporter, ce sont des renseignements qu'il pourra éventuellement obtenir auprès de la fille de Nash. Il va bientôt revenir, si l'analyse sanguine est positive, il va faire valoir ses exigences. Nous avons longuement parlé avant votre arrivée de ses connaissances sur les virus-zombies qui sont intéressantes, et la décision a été prise de ne pas tenir compte de son passé et de l'utiliser dans l'espionnage de l'armement biologique en lui donnant une nouvelle identité. Mais avant, il faut absolument qu'il essaie de persuader la fille de Nash de nous aider. Vous le connaissez mieux que nous, il sera peut-être plus enclin à coopérer si c'est vous qui lui expliquez notre décision. Je compte sur vous pour le convaincre, sans résultat de sa part, il retournera en prison jusqu'à la fin de ses jours. Nous allons vous laisser seul avec lui une demi-heure, puis nous reviendrons pour connaître son état d'esprit.

Sur ces mots, l'assemblée quitta la pièce. Les deux policiers regardèrent attentivement pendant une minute la porte qui se refermait derrière les cinq hommes.

— On n'a pas le pouvoir de négocier dit Wallaert, il faut lui imposer un véritable ultimatum. Il coopère ou il rejoint son urne funéraire dans le cimetière de Bailleul.

— C'est brutal.

— On n'a pas d'autre choix.

La conversation fut interrompue par l'arrivée de Van Leeuwenhoek toujours encadré par les deux hommes en blanc qui confirmèrent que le sang du prisonnier contenait bien des anticorps.

— C'est un bon point, dit Sénéchal.

— Où sont-ils ? On avait convenu que nous allions négocier, s'emporta le chirurgien.

— La négociation est pour ainsi dire faite, répondit Wallaert. Il y a juste un point à éclaircir et ils nous ont demandé de le faire.

— C'est-à-dire ?

— Il n'y a pas trente-six solutions, il n'y en a qu'une. Voici leur unique proposition : une nouvelle identité avec l'absolution de toutes les charges, une activité à votre mesure au service de l'État, une protection et bien d'autres choses… à condition, que vous réussissiez à obtenir des renseignements par le biais de la fille de Nash sur les prochaines actions de l'Hydre. En clair, leurs habitudes, leurs fréquences de réunions ainsi que les lieux où ils se rendent régulièrement ou occasionnellement. Attention, ne tentez pas de nous tromper. Nous connaissons les neuf principaux membres de l'Hydre, en particulier Gidra Dimitri, le patron de la société « Métropolis Servant Méchanical ». Si vous arrivez à obtenir ce que nous vous demandons, vous pourrez repartir à zéro, sinon…

À cette annonce, Van Leeuwenhoek pâlit. Il avait compris qu'il n'était plus en position de force. Pragmatique, il se demanda comment il allait pouvoir soutirer des renseignements sans éveiller les soupçons d'Anouchka Nash. Ce qu'il avait compris, c'était que c'était sa seule issue.

— Je vois que vous avez des atouts dans votre jeu. Dans ces conditions, je coopère. Une question : quelle heure est-il ?

— Bientôt minuit, répondit Sénéchal. Pourquoi cette question ?

— Quand j'appelle Anouchka, c'est toujours à minuit, heure du méridien où elle se trouve. Je sais qu'elle est actuellement à Londres où il est 23 h ce qui me laisse 1 heure pour la contacter. Pour éviter toute suspicion de sa part, il me faut mon portable.

— On va vous le récupérer. Par contre, une question. Son père est-il avec elle ?

— Je ne sais pas. Moi j'ai l'habitude de l'appeler à cette heure-là pour éviter de tomber sur lui, même s'il est là, il est très casanier, il va se coucher à 23 h, quel que soit le point du globe où il se trouve. Il est époustouflant, j'ai du mal à comprendre le fait qu'il soit totalement insensible au jet-lag, avait-il ajouté avant que la porte s'ouvre laissant apparaître dans l'encadrement le directeur de cabinet et ses quatre acolytes.

— Désolé de vous avoir abandonné, mais l'actualité fait loi. Alors dit le directeur de cabinet à l'intention du chirurgien : avez-vous étudié notre proposition ?

— Je suis pragmatique, j'ai joué et j'ai perdu, répondit ce dernier. Mais dès le départ, j'étais venu ici dans ce but de vous aider. Donc, oui ! je suis prêt, quand est-ce que je commence ?

Sénéchal, interrompit le dialogue :

— Monsieur le directeur, si je peux me permettre, il doit commencer tout de suite, mais il nous faut son portable.

— Qu'est-ce que cela implique ?

Le commandant qui savait pertinemment qu'il était au courant de ce qui avait été dit pendant son absence lui expliqua malgré tout la raison.

Quelques secondes plus tard, le directeur se retourna vers le responsable de la DGSI.

— Vous avez une solution à ce problème ?

— Oui, c'est prévu pour ce genre de situation, nous avons une pièce dédiée pour cette opération. Son téléphone va être pris en charge par un serveur qui va le relier à n'importe quel relais téléphonique dans le monde.

— Monsieur Van Leeuwenhoek, où deviez-vous être normalement à cette heure pour l'appeler ? demanda le directeur de cabinet.

— Si je n'avais pas été aimablement invité dans vos locaux, je serais normalement dans mon appartement situé : Koningsplein Den Haag en Hollande. Place du Roi à La Haye aux Pays-Bas, si vous le préférez. Sauf, si je suis en déplacement.

— Minuit ! vous avez bien dit minuit. Il nous reste une petite demi-heure pour tout mettre en place.

— Oui ! mais attention ! Comme son mouchard GPS se trouve à Bailleul, si jamais elle fait partie de cette organisation, elle verra qu'il n'est pas en Hollande, fit remarquer Sénéchal.

— Son mouchard, c'est quoi cette histoire de mouchard ? demanda le directeur de cabinet.

— Un détail que je n'avais pas mentionné dans mon rapport, répliqua-t-il d'un air désolé. Puis il l'expliqua en quelques mots.

— Elle n'est pas impliquée dans cette affaire, l'interrompit Van Leeuwenhoek. Elle travaille avec son père, mais elle n'est pas au courant de ses agissements. Elle s'occupe uniquement de faire des recherches sur différents virus pour les classer avec une vision altruiste. Car à ses yeux, Nash est un homme de valeur.

— Nous allons quand même transférer cet appel depuis Bailleul vers Londres. Mieux vaut être prudent, en conclut le directeur. Que les choses soient bien claires, dit-il en s'adressant cette fois-ci à Van Leeuwenhoek, si vous échouez, c'est la prison pour un long moment, alors vous avez tout intérêt à nous ramener des renseignements probants.

Mercredi 17 Mars 2010 à 00h00

L'assemblée, les deux policiers et Van Leeuwenhoek se retrouvèrent tous dans la pièce dédiée au codage des communications, il était 23 h 55. Derrière une vitre, deux techniciens s'affairaient à transférer et à enregistrer l'appel téléphonique.

— Ce n'est pas une ruse, mais Anouchka ne parle pas le français ni le néerlandais d'ailleurs. Donc nous allons converser dans la langue de Shakespeare.

— Arrêtez de faire le malin, grogna Wallaert, et ne prenez pas les Français pour des idiots.

— Je ne voulais pas vous offenser, c'était simplement pour vous prévenir.

— Pas besoin d'utiliser le nom de Shakespeare dans ce cas-là ! En anglais c'était suffisant, répliqua le policier énervé et épuisé physiquement et moralement.

Debout depuis 2 h 30 du matin, il est vrai que la journée avait été longue et qu'il voulait en finir au plus vite, mais encore moins permettre à un inculpé d'avoir une attitude hautaine, presque provocante envers les forces de l'ordre. Le feu vert pour la communication donné par les techniciens mit fin à cette passe d'armes. Van Leeuwenhoek peu impressionné par les leçons de morale de Wallaert prit son téléphone. Très à l'aise, il n'avait pas l'air perturbé au moment où la tonalité laissa place à une voix féminine. La conversation dura plus d'une demi-heure. Et ce hâbleur de première classe n'eut pas de mal à obtenir ce qu'il voulait. Après avoir raccroché, fier de lui, il planta ses yeux dans ceux des personnes qui l'entouraient en affichant une morgue et un aplomb qu'il avait également eu pendant cet appel triomphal.

— Voilà, vous savez tout. Comme vous avez pu comprendre, le professeur Nash dispose d'une green-card. Il doit prendre l'avion demain dans la journée pour se rendre aux États-Unis. Il a été distingué comme docteur honoris causa par une université de Californie où il doit récupérer son titre. Ce qui l'a étonnée comme vous avez pu le remarquer c'est que son père l'a chargée de faire viser son passeport pour se rendre à Syrte en Libye. Le voyage est programmé pour le 25 mars prochain. Ce n'est en aucun cas une zone de prospection de Nash. Mais apparemment, elle ne s'est pas posé trop de questions. Par contre, lors de la demande du visa pour se rendre en Libye, les autorités de l'ambassade voulaient impérativement le numéro du vol. La raison : l'aéroport à cette date sera provisoirement réquisitionné, et les vols commerciaux sont détournés vers la capitale. Quand elle a joint son père par téléphone, il lui a appris qu'il s'agissait d'un vol privé qui doit décoller de Mineta San José et que ce vol dispose d'une dérogation du gouvernement libyen. D'après ses souvenirs, l'immatriculation du jet est N-1MSM. Elle n'en sait pas plus, car son père est resté très laconique sur ce voyage. Je sais qu'elle dit la vérité, fit Van Leeuwenhoek pour conclure.

— Merci pour le résumé de la conversation, dit le directeur de cabinet. Mais, il se fait tard, et je convie monsieur Van Leeuwenhoek à rejoindre ses quartiers. Pour l'instant, vous restez sous surveillance, mais demain matin nous formaliserons notre accord.

— N'ayez crainte, même sans surveillance,

je suis prudent. Vous pouvez compter sur moi, je ne ferai pas de tourisme dans la Ville lumière. À demain, dit-il le sourire aux lèvres.

Et il sortit encadré par deux gendarmes de l'air.

— Messieurs, je sais qu'il est tard, mais le temps presse, nous devons sans attendre comprendre les tenants et les aboutissants de ce dialogue. Nous allons suivre monsieur Lamer qui est le directeur de la DGSI pour nous rendre au cœur de son service, c'est-à-dire dans la salle de traitement des informations, où la transcription écrite de nos deux interlocuteurs nous attend.

Le groupe quitta la pièce pour s'y diriger. Pendant le parcours, Wallaert qui était à l'arrière en traînant les pieds marmonna entre ses dents :

— Je me demande ce que je fais encore là ? La présence de Sénéchal est peut-être indispensable, il est de la maison. Mais un flic de quartier comme moi…

— Commandant Wallaert, vous avez fait preuve d'une ténacité sans borne dans cette affaire, il serait dommage que vous ne voyiez pas l'épilogue, dit une voix derrière son dos.

Surpris, il se retourna. Et il constata qu'il n'était pas le dernier. Une seule personne était restée à l'arrière du cortège : c'était le directeur de cabinet. Mal à l'aise, Wallaert bafouilla deux, trois mots d'excuse.

— Cette enquête me tient à cœur bien sûr, et après ce qu'ils ont fait à Roussel j'ai envie de mettre le holà à cette engeance. Mais je n'ai pas la puissance nécessaire pour arrêter les responsables de cette cabale orchestrée par des extrémistes visant à déstabiliser le monde entier. Donc, je me suis demandé ce que je pourrais faire de plus de ce que j'avais déjà fait ? répliqua Wallaert d'un air abattu.

On voyait que contrairement à son habitude Wallaert était au bout du rouleau. Le manque de sommeil, l'enquête qui n'en finissait pas, sans oublier qu'en plus de Roussel, il y avait aussi les blessures de Martin et Martens. Wallaert aimait son équipe, et là il avait l'impression que tout partait à vau-l'eau. Il savait aussi qu'il n'avait pas le droit de lancer l'ancre. Son navire devait poursuivre son chemin. Non seulement aux yeux de sa hiérarchie, mais également aux siens. Aussitôt, il se requinqua le moral. Mais avant qu'il puisse ajouter quoi que ce soit, le directeur qui avait très bien saisi ses états d'âme lui tapota sur l'épaule.

— Je sais que votre équipe a payé un lourd tribut dans cette affaire, et que deux d'entre eux sont blessés, mais c'est grâce au lieutenant Martin qu'on a compris les menaces sur l'Angleterre. Chez nos amis d'outre-Manche, c'est un héros ! Vous savez diriger votre équipe et vous saurez nous aider à mettre la main sur ces tueurs. Nous avons besoin de vous, commandant, alors ne vous sous-estimez pas. Voilà, nous arrivons.

En pénétrant dans l'open-space, Wallaert fut interloqué par la grandeur, par la lumière et par le nombre de personnes munies d'écouteurs qui s'affairaient comme des fourmis dans un silence total. Ils étaient assis devant de multiples moniteurs. De temps en temps sur les écrans géants fixés aux murs apparaissaient des adresses, des photos, des vidéos provenant de tous les points du globe. Au fond de la salle, on distinguait d'immenses armoires bardées d'iodes multicolores. À un moment donné, un bruit bref et strident retentit dans la salle et sur tous les écrans apparut un texte en anglais et en français que Wallaert crut reconnaître. C'était la transcription de la conversation entre Anouchka et Van Leeuwenhoek.

— Ce signal sonore signifie que tout le personnel doit arrêter les recherches habituelles pour se concentrer sur ce qui apparaît sur l'écran, expliqua Lamer. Si une information plus précise est trouvée, l'opérateur va la transmettre au centre de traitement qui se trouve à l'étage. Là-bas, une synthèse sera faite à partir de ce qu'ils ont recueilli. Je pense que le résultat dans notre affaire va évoluer très rapidement. Et en effet, moins d'un quart d'heure plus tard, les renseignements arrivèrent par la voix du chef de permanence :

— Le mercredi 17 mars, le généticien Peter Nash doit prendre un vol de Londres à l'aéroport de San José qui dessert la Silicon Valley. Le samedi 20 mars à 22 h, lors d'une grande cérémonie, il doit recevoir le titre de docteur honoris causa de la faculté M.P.U. (Métropolis Polytechnic University) située à Cupertino en Californie. Plusieurs scientifiques sont également honorés, il s'agit de : l'entomologiste Ray Miller, du climatologue et hydrologue Richard Brown, de l'écologue Marie Duthoit et de l'océanologue Charles Crotton. Les deux dernières personnes sont de nationalité française. Concernant le déplacement du jeudi 25 mars à Syrte en Libye, de fortes présomptions précises et concordantes laissent penser qu'il s'agit d'assister au sommet de la ligue arabe présidé par le colonel Muammar Kadhafi qui aura lieu le samedi 27 mars. C'est pour cette raison que l'aéroport est réquisitionné.

L'immatriculation N-1MSM qui correspond à un Falcon 7X fabriqué par Dassault appartient au propriétaire de Métropolis Servant Méchanical. C'est-à-dire à Gidra Dimitri, qui est également le principal donateur de la faculté M.P.U. Nous avons pu récupérer le plan de vol et la liste des passagers. Le départ est prévu le mercredi 24 mars. De l'aérodrome de Mineta vers New York JFK pour une escale technique. Le redécollage est prévu le lendemain matin en direction de Syrte en Libye. Le pilote est le propriétaire de l'appareil : Gildra Dimitri. Le roboticien Yang Lee lui sert de copilote, auquel il faut ajouter les deux employés de Gildra : le spécialiste de l'intelligence artificielle Hong Gil-Dong et le sismologue Pedersen Harald. L'ensemble des scientifiques qui ont été honorés par la faculté sont aussi sur la liste des passagers. Pour l'instant, le vol retour n'est pas programmé.

— Sauf erreur de ma part, tous ces noms me rappellent la liste de Ferrano, s'écria Wallaert sur un ton qui attira tous les regards sur lui. Maintenant, ajouta-t-il en soufflant, je vais peut-être pouvoir dormir tranquillement.

— Oui, c'est exact commandant, nous avançons à grands pas, répondit le directeur de cabinet qui n'avait pas tenu compte de la dernière remarque de Wallaert. Cela dit, il reste à traiter une menace imminente et sérieuse. Il s'agit de l'attentat qui est prévu le 25 mars dans la basilique de Lourdes. Je vais prendre contact avec mon service pour organiser une réunion en téléconférence au PC opérationnel de Beauvau. Je programme ce rendez-vous pour 9 h ce matin avec les autorités ecclésiastiques et départementales du département des Hautes-Pyrénées et le maire de Lourdes. Je vous convie tous les six à y assister. Monsieur Lamer, je vous charge du transfert de Van Leeuwenhoek pour qu'il soit présent et qu'il nous explique le mode transmission probable du virus. Il est 2 h 30 en attendant de nous revoir, je vous souhaite une bonne nuit.

— La DGSI dispose de chambres avec douche pour les visiteurs. Je vous invite à me suivre, indiqua monsieur Lamer. Il faut une vingtaine de minutes pour se rendre dans le 8ème arrondissement. À 8 h 15 un véhicule vous y amènera et le petit déjeuner vous sera servi à partir de 7 h. Messieurs, je vous souhaite à mon tour une bonne nuit.

Avant de pénétrer dans sa chambre, Wallaert s'adressa à Sénéchal :

— Mais, ils ne dorment jamais ces gens-là ?

— Il faut croire que non. Mais nous, oui ! Fais de beaux rêves.

Mercredi 17 Mars 2010 à 07h00

Wallaert crut qu'il n'avait dormi qu'une heure quand il entendit qu'on frappait à sa porte. Pourtant il était déjà 7 h du matin. Le réveil fut difficile, comme chaque nuit depuis cette enquête, mais ce matin-là, c'était particulièrement compliqué. Non seulement sa nuit avait été très courte, mais en plus hantée par ses terribles cauchemars récurrents, il s'était réveillé à plusieurs reprises. Après avoir pris son petit déjeuner, à 8 h 10 il se retrouva dans la cour où tout le monde était déjà réuni.

— Bien dormi ? lui demanda le directeur de l'établissement.

— C'était parfait, lui mentit Wallaert qui n'avait pas du tout envie de s'éterniser sur la question.

Près des véhicules, Van Leeuwenhoek se tenait à côté de Sénéchal. On remarquait sur son visage un certain contentement. L'air fier de se sentir important à cet instant, il salua Wallaert d'un mouvement de la tête avec un sourire au coin des lèvres. Le commandant lui rendit, tout en pensant : *« Près de la lumière, on se brûle les ailes »*. Puis il fit signe à Sénéchal.

— Bon ! tout le monde est là. Nous allons pouvoir partir, ordonna Lamer.

Le convoi composé de 3 monospaces et de deux motards ne mit pas plus d'un quart d'heure pour se rendre au rendez-vous. Les deux tons et les gyrophares fonctionnaient à plein régime pour fendre la circulation parisienne. Tous les véhicules s'écartaient, on aurait dit la proue d'un brise-glace fendant un chemin dans la calotte glaciaire. Arrivées à bon port, ils furent conduits dans une salle de réunion où trônait une table en forme de U. Dans le fond, il y avait un grand écran et à l'opposé derrière une vitre, se tenaient des techniciens. Ils étaient dans une sorte de régie de télévision. Une quinzaine de personnes étaient déjà présentes. Elles entouraient le ministre de l'Intérieur.

— Mesdames et messieurs, je vous invite à

vous installer, en face de votre nom. Cette mesure a été mise en place pour faciliter le travail des techniciens. D'autre part, poursuivit-il, suite à sa connaissance de l'affaire, je vais laisser monsieur Lacaze, mon directeur de cabinet, conduire les débats. Il est 8 h 45, dans un quart d'heure, nous allons pouvoir commencer. Je vous rappelle le caractère confidentiel de cette réunion. Je compte sur vous. Tout le monde avait trouvé sa place et pendant les premières 10 minutes d'attente, les visages des participants apparurent à l'écran. En se voyant ainsi en gros plan, Wallaert sourirait amèrement, tout en pensant : « *Je suis bon pour un rôle de méchant dans un western* ». Les yeux délavés et les traits tirés par le manque de sommeil, en effet, auraient pu faire de lui un bon acteur dans les films de Sergio Leone. Personne n'avait remarqué son rictus, tous étaient focalisés sur leur propre image. Les cinq minutes suivantes furent consacrées à finaliser les connexions avec différents sites des Hautes-Pyrénées. Une lampe verte s'alluma dans la pièce annonçant que la régie était prête. Le directeur de cabinet, à travers l'écran, remercia l'ensemble des participants de leur présence et commença à expliquer la raison de la réunion. Il s'adressa d'abord à l'évêque de Tarbes-Lourdes pour lui faire part des craintes lors de la messe du 25 mars à 10 h.

— Je vous présente monsieur Van Leeuwenhoek qui collabore avec mes services, précisa-t-il à l'évêque. Par le passé, il a fait partie d'une organisation « la griffe de l'hydre ». Cette société a tendance à vouloir déstabiliser et conquérir le monde par des actions punitives. Selon monsieur Van Leeuwenhoek, Lourdes semble être leur première cible de grande ampleur. Pouvez-vous nous expliquer ce qui se passe le 25 de ce mois dans votre paroisse ?

Pendant un instant, devant cette annonce, l'évêque interloqué resta silencieux. Il semblait perdu en cherchant autour de lui un sursaut salutaire pour pallier sa défaillance. On avait l'impression qu'il recevait un coup de fouet en pleine figure. Puis il se ressaisit.

— Le 25, c'est la fête de l'Annonciation, qui commémore l'annonce faite par l'ange Gabriel à Marie de sa future maternité. C'est le jour le plus important à Lourdes. De nombreux pèlerins vont venir assister à la messe qui aura lieu dans la basilique souterraine Pie X. Nous attendons environ 25 000 personnes sur le site et cette cérémonie est retransmise dans le monde entier. Je ne comprends pas pourquoi nous serions la cible d'un attentat ?

— Malheureusement, il me semble que vous avez donné vous-même les raisons de cette menace dans votre question. Comme la messe est retransmise dans le monde entier, un attentat en direct ! Quelle victoire pour ces sinistres individus ! N'est-ce pas, monsieur Van Leeuwenhoek ? dit-il en se tournant vers le Batave.

— Oui, monsieur Lacaze a raison. Le but de la manœuvre, c'est de tuer un maximum de personnes en direct pour créer une psychose dans l'opinion publique. Il sera impossible de temporiser la presse et les précédents attentats vont être mis à la une ainsi que leurs revendications. Il faudra…

Les explications furent interrompues par le fort brouhaha qui s'était soudainement levé.

— Du calme, du calme, demanda le ministre. Laissons la parole à monsieur Lamer, directeur général de la DGSI, il va vous résumer la situation des agissements en Europe de cette organisation qui se fait appeler la griffe de l'Hydre.

Le directeur commença son exposé en évoquant les revendications puis il poursuivit par les différents attentats revendiqués en France pour le Prytanée et en Angleterre pour Eton. En Belgique pour l'empoisonnement du réseau d'alimentation d'eau potable et des menaces sur les digues en Hollande.

— Il est clair qu'ils utilisent actuellement les termes : sauver le monde et combattre la surpopulation, dans le but de recruter dans la mouvance éco-warrior des petites mains pour leurs basses besognes, dit-il en s'adressant à l'assistance médusée. Mais nous savons que leur seule ambition, c'est de dominer la planète en remplaçant les classes laborieuses par des robots. Ils se préparent à inoculer un virus extrêmement mortel qui éliminera déjà une grande partie de la population. On sait aussi qu'il y a un vaccin réservé à leurs adeptes. Nous avons des soupçons sur la complicité de certains labos, qu'il y a déjà dans les vaccins réservés aux nourrissons, l'antigène spécifique. Ceci, pour créer une future société asservie à leur projet. Mais pour nous, le plus urgent, c'est de traiter la menace de Lourdes.

De nouveau, le tumulte s'installa dans la pièce et sur les écrans.

— Pas de panique, nous maîtrisons la situation… nous ne pouvons pas vous en dire davantage, mais vous devez nous faire confiance, fit savoir le ministre d'un ton calme et sûr de lui.

Sénéchal et Wallaert s'échangèrent un bref coup d'œil interrogateur. D'un air pas vraiment convaincu, Wallaert haussa discrètement les sourcils en ouvrant un peu plus les yeux.

— Monseigneur, continua le ministre. Vous n'avez rien remarqué d'inhabituel au niveau de la préparation de la messe du 25 ?

— Non rien. À part un détail, notre stock d'hosties a disparu hier. Devant l'urgence, nous avons dû faire appel à un prestataire à l'étranger qui nous avait récemment contactés pour savoir si nous serions intéressés de faire affaire avec eux. Comme nos fournisseuses, les bénédictines de l'abbaye Sainte-Marie de Maumont en Charente étaient incapables de nous fournir l'intégralité de nos besoins en si peu de temps, nous l'avons sollicité. C'est une première. Car par tradition, le vin de messe et les hosties sont fournis, comme je viens de vous en faire part, par les communautés religieuses.

— Messieurs, excusez-moi de vous interrompre, s'écria Van Leeuwenhoek en se levant précipitamment. Je me souviens que le professeur Peter Nash étudiait le mode de contamination des virus, notamment par voie orale. Peut-être, y a-t-il un lien ? Vu le volume de la basilique, la pulvérisation du virus n'est pas plausible, et par contact ce n'est pas instantané. Il y a de fortes chances que ce fabricant soit complice de l'Hydre.

Le ministre interrompit Van Leeuwenhoek.

— Monsieur, ne tirons pas de conclusion trop hâtive, sinon on risque de négliger d'autres possibilités. Monseigneur, dit-il en s'adressant à l'évêque. Admettons que monsieur Van Leeuwenhoek ait raison, il serait quand même bon de savoir combien d'hosties ont été commandées ?

— J'en ai commandé 250 000, ce qui correspond environ à un besoin d'un mois. Le temps que les religieuses nous réapprovisionnent.

— Pour quand est-elle prévue cette livraison ?

— Théoriquement le vendredi 19, ou au plus tard lundi 22.

— Combien prévoyez-vous de fidèles à la communion pour la journée du 25 ?

— C'est difficile à dire, pour la grand-messe, je pense entre 15 000 et 18 000. Mais il faut savoir qu'à Lourdes, il y a des messes toutes les heures dans toutes les langues et là, je ne peux pas savoir avec exactitude.

— Notre premier rôle sera, dès qu'elles

arrivent, de faire analyser les hosties pour voir si le virus y est présent, dit-il en s'adressant aux membres de son staff. Puis, il se tourna vers l'évêque. Bon ! par prudence Monseigneur, nous allons prendre contact avec les aumôneries militaires pour qu'elles vous dépannent dans le cas où l'on découvrirait un problème sanitaire. Mais, dans tous les cas, lança-t-il à l'assemblée, il faudra prévoir un dispositif Vigipirate renforcé avec des équipes cynophiles pour la recherche d'explosifs. L'éventuelle attaque à la bombe n'est pas à écarter et il faut y mettre tous nos moyens pour empêcher un drame de cette envergure. Monsieur le maire, je sais que votre ville a déjà mis en place d'énormes moyens pour la sécurité des touristes, mais là, je crois que nous n'avons pas affaire à des amateurs, donc toutes les mesures supplémentaires de sécurité sont primordiales. J'espère que vous comprenez.

— Monsieur le ministre, ma ville a le label « sécurité-site » ce qui veut dire que le sanctuaire est protégé par 14 portails de sécurité avec clôtures et bornes anti-intrusions rétractables. Cela dit, je mets les moyens du centre de supervision urbain (CSU) à votre disposition.

— Bien. Je pense que tout a été évoqué. Pour finir, je charge monsieur le préfet de coordonner cette opération. Merci à tous pour votre attention. Je compte sur votre discrétion. Pas un mot à la presse !

La réunion est terminée, l'écran s'est éteint et tout le monde avait quitté la salle en laissant les deux policiers à leur sort.

— Et nous ? fit Wallaert d'un air abattu. Que fait-on ?

— Je pense qu'on va devoir se débrouiller. Lamer qui devait nous conduire à la gare a disparu de la circulation.

Sur ces mots, le DGSI réapparut.

— Désolé, je me suis d'abord occupé de mettre au frais Van Leeuwenhoek. Pour l'instant, aucune décision définitive n'est prise pour son cas, mais on le garde pour sa sécurité. Le ministre doit rendre sa décision après que le problème sera réglé. Quant à vous, par ma voix, il tient à vous remercier pour votre incroyable efficacité dans cette affaire. Il m'a précisé que vous avez accompli un travail de longue haleine et qu'un repos bien mérité vous sera salutaire. Il m'a également demandé de vous mettre un chauffeur à votre disposition pour vous ramener dans les Hauts de France, en vous souhaitant une bonne fin de journée.

Lamar les accompagna dans la cour d'honneur où attendait un véhicule, puis il s'en alla.

Pendant le trajet, Wallaert se mit à penser à tous les événements survenus depuis le 8 mars.

— Ça fait déjà neuf jours qu'on est dans cette galère, lança Wallaert, et pour moi c'est loin d'être fini ! À moins d'être Hercule, je ne vois pas comment mettre fin à cette menace, chuchota-t-il.

— Il faut croire que le ministre se prend pour Hercule, répondit Sénéchal sur le même ton.

— Ah oui ! quand il a insinué qu'il maîtrisait parfaitement la situation, lui murmura Wallaert à l'oreille.

Sénéchal, qui observait le chauffeur lui fit une mimique indiquant de ne plus parler de cet événement, et le reste du trajet se passa en silence. Le premier à être déposé fut Sénéchal, Wallaert descendit de voiture pour le saluer.

— Grâce à toi et tes collègues, j'ai plus progressé dans cette affaire en neuf jours que moi et mes réseaux en six mois, le félicita Sénéchal.

— Nous avons formé une bonne équipe, lui répondit Wallaert, c'est grâce à nous tous, j'ai été ravi de travailler avec toi. Il lui serra la main et reprit place à l'arrière du véhicule.

Après une demi-heure de route, il arriva devant le commissariat de Bailleul. Il était 15 h 45.

Il n'avait rien avalé depuis son petit déjeuner, copieux, oui, mais, il avait une faim de loup. Avant de rejoindre son bureau, il se dirigea vers la place de Bailleul et sous les effluves de la friterie, son ventre se mit à gargouiller de plaisir. En arrivant devant la baraque, il demanda avec empressement à la friturière :

— Une grande frite avec une fricadelle, s'il vous plait.

En marchant, il dégusta lentement le contenant de sa barquette afin que chaque déglutition génère son spasme de plaisir, en léchant même ses doigts qu'il avait par mégarde trempés dans la mayonnaise, qui lui faisaient oublier les vicissitudes inhérentes du comportement humain. Après avoir trouvé une poubelle où il déposa ses déchets, il se dirigea vers son bureau. À son arrivée, Vallin était aux anges.

— J'ai fait la une au journal de 13 h, et je repasse à 20 h, lui dit-il fièrement. Sinon, pour toi comment ça s'est passé ?

— J'ai suivi Sénéchal, comme convenu. J'étais là plutôt en tant que touriste. C'est lui et l'inculpé qui menaient les débats. Personnellement, je n'en sais pas beaucoup plus sur cette affaire, car lors des négociations je n'étais pas présent, lui mentit-il. Je pense qu'on n'en sera plus à la date, ou avant la date butoir.

Il était clair que Wallaert avait bien retenu la leçon : ne rien dévoiler ce qui avait été évoqué lors des deux réunions.

— Je ne sais pas ce qui m'arrive, mais je suis complètement épuisé par ce déplacement. Je pense qu'un bon repos me sera salutaire pour être en forme demain matin, déclara Wallaert.

— De toute façon, il est déjà 16 h 45, souligna Vallin, donc je n'y vois pas d'objection. Repose-toi bien, mais si tu peux, essaye quand même de regarder le journal du soir, ajouta-t-il le sourire aux lèvres.

Jeudi 18 Mars 2010 à 08h00

En voyant Wallaert arriver au bureau, Vallin se précipita vers lui.

— Alors, tu as vu ?

— Oui, non seulement je t'ai vu, mais en plus tu passes très bien à l'écran. Cette image donnera peut-être la célébrité au sein de notre commune ou une carrière d'acteur à ta retraite.

— C'est ce que m'a dit ma femme. Elle est enchantée de cette gloire que pour ma part je crois éphémère. Mais, j'avoue que j'en suis fier. J'avais déjà fait la une des journaux dans l'affaire Mesrine, mais jamais une interview devant une caméra. C'est une première qui ne se reproduira plus. Jeune je l'aurais cru, à l'époque j'étais carriériste, mais là à mon âge, je n'attends plus rien, à part l'admiration de ma femme. Pour revenir sur l'affaire de l'hydre qui n'est plus notre problème, je le sais, ça, je l'avais compris. Par contre aux dernières nouvelles, j'ai appris que

de pigeons. Quoique, tu n'as pas tout à fait tort, c'est aussi de la volaille, dit Ligier en se marrant. Son petit rire fut contagieux, et les trois personnes présentes dans la pièce se mirent à rire aux éclats.

— Je vois que tu as gardé ton humour, c'est rassurant. Passons maintenant aux choses sérieuses. À vrai dire, je n'ai pas lu le dossier. De quoi s'agit-il exactement ?

— Quelqu'un a fracturé la porte d'un pigeonnier et a dérobé un pigeon voyageur de compétition. La bête, tu ne vas pas le croire, mais elle vaut une fortune. Elle est estimée à 120 000 €.

— 120 000 € ! s'exclama Wallaert. Tu ne vas pas me faire gober ça, quand même. Ça doit encore être une de tes plaisanteries ?

— Non, non. Et il y a même pire. Le plus cher a été vendu à un Japonais pour la somme modique de 170 000 €. Et en Allemagne, 151 pigeons ont été achetés aux enchères pour un total de 1 016 550 euros. Ça fait cher le pigeon aux petits pois.

— Oui, comme tu dis, sourit Wallaert. Puis, il poursuivit en prenant l'accent ch'ti : Ben, allons quérir des coulons.

L'ambiance était détendue et les trois policiers se remirent à rire.

Les jours suivants s'écoulèrent ainsi avec des enquêtes sans intérêt ni enjeu. Tout le monde avait retrouvé son week-end, ce qui permit à Wallaert de se rendre le samedi auprès de Justine et de Roussel et de passer le dimanche à faire son ménage et sa lessive. Mais tous les matins, il comptait les jours qui le séparaient de l'événement ultime qui devait avoir lieu normalement dans sept jours. En attendant, il se sentait inutile et cette attente où il n'était ni acteur ni spectateur lui semblait insupportable. Il marmonnait sans arrêt entre ses dents des injures contre sa hiérarchie. Écœuré, désespéré, en colère, d'être laissé dans l'ignorance totale. Même Sénéchal, il ne répondait pas à ses appels.

— *« Putain de merde, c'est quand même grâce à nous qu'ils ont pu mettre la main sur ses pièces de puzzle, sur ses éléments clés de cette énigme. Je suis sûr que Van Leeuwenhoek est mieux informé que moi sur cette affaire, c'est un scandale, une honte ! »* Ce refrain tournait en boucle dans sa tête.

Jeudi 25 mars 2010 à 7h30
Le jour de l'ultimatum

Aigri, par cette situation il s'était plus ou moins replié sur lui-même. Sa seule consolation était d'apprendre que Justine, Roussel et Martin allaient mieux. Ce dernier avait même repris le service, mais il n'avait pas été très explicite sur sa convocation au ministère. Wallaert se doutait bien que le jeune lieutenant avait reçu une offre d'affectation et il savait parfaitement qu'il n'allait plus faire partie de son équipe, mais il était content de le voir en forme. Par contre, plus le temps passait, plus il se sentait anxieux. Il guettait à tout moment un signe de l'hydre, mais rien ne filtrait dans la presse ni aux infos. À l'approche de la date fatidique, il passait ses nuits dans son fauteuil devant son écran de télévision, à l'affût des informations. Il scrutait le moindre fait divers, le moindre ragot, mais rien, sur son cauchemar. Jusqu'au matin du 25 mars à 7 h 30, où il trouva une feuille glissée sous sa porte. Seul le recto était imprimé. Il pensa d'abord à une publicité imitant la Voix du Nord, mais la date entourée en rouge l'intrigua. Il s'agissait du vendredi 26 mars 2010 dont le titre principal avait aussi attiré son attention.

— Vendredi, je ne comprends pas, aujourd'hui on est jeudi. C'est quoi ce délire ?

Il saisit la feuille et lut l'article :

Édition du Vendredi 26 mars 2010

Encore une catastrophe aérienne dans le couloir le plus fréquenté au monde. Un prototype d'avion autonome s'abîme dans l'océan Atlantique.

L'avion personnel du célèbre magnat Gidra Dimitri, un prototype conçu par sa société Métropolis Servant Méchanical, a disparu dans l'océan Atlantique au sud du Groenland. Le propriétaire qui pilotait l'appareil était accompagné de huit scientifiques renommés. Il s'agit de Yang Lee, Peter Nash, Ray Miller, Richard Brown, Hong Gil-Dong, Pedersen Harald. Et, de deux Français : Marie Duthoit et Charles Crotton. Selon les autorités de l'aéroport JFK de New York, il se rendait en Libye pour assister au sommet de la ligue arabe présidé par le colonel Mouammar Kadhafi.

L'appareil privé assurait la liaison entre l'aéroport international de Mineta San José en Californie et Syrte en Libye, avec une escale à l'aéroport JFK de New York pour faire le plein. Il a décollé de New York le jeudi 25 mars 2010 à 5 h 30 du matin (heure locale). Soixante-cinq minutes plus tard (6 h 35 heure locale, soit 12 h 35 heure de Paris), le vol a disparu des écrans radars. Il volait à 33 000 pieds (11 000 mètres).

À 6 h 45, les responsables de l'aviation civile américaine ont alerté les gardes-côtes de Boston qui ont lancé leurs secours. L'équipage n'a émis aucun signal de détresse, affirment les autorités américaines. Le dernier contact a été enregistré à 6 h 30.

Il s'agissait d'un « contact routinier » selon Joe Ball, président du Bureau national de la sécurité des transports américains (NTSB). Au moment de sa disparition, le FALCON 7X était dans le champ de surveillance de la tour de contrôle de Ronkonkoma, dans l'État de New York. Des contrôleurs du centre de Nashua, dans le New Hampshire, qui observaient l'appareil, l'ont vu perdre de l'altitude à une vitesse vertigineuse, de l'ordre de 13 900 pieds (4 630 mètres) en 24 secondes, rapporte Associated Press (AP). Une vitesse qui indique que l'avion était pratiquement incontrôlable, commente Michel Berr, responsable du programme de sécurité à l'Université de Californie du Sud et ancien pilote de chasse.

Les chances de retrouver des passagers en vie s'évanouissaient au fil des heures. Les sauveteurs n'avaient récupéré que des gilets, des sièges et des débris. La garde côtière écartait la possibilité de survivants en raison de la très froide température de l'eau. Les conditions météorologiques étaient pourtant excellentes, avec un ciel dégagé et une visibilité parfaite.

Si cette région semble maudite, les spécialistes soulignent qu'il s'agit du couloir aérien le plus fréquenté du monde et que la série noire d'accidents de ces dernières années s'explique uniquement par une probabilité statistique plus élevée qu'ailleurs. Mais après cette catastrophe se pose la question des conséquences de la transformation de l'appareil par Métropolis Servant Méchanical pour le rendre autonome. Apparemment, l'appareil n'avait pas subi les tests d'homologation nécessaires pour sa certification suite aux modifications apportées par l'utilisation de l'intelligence artificielle. C'est ce que confirme la FAA, la Fédéral Aviation Administration qui est l'agence gouvernementale chargée de la réglementation et des contrôles concernant l'aviation civile aux États-Unis. Il pourrait donc s'agir d'une erreur dans la conception de la programmation.

(Vous trouverez en page 3 les explications sur la différence entre un avion autonome et le pilotage automatique).

— « *Putain ! Je comprends mieux pourquoi le ministre avait l'air si sûr de lui. Ils ont tout anticipé, un peu comme aux jeux d'échecs. Ils vont utiliser la méthode radicale pour éliminer tous les membres de ce mouvement. Je suppose que Gidra a des ennemis au pays de l'Oncle Sam et que l'alliance atlantique pour une fois a parfaitement fonctionné pour accorder et mener cette opération main dans la main. Dans cinq heures, ils seront tous morts et l'affaire sera classée. À moins que... Je me demande si Vallin est au courant ? Quoi qu'il en soit, le mieux à faire, c'est de brûler cette feuille pour ne laisser aucune trace* »

.

En froissant le papier, il distingua une petite écriture.

— « *Merde ! je ne l'avais pas vue. De quoi s'agit-il* ? » Il lut : *« Hercule existe et le pain du Christ est devenu sain »*. Sénéchal, sacré Sénéchal, il était au courant de tout depuis le début, dit-il à voix haute sur un ton enjoué.

Puis, il jeta un coup d'œil à sa pendule posée sur son buffet. 8 h 30 ! s'écria-t-il sur un ton affolé en jetant dans son évier les cendres du papier qu'il venait de brûler. Pas le temps de déjeuner, il faut que je me dépêche. Vallin doit trépigner d'impatience. Et puis mince ! après tout, je m'en fiche ! La vie est belle.

En effet, Vallin l'attendait avec une expression grave sur le visage devant la porte d'entrée du commissariat.

— Qu'est-ce qui se passe ? demanda Wallaert.

— Le commandant Sénéchal m'a appelé

Jeudi 25 mars 2010 à 10h00
Le jour de l'ultimatum

Wallaert reconnut le ministre de l'Intérieur en grande discussion avec le commissaire Vallin. Derrière les deux hommes se tenaient le directeur de cabinet et le directeur de la DGSI ainsi que quatre ou cinq personnes inconnues auxquelles s'étaient joints Duchamp et son équipe. Wallaert fut étonné non seulement par l'affluence de tant d'invités, mais surtout par la présence du commissaire Guidoni qui était posté près de Sénéchal.

— Mais qu'est-ce qu'il fout là lui ? marmonna Wallaert entre ses dents en le désignant du regard.

Personne n'avait la réponse et l'équipe de Wallaert se dirigea vers le groupe. À leur arrivée, Vallin prit la parole :

— Je vous présente le commandant Wallaert, qui était chargé de l'enquête, ainsi que son unité, dit-il en s'adressant au ministre.

— Oui, je me souviens de lui, j'ai déjà eu l'occasion de travailler avec le commandant, lui répondit-il, mais je n'ai pas encore eu l'honneur de rencontrer ses collaborateurs qui ont fait également un travail remarquable. Je tenais à vous féliciter personnellement. Je sais qu'il y a eu beaucoup de blessés dans cette affaire, et je le regrette fortement, mais je sais aussi que c'est grâce à votre sagacité qu'on a pu agir et prévoir les intentions de cette organisation terroriste et arrêter certaines filières de l'hydre. C'est grâce à vous aussi que l'on connaît aujourd'hui les noms des neuf membres qui dirigent ce groupe qui va nous permettre de mettre fin à cette histoire, à ces rites mortuaires en temps et en heure. Il faut qu'on agisse avec beaucoup de subtilité, mais on y arrivera. Ça, je vous le garantis ! Tous ceux qui sont présents ici ont eu un rapport direct ou indirect avec l'affaire, mais je tiens particulièrement à attribuer la médaille d'honneur au commandant Wallaert pour ses états de service.

L'ensemble des personnes présentes applaudirent lorsque le ministre accrocha la médaille sur la poitrine du récipiendaire. Wallaert, mal à l'aise balbutia des remerciements en jetant un rapide coup d'œil à Sénéchal. Ce dernier fit semblant de ne pas l'avoir remarqué. Cinq minutes plus tard, le cortège ministériel avait quitté le commissariat. Mais Sénéchal, était resté muet.

— Alors, dit Vallin, quel effet ça te fait cette médaille ?

— Je n'ai rien fait d'cxceptionnel, j'ai fait mon boulot, répliqua-t-il. Sans mon équipe je n'y serais pas arrivé. Bravo à eux.

— On est toujours récompensé par l'intermédiaire de son chef dit Ligier en s'esclaffant. Mais, un grand bravo au commandant de la part de toute l'équipe.

Tous les présents approuvèrent cet hommage à la fois chaleureux et sincère.

— Bon, alors fêtons ça. Qui m'aime me suive, il est midi, c'est l'heure de la pause. Je vous invite tous à boire un verre au bistrot d'à côté.

— On est tous partants, répliqua Ligier. N'est-ce pas commissaire ?

— Pas pour moi. Mais le cœur y est.

À ce moment-là, Sénéchal s'approcha de Wallaert.

— Il faut que je te raconte le dernier épisode de notre aventure, lui murmura-t-il à l'oreille. On se retrouve après le pot à 13 h à l'estaminet du Dikke Buuk, c'est moi qui régale. Ne sois pas en retard.

Par discrétion, Wallaert acquiesça sans dire un mot. Le pot se déroula dans une ambiance conviviale. À 12 h 50, Wallaert se faufila discrètement. En arrivant à l'auberge Sénéchal était attablé les yeux rivés sur l'écran de télévision où apparaissait le générique du journal de 13 h. Ce dernier n'avait pas remarqué l'arrivée de son invité.

— Je ne savais pas que tu étais si mystérieux, dit Wallaert en s'asseyant en face de lui. Ce matin, tes infos n'ont pas fait long feu, ajouta-t-il avec un regard malicieux et les yeux plissés par un sourire narquois.

— Oui, je me doute bien que tu ne les as pas gardées. Sinon, je ne t'aurais jamais fait passer le message. Si tout s'est passé comme prévu, on devrait avoir une confirmation dans le journal de 13 h.

— Ah, c'est pour ça que ton regard est scotché sur Jean-Pierre Pernaut, j'en étais presque jaloux de ton indifférence envers moi, lui dit-il sur le ton de la plaisanterie.

— Au lieu de dire des bêtises, dis-moi plutôt ce que tu veux manger. Je te conseille la carbonnade-frites, c'est délicieux.

— Oui pourquoi pas ! Sénéchal, fit signe au serveur qui prit la commande.

— Mais au fait, qu'en est-il de cette histoire ? demanda Wallaert.

— J'attends un signe du petit écran pour te le révéler.

— Comment ça ? Un signe.

— Ne sois pas impatient. Tout vient à point à qui sait attendre. Puis nos plats arrivent et l'on ne parle pas la bouche pleine.

— C'est ta blague du mois.

Pendant que le serveur posait les plats chauds sur la table, Sénéchal, d'un mouvement de tête, lui dit :

— Mange !

Il était 13 h 20 et le présentateur annonça un reportage sur la grande messe qui avait eu lieu dans la basilique de Lourdes. Un léger sourire se dessina sur le visage de Sénéchal.

— Un point positif pour Van Leeuwenhoek signala-t-il entre deux bouchées.

Au bas de l'écran apparut un bandeau annonçant une dépêche de l'Agence France-Presse.

— Enfin mon signe, dit Sénéchal soulagé.

Wallaert se retourna pour regarder le petit

écran. Le présentateur réapparut en annonçant qu'un accident d'un avion transportant d'éminents scientifiques s'était produit. Il commença par dire :

— Voilà ce que nous avons appris par notre correspondant sur place. Il nous a dévoilé que peu après son décollage de New York, l'avion du milliardaire Gidra Dimitri, fondateur et président-directeur général de la société Métropolis Servant Méchanical, précisa-t-il, a disparu des écrans radars. L'incident s'est déroulé aux environs de 6 h 35 heure locale, soit 12 h 35 heure de Paris. Cette société très avancée dans le domaine de l'intelligence artificielle a révélé par le biais de son porte-parole que le vol était expérimental. Aucune hypothèse n'est privilégiée par les autorités aéroportuaires, mais elles soupçonnent une défaillance électronique. Neuf personnes étaient à bord, dont deux Français. C'est sur cette malheureuse nouvelle que se termine notre journal.

— Malheureuse pour eux, mais heureuse pour nous, chuchota Sénéchal entre ses dents. Maintenant, je peux te mettre au courant, mon cher Wallaert. Pour commencer, les hosties contenaient bien un virus. Là-dessus Van Leeuwenhoek nous a bien aidés, même si c'est un scélérat, il faut le reconnaître. Il s'agissait bien d'un virus zombie qui avait été dopé. On a remarqué qu'il avait un lien avec le virus Ebola, mais en beaucoup plus puissant. De violentes hémorragies auraient commencé une demi-heure après l'absorption et j'en passe… On savait déjà que cela aurait provoqué une terrible hécatombe au sein de la population, mais pas à ce point. Donc, c'est bien grâce à lui qu'on a pu éviter cette catastrophe. Avec le temps, il finira peut-être par devenir un type bien. Enfin, tout ça pour dire qu'ils ont eu raison.

— Comment raison ?

— Il n'y avait pas d'autre solution, tu comprends. Je te dis ça pour éviter que tu te sentes coupable. Sans toi, tout cela n'aurait jamais pu avoir lieu. Le problème, c'était les gros bonnets, on n'avait pas d'autre solution, ces gens-là ont des ressources qui leur permettent d'échapper à la justice. Les gouvernements européens ont présenté aux Américains le dossier, notamment les hosties pour l'attentat contre Lourdes, les résultats des enquêtes sur les écoles d'Eton et du Prytanée. Les soupçons d'actes contre les digues en Hollande. Les Américains étaient au courant. Chez eux ils soupçonnaient Pedersen Harald et Crotton Charles de s'intéresser de trop près à la faille de San Andreas. Donc, un accord a été conclu pour mettre fin à cette histoire. Lors de l'escale à New York, les États-Unis ont envoyé un membre de leur force spéciale pour placer dans le logement du train d'atterrissage une mini E-bombe. Il s'agit d'un engin à impulsion électromagnétique non nucléaire qui a la particularité de libérer une onde électromagnétique à très haute énergie. Elle est capable de griller tout équipement électrique et électronique dans un rayon de 100 mètres. Elle était programmée pour exploser quand l'avion survolait l'océan à haute altitude. À partir de ce moment-là, tout le système électronique a rendu l'âme et l'avion a fait une chute vertigineuse. C'est la dernière image des radars. Le choc contre la surface liquide a entraîné la fragmentation et la dispersion des débris de l'appareil, mais personne ne l'a vu. Ils auront beau chercher des survivants, les Américains nous ont garanti que les secours n'en retrouveront aucun.

— C'est la version ketchup du Rainbow Warrior si j'ai bien compris.

— Pas tout à fait, mais on peut dire qu'elle a un air de famille. Dans le cas que tu cites, c'était plutôt à la mode pieds nickelés !

— C'est sympa de me raconter tout ça qu'à

moi. Mais pourquoi pas aux autres ?

— C'est une idée du ministre sur mes recommandations. Je te connais assez pour savoir que tu ne te serais pas contenté d'apprendre par les journaux la disparition de l'avion. Tu aurais voulu mener ta petite enquête en solitaire pour savoir ce qui s'était vraiment passé. Le mieux dans cette histoire, c'est d'éviter de remuer le couteau dans la plaie. Moins le bruit court, mieux c'est, car la plupart du temps, les bruits courent plus vite que les chevreuils, tu comprends ? Puis je ne sais pas pourquoi, mais j'avais peur que tu te sentes responsable de leur mort en l'apprenant de cette façon. Je ne voulais surtout pas que tu te culpabilises et… Wallaert le coupa :

— Tu as raison sur un point, j'aurais voulu savoir. Mais contrairement à ce que tu penses, je n'aurais eu et je n'ai aucun remords, bien au contraire… celui qui tue doit subir le même sort. Ce n'est pas comme ça que ça fonctionne ?

En disant ces derniers mots, le regard du commandant était comme perdu dans un souvenir lointain.

— C'est comme ça que ça devrait être, mais ce n'est pas toujours le cas.

— Oui, je sais.

— Bon, on ne va pas pleurer sur notre sort

et nous priver d'un dessert pour autant. Qu'en penses-tu ?

— Je suis tout à fait d'accord avec toi, dit-il en regardant la carte et en reprenant ses esprits. Je me laisserais bien tenter par un parfait glacé maison et son caramel à la bière.

— Moi je suis plus traditionnel. En s'adressant au serveur. Sénéchal commanda : pour moi, ce sera une tarte au citron meringuée et vous nous apportez aussi deux cafés.

Le repas terminé, ils se retrouvèrent sur le parking devant la voiture de Sénéchal.

— Je te ramène au commissariat, lui proposa-t-il ?

— Non, merci, c'est tout près d'ici et une petite marche me fera du bien. J'ai été ravi de travailler avec toi et je te remercie pour ta confiance.

— Mon cher Gérard, je ne t'embrasse pas, mais le cœur y est. Au fait mon prénom c'est Didier.

Une sorte de gêne s'installa entre les deux hommes, qui allaient se retrouver, en particulier pour Wallaert, son bureau et la routine des petits drames d'une ville moyenne. Et en ce qui concernait son compagnon d'un bref instant, le retour à Lille au sein de la DGSI. *« Didier, il n'a*

Trois mois plus tard

Beaucoup de choses avaient changé au sein du commissariat, mais aussi au sujet des informations dans la presse. Nous étions fin juin, et à l'approche de la période estivale les marronniers étaient de retour dans les journaux et magazines. Le crash de l'avion autonome qui avait fait la une des journaux pendant un certain temps avait été éclipsé par un autre événement beaucoup plus populaire. Tous les titres étaient focalisés sur la préparation de la coupe du monde en Afrique. À ce moment précis, il était 7 h 30 du matin. C'était un lundi et Wallaert se dirigeait comme à son habitude vers le commissariat. La seule différence, c'est qu'il ne pourrait pas s'octroyer sa longue pause hebdomadaire pour se rendre à la laverie, car un vin d'honneur était prévu pour le départ du lieutenant Martin. Son décryptage du message de l'hydre lui avait ouvert en grand les portes pour rejoindre le Centre de Crise de Beauvau. Cette mutation n'avait pas vraiment enchanté Wallaert qui perdait un élément de grande valeur. D'un autre côté, il était ravi pour lui. Un poste au ministère, ce n'était pas n'importe quoi. Un autre grand changement devait prochainement avoir lieu. Il s'agissait du commissaire Vallin. Ce dernier avait annoncé son départ à la retraite. Wallaert soupira en y pensant, lui, il était encore loin de sa retraite. Et il se demanda qui allait le remplacer. Il connaissait l'adage : on sait ce qu'on perd, mais on ne sait pas ce qu'on gagne. Bien que Wallaert n'appréciât pas énormément Vallin, il se méfiait, de se retrouver avec quelqu'un de pire que lui. Pichon par contre était aux anges, il avait demandé au père de Julia, la main de sa fille. Chez les Italiens, tout devait être fait dans les règles de l'art. Ce dernier avait accepté à condition qu'il arrive à le battre à ce fameux jeu de cartes : le terziglio. Bien que ce fût une plaisanterie, il avait réussi. Mais ce qui avait touché le plus Wallaert en ces trois derniers mois. C'était en premier lieu, la sortie d'hôpital de Roussel. Tout comme Justine, mais pas pour la même raison qui avait repris le service actif et qui était très intéressée par ce convalescent. Beau garçon, au charme indéniable, doté d'un humour drôle et incisif, Justine en était tombée amoureuse. La réciproque était perceptible dans le comportement de Roussel. En la voyant l'air inquiète lors de sa sortie, sa première boutade fut de lui dire :

— Tout fonctionne à merveille… surtout quand je suis près de toi.

Justine, qui avait habituellement de la répartie, avait rougi à ce moment-là.

En deuxième lieu, toujours dans le domaine du carnet blanc. C'était après avoir reçu un faire-part il y a quelques jours, annonçant le mariage d'un certain Hans Vossenhol avec Anouchka Nash. Wallaert se souvenait avoir manifesté son indignation en comprenant que Vossenhol n'était autre que Van Leeuwenhoek.

— Il ne manque pas d'air celui-là ! Je veux bien que tout le monde se marie. Mais ces deux-là, quand même !

Il ne devait pas être le seul choqué par cette situation. Car Sénéchal qui avait repris contact téléphoniquement avec lui. Avait annoncé :

— Alors tu es au courant, Van Leeuwenhoek se marie avec la fille de Nash !

— Elle ne sait sûrement pas que c'est en partie à cause de lui que son père est mort, sinon elle n'aurait jamais accepté, enfin c'est mon avis.

Quoiqu'il soit capable de tout, c'est un beau parleur, il a dû arranger ça à sa sauce.

— Oui, et à mon avis, la disparition de Nash l'a bien servi, il a dû profiter de la situation.

— Ne t'inquiète pas, si tu penses ce que je pense et que le play-boy joue au con dans ses activités professionnelles, il y aura une veuve en puissance. Mais, il est loin d'être stupide, je crois plutôt qu'il va se tenir tranquille. Ce n'est pas dans son intérêt de faire autrement. En tout cas, moi, je n'assisterai pas à ce mariage.

— Moi non plus. Mais tu vas peut-être bientôt assister à celui de Roussel avec une jeune lieutenante.

— Je ne suis pas surpris, je parie que c'est avec la petite rouquine.

— Comment sais-tu ça ?

— Je suis de la DGSI.

— Non, mais sérieusement ?

— Il m'en a parlé la dernière fois que je l'ai vu.

Il se remémorait cette discussion, mais ses pensées s'arrêtèrent en arrivant au commissariat. Au loin, il aperçut Lucien Vermeulen en grande discussion avec Justine. Lucien se précipita vers lui en agitant ses mains.

— Parrain Gérard, je suis là ! C'est le lieutenant Martin qui m'a invité à une fête, je suis super content de pouvoir y assister.

— Cette fête n'est que dans quatre heures Lucien, tu ne peux pas rester là. Il faut que tu rejoignes ton appartement et que tu reviennes à midi.

Lucien fit un geste amical à Justine en s'éloignant. Quand Wallaert arriva à sa hauteur, elle observa le commandant avec un étrange regard.

— Pourquoi, t'appelle-t-il parrain Gérard ? lui demanda-t-elle.

— Lucien n'a plus de famille et je me suis proposé aux services sociaux pour assurer une curatelle allégée. Pour lui, je suis son parrain, cela le rassure.

— On devient sentimental avec l'âge.

— C'est une longue histoire que je préfère garder pour moi, lui répondit-il.

Justine s'en alla en levant les yeux au ciel.

En effet, bien qu'il n'y ait aucun lien de parenté il avait pris Lucien Vermeulen sous sa coupe. Peut-être comme exutoire pour effacer un autre Lucien Vermeulen : son père.

FIN